唐家三少 著

图书在版编目（CIP）数据

琴帝：典藏版. 8/ 唐家三少著. — 长沙：湖南少年儿童出版社，2018.2（2020.8重印）

ISBN 978-7-5562-3261-1

Ⅰ.①琴… Ⅱ.①唐… Ⅲ.①长篇小说－中国－当代 Ⅳ.①I247.5

中国版本图书馆CIP数据核字(2017)第108534号

QIN DI　DIANCANG BAN

琴帝 典藏版8

唐家三少 著

责任编辑：阳　梅　梁　洁　刘青蓝
特约编辑：孙宇程
装帧设计：张　鼎　杨湘豫

出版人：胡　坚
出版发行：湖南少年儿童出版社
社址：湖南省长沙市晚报大道89号　　邮编：410016
电话：0731-82196340（销售部）　　82196313（总编室）
传真：0731-82199308（销售部）　　82196330（综合管理部）
常年法律顾问：湖南崇民律师事务所　　柳成柱律师

经销：新华书店　印刷：湖南天闻新华印务有限公司
印张：18　　字数：260千字
开本：710 mm×1000 mm　1/16
版次：2018年2月第1版
印次：2018年2月第1次印刷　2020年8月第3次印刷
定价：29.80元

版权所有　　侵权必究
质量服务承诺：若发现缺页、错页、倒装等印装质量问题，可直接向中南天使调换。
读者服务电话：0731-82230623
盗版举报电话：0731-82230623

目录
CONTENTS

/001/ 第一百五十一章 倾城之战，六道之决

/015/ 第一百五十二章 六道六战

/028/ 第一百五十三章 六道之决第一战

/042/ 第一百五十四章 六道之决第二战

/057/ 第一百五十五章 实力各现

/070/ 第一百五十六章 团战

/084/ 第一百五十七章 比蒙会武术，谁也挡不住

/098/ 第一百五十八章 综合战的对手是她

/112/ 第一百五十九章 自轰

/126/ 第一百六十章 融合禁咒

/140/ 第一百六十一章 我已等了太久

/154/
第一百六十二章 六个条件

/168/
第一百六十三章 法蓝监察官

/181/
第一百六十四章 琴城会议

/195/
第一百六十五章 强大的德鲁伊

/208/
第一百六十六章 诉说心事

/221/
第一百六十七章 寻找龙狼

/233/
第一百六十八章 四大神兽

/246/
第一百六十九章 送给死神三百的礼物

/259/
第一百七十章 死神龙狼骑兵

/272/
第一百七十一章 琴城,战争的未知数

第一百五十一章
倾城之战,六道之决

此时,原本在领主府中的东龙八宗高层正好走出来。听了香鸾的话,他们都静静地看着叶音竹,想看他下怎样的决定。

未明的心已经沉到了谷底。他很清楚,如果叶音竹现在背叛东龙帝国的话,那么,东龙帝国就真的要承受灭顶之灾了。女皇死心塌地跟在叶音竹身边,叶音竹只靠琴城的实力就可以牵制住东龙帝国的战士们,然后静待米兰帝国大军的到来。

未明有些不敢想下去了。他甚至在后悔自己之前态度那么强硬,如果现在叶音竹选择背叛东龙帝国,他不会感到奇怪,毕竟,他们来到这里后,一直站在琴城一方的对立面。

"对不起,香鸾,你的好意我心领了。从我出生的那一天起,我就是东龙八宗的一员。不论东龙八宗做出了怎样的决定,都改变不了我身上流淌着东龙血脉的事实。我不会放弃自己的族人,更不能倒戈相向。你回去吧,远离战场,这里不是你应该来的地方。"

香鸾呆呆地看着叶音竹,听到他拒绝的话,心如刀割。她对叶音竹的感情是非常特殊的。作为帝国公主,她从小就知道,自己的婚姻必定要和米兰帝国的利益捆绑在一起，会成为米兰帝国的政治筹码，既然将来一定要成为对米兰帝国有帮助的人的妻子，她想那个人可以是叶音竹，毕竟叶音竹很善良，也很出色，还跟自己是好朋友。

香鸾无比希望叶音竹能答应自己，跟自己回去，那样两人就不用成为敌人，还能做好朋友，还能一起战斗，一起游山玩水。

香鸾只要想到叶音竹可能会在战败后被抓回米兰城，想到叶音竹可能会战死，就非常难过，她想她是真的很在乎叶音竹，并且真的把他当成了对自己很重要的人。

她刚刚才想明白这一点。她知道，一切都晚了。就算她是帝国公主，她也无法改变太多。

按照西尔维奥的命令，马尔蒂尼元帅率领的大军一到琴城就要立刻发动攻击，彻底摧毁琴城。

香鸾在这个时候背着西尔维奥，在奥利维拉的保护下用最快的速度追上米兰帝国大军，凭借着自己的米兰红十字盾徽，命令马尔蒂尼元帅暂缓攻击，这才和奥利维拉赶到了琴城。

她虽然知道希望不大，但还是要尽可能地劝说叶音竹，希望他能重新回到米兰帝国，她不相信叶音竹会对米兰帝国不利。

"叶音竹，你真的不肯和我回米兰城吗？我可以向你保证，如果你肯回米兰城，十年之内，你必将成为一人之下，万人之上的重臣。不论是父亲还是我，都希望你回来。只要你离开东龙帝国，不论是琴城，还是其他领地，你可以随意挑选。"

叶音竹静静地看着香鸾，看着她眼中那逐渐加重的悲伤和疲倦之色，说不感动那是不可能的，他突然想到了一种可能。

"香鸾，和你回去也可以，我甚至可以永远向米兰帝国效忠，但是，米兰帝国必须要答应我一个条件。"

闻言，香鸾的眼睛都亮了，她兴奋地问道："什么条件？你说，只要不过分，我都可以代替父皇答应你。"

叶音竹正色道："放过东龙帝国，将琴城留给他们，并且永远不能攻击东龙帝国。"

香鸾眼中刚出现的那一丝兴奋刹那间荡然无存，她道："这个不行，其他什么条件都可以商量，只有这个不行。"

"为什么？东龙帝国一共才一万多人，难道米兰帝国还怕东龙帝国这样一个小国吗？"叶音竹皱眉问道。

香鸾苦涩地笑了笑，道："你不明白。米兰帝国也要生存。现在米兰帝国面临着怎样的局面你也很清楚。你以为我们闲得没事做愿意攻击一个刚成立的小国吗？

"我们不得不这么做。如果不灭掉东龙帝国，那么，被灭掉的就是米兰帝国。你看看这个吧。"说着，她一甩手，一个卷轴就飞到了叶音竹面前。

叶音竹打开卷轴，只见上面有一段小字：

法蓝令：在法蓝封闭期间，如东龙帝国余孽出现，试图反叛，各国魔法师公会务必敦促国王率领大军将其剿灭。在此期间，其他国家不得向参与剿灭反叛者行动的国家采取任何军事行动，否则将在法蓝十年封闭期结束后承受法蓝的怒火。如叛乱出现在某一国家，而该国没有采取任何行动，也必将在未来受到法蓝的制裁，大陆其他各国向该国采取的所有军事行动，也将得到法蓝的认可。

叶音竹看见了这段话，一旁的海洋、紫和安雅也都看到了，众人的脸色都不禁变白了几分。再看向东龙八宗的高层们的时候，他们的脸色变得更加难看。

叶离上前几步，从叶音竹手中拿过卷轴，只看了一眼，脸色就变得很难看了。

他毫不客气地将卷轴扔向未明，怒道："看看吧，看看你们做的好事。现在不仅我们自己要承受你们的鲁莽决定带来的后果，连琴城也受到了牵连。"

香鸾道："父皇在得到东龙帝国成立的消息时，就收到了这个来自法蓝的卷轴。不是米兰帝国要为难东龙帝国，而是东龙帝国的所作所为触碰到了法蓝的底线。大陆上任何一个国家都不敢违背这个卷轴上的命令。音竹，你很清楚法蓝的实力，你告诉我，米兰帝国应该怎么办？"

叶音竹没说话，准确地说，在这个时候他根本不知道说什么才好，事已至此，现在再说什么也没有任何意义。

"啪"的一声，卷轴掉在地上，未明脸上已经没有了半点血色，包括他旁边那些支持东龙立国的人，此时脸色都变得极其难看。

秦殇、叶离和梅宗宗主梅如剑脸色冷峻，一言不发。在东龙八宗之中，只有他们三个是主张暂时不要成立东龙帝国的。

卷轴上的信息不仅让他们知道了米兰帝国大军来琴城的目的，同时也让他们明白了，东龙帝国从今以后在大陆上将没有任何生存的空间。

谁敢冒着被法蓝毁灭的危险收留他们？不论是哪个国家，一旦发现东龙帝国的存在，都会像米兰帝国一样派遣大军征讨他们。东龙八宗多年的努力化为泡影，东龙帝国的前途在这一刻变得无比黑暗。

"说话啊！你们怎么不说话了？这会儿都成了哑巴！"叶离愤怒地瞪着失神的未明和其他人。

现场的气氛很压抑，短短几分钟，三位太上长老仿佛老了许多。未明和梅清呆立在那里不知道该说些什么。

就在这时，兰如雪缓缓走了出来，走到叶音竹和海洋面前。她没有理会一旁的叶离，只是看着自己的孙子，柔声道："孩子，是我们害了你，但是，你也知道，现在一切都已经来不及了。"

"你走吧,带海洋回到米兰帝国去吧,还有你的这些伙伴。以米兰帝国对你的重视,你的前途将是光明的。这琴城就留给我们吧,事已至此,必须有人站出来承担后果。东龙帝国虽然只是昙花一现,但永远在东龙八宗人的心中。"

听到兰如雪的话,一旁的叶离眼中流露出几分敬佩之色,他当然知道兰如雪这样做是为了给东龙帝国保留一点血脉,这一点从她改变对海洋的称呼就能看出来。

几位宗主对视一眼,除了未聆风没有吭声以外,其他几人异口同声地道:"誓与东龙帝国共存亡。"

他们都知道兰如雪做的选择是最正确的,也是最无奈的,至少她保住了东龙帝国最后的尊严。

未聆风看向未明,道:"叔叔,我们还有机会离开这里,这个女人应该是米兰帝国的公主,只要留下她,我们就有谈判的资本。再不济,我们也可以撤离琴城。天下之大,难道还没有我们的容身之处吗?"

未明渐渐回过神来,他有些无奈,道:"龙崎努斯大陆真的还有我们的容身之处吗?聆风,我看着你长大,也知道你的性格。你要明白,现在这个时候,我们已经没有退路。兰长老的话,就是我的话。宁可站着死,决不跪着生。我们要死战到底,哪怕只剩一兵一卒,也决不退缩。

"琴城将是东龙帝国最后战斗的地方。叶音竹,从现在开始,我以东龙八宗太上长老的身份将你逐出宗门,你与东龙帝国再没有任何关系。你赶紧带你的人离开,不然的话,别怪我们对你不客气。"

"这位公主,请你回去转告你们的主帅,除非将我们全部杀死,不然你们别想踏入琴城一步。"说完这句话,未明重新挺起胸膛,和梅清一起大步朝领主府内走去。

叶离笑了,他身边的秦殇也笑了,二老同时拍了拍叶音竹的肩膀,再相视一笑，抬头挺胸地跟随未明和梅清走进了领主府。

兰如雪看了失神的未聆风一眼，淡淡地道："你比他英俊，比他有天赋，比他有气质，也比他会哄人开心。但是，你不像他那么有骨气。我曾经以为自己的选择错了，现在看来，我的选择没错，只是我自己错了，错在过于骄傲。现在，我要回到他身边去了，和他一起走完生命的最后一程。"

说完这句话，她再也没有看未聆风，就和兰宗宗主兰清一同走进了领主府。

兰如雪走后，除了未聆风以外，其他几位宗主相继离去，他们看上去都那么决绝，在这一刻，他们放下了所有的隔阂，聚集在一起，等待最后时刻的来临。

香鸾呆呆地看着这些人，当她看向叶音竹时，突然有种不好的预感，不等叶音竹开口，香鸾赶忙说道："你不用现在就回答我。三天，我只能给你争取到三天时间，希望你考虑清楚，我这不仅是为了你，也是为了海洋和你的朋友，你要考虑清楚。三天后，你想清楚了就到军营来找我，米兰帝国的大门一直为你敞开。"

说完这句话，香鸾转身跑向自己的独角兽，坐了上去，在紫的威压下，早就想离开的独角兽立刻腾空而起，快速飞走。

奥利维拉看着叶音竹，道："音竹，你一定要想清楚。你知道吗？我多么希望能够再次和你并肩战斗，而不是成为你的敌人。音竹，米兰帝国在等你，我们也都在等你。"

说完这句话，奥利维拉才坐到自己的水龙背上，追着香鸾走了。

"三天，还有三天。"

看着他们离开，叶音竹自言自语道。

安雅轻叹一声，道："我现在发现，你的族人也有可敬的地方，只是，这次他们闯下的祸实在太大了。"

叶音竹抬起头，看向安雅，道："按照原定计划，精灵族、矮人族、地精部落随时准备撤离琴城。如果开战，我的族人足以拖住米兰帝国的主力。还有三天的时间，我现在要安静一下，谁也不要来找我。安雅姐姐，麻烦你帮我照顾海洋。"

说完这句话，叶音竹腾空而起，在紫光环绕之下，以最快的速度朝着布伦纳山脉而去。

他走的时候看上去很平静，没有人知道他在想些什么，就连和他有平等本命契约的紫也不知道。

在一阵叹息声中，众人纷纷离去，只剩下菊宗宗主未聆风还呆呆地站在那里。

未聆风喃喃地念着一句话："她说我不像叶离那么有骨气？叶离，我还是输给你了，你比我果决，比我勇敢，还有一个好孙子。"

三天后，米兰帝国军营，帅帐。

帝国元帅马尔蒂尼端坐在帅位之上，不说话，静静地看着站在他面前，一脸倔强的帝国公主香鸾。

"公主殿下，您必须要明白，对于米兰帝国来说，现在的每一分钟都很宝贵。虽然在我们对付东龙帝国的时候，敌国不会行动，但如果我们在这里耽误的时间太长，不仅无法向法蓝交代，而且会给敌国更多的准备时间。"马尔蒂尼强压着怒火向香鸾解释。

这是香鸾今天第十七次阻止他下达攻击琴城的命令。因为有米兰红十字盾徽在，他一忍再忍，到了现在，终于忍无可忍。

"马尔蒂尼爷爷，再等等吧，算香鸾求您。叶音竹他一定会做出最正确的选择，他是我们这一代中最有天赋的人，父皇也希望他能在未来接替您或者是西多夫爷爷的位置，希望他能守护米兰帝国。这样的人才，难道不值得我们等下去吗?"

马尔蒂尼沉声道:"公主殿下,叶音竹他是东龙帝国的人,是我们的敌人,如果因为他一个人而违背陛下的命令,我将如何自处?现在米兰帝国正处在生死存亡之际,叶音竹不但不为米兰帝国出力,反而给米兰帝国惹了这么多麻烦。如果再不灭掉东龙帝国,我们的处境将更加艰难。"

"可是,东龙帝国并不好对付,我们就算将他们灭掉了,自身也会受到重创。"

香鸾还想借故拖延。

马尔蒂尼叹息一声,道:"我何尝不知道东龙帝国不好对付,但法蓝的命令谁敢不听?公主殿下,请让开,我要下命令了。"

"不,只要叶音竹还没来,我就不让您下命令攻击,他肯定会选择回归米兰帝国。"

香鸾挺起胸膛,依旧站在那里,一点让开的意思也没有。她又亮出了那个米兰红十字盾徽。

"公主殿下,将在外,君命有所不受,为了米兰帝国,对不起了。"

马尔蒂尼已经下定决心,于是抬手一挥,一道紫光照在香鸾身上,瞬间,香鸾就不能行动以及说话了。

一名将士赶忙拉过一把椅子,扶着香鸾坐到一旁。此时的香鸾只能眼睁睁看着一切发生,却再也无法阻止。

解决了香鸾的问题,马尔蒂尼的脸色顿时变得冷峻起来。他很清楚米兰帝国现在面临的危机,一方面佛罗王国背叛了米兰帝国,佛罗王国的军队也开始蠢蠢欲动,另一方面最近极北荒原也不太平,兽人族调遣大军,集结在雷神之锤要塞,随时都有可能发动战争。

作为米兰帝国北方军团的最高统帅,马尔蒂尼忙得焦头烂额,不但要准备抵御兽人,还要时刻注意东边的佛罗王国的动向,兵力大为不足。

最令他担心的，是兽人族战神部落一点也没有对佛罗王国动手的意思，甚至隐隐有配合雷神部落进攻米兰帝国的意思。北边形势危急，此时的米兰帝国却根本抽调不出更多的军队前来防守。

因为在南方，米兰帝国还有一个更强大的敌人——蓝迪亚斯帝国。

巴勒莫王国和阿斯科利王国一个被兽人族所罗门部落牵制，另一个受到波利王国的全力攻击，这两个盟国除了保证米兰帝国的西部不受到攻击以外，根本帮不上别的忙。就在这样危机四伏的时刻，自己却接到了攻击琴城的命令。

米兰帝国的未来也就是紫罗兰家族的未来，作为帝国第一大家族，马尔蒂尼知道自己和族人的一切都已经和米兰帝国绑在了一起，现在不论处境有多么艰难，他都必须坚持下去。只有这样，才有拨云见日的机会。

马尔蒂尼抛开那些纷乱的头绪，冷静下来，不论北方有多大压力，他都必须顶住。眼前最重要的是在减少损失的情况下荡平琴城。

"希洛，琴城现在是什么情况？"

恢复冷静的马尔蒂尼一边威严地发问，一边扫视着面前的将领们。

希洛是马尔蒂尼手下专门负责收集情报的。他恭敬地道："根据我们的探子回报，琴城现在的情况似乎有些混乱，里面不仅有人类士兵，而且还有其他族类出现，我们的高空侦察兵甚至发现了精灵和矮人的身影。现在可以肯定的是，琴城的主要战斗力最多不超过两万人。"

"有那么多吗？那应该都是东龙帝国带来的战士。至于精灵族和矮人族，现在也顾不上了。一切阻挡米兰帝国大军的都是敌人，都将受到毁灭性的打击，众将听令！"

"在！"

"马特拉奇，你们魔法师将成为主攻力量，我会派遣亲卫队和重装甲军团保护你们的安全，给我用魔法把这些家伙逼入布伦纳山脉之中。然后，我要让他们尝尝地毯式轰炸的滋味。"

叶音竹的判断很正确，为了减少损失，马尔蒂尼刚来到这里的时候就已经下定决心，要减少冲锋，用魔法解决东龙帝国的人。

马尔蒂尼不断下达命令，谁负责保护魔法师，谁负责从侧面干扰，谁负责主动冲锋，一切都有条不紊。

坐在一旁的香鸾虽然着急，但没有任何办法，只能眼看着马尔蒂尼下命令，她心中暗道：音竹啊音竹，你怎么还不来？难道你真的要和琴城一起被毁掉吗？

正在马尔蒂尼将攻击琴城的计划分配得差不多，三十万大军即将展开行动的时候，突然，一个清朗的声音在外面响起，声音似乎离得很远，但它传入帅帐的时候格外清晰。

"马尔蒂尼元帅，请出来一见。"

听到这个声音，呆坐在一旁的香鸾大喜，这正是叶音竹的声音。他想通了，他一定是想通了。兴奋之中，香鸾一个劲地用眼神向马尔蒂尼示意。

听到叶音竹的声音，马尔蒂尼也是一愣，看到一旁的香鸾，心中暗想：难道叶音竹真的是来投降的吗？这样也好，如果能让他们从内部分裂，对付起来就容易得多了。

他手一挥，解除了对香鸾的控制。

"马尔蒂尼爷爷，您看，我说了吧，音竹一定会做出最正确选择的，他这不是来了吗？"兴奋的香鸾公主迫不及待地从帅帐中冲了出去。

"我们也去看看。"

马尔蒂尼带着将领们跟在香鸾背后，走出了帅帐。

他们来到军营外面，才看到叶音竹的身影。

叶音竹站在米兰帝国大军营盘外千米处。来的只有他一个人，他依旧穿着那件白色的魔法袍，静静地站在那里，脸色很平静，看不出此刻他心中的想法。

刚才他就是站在这里将声音传入帅帐的？马尔蒂尼心中不禁有些疑惑。看来，这个年轻人不简单。等等，精灵族，刚才希洛说有精灵在琴城。难道，难道是安雅小姐吗？

想到这里，马尔蒂尼的心跳乱了一拍。

"音竹。"

香鸾大叫一声，就朝叶音竹跑了过去。

"香鸾，不要过来！"

叶音竹大喝一声，阻止了正要冲出来的香鸾。他的目光落在马尔蒂尼身上，双眼中瞬间射出两道精光。他看上去那么沉稳和坚毅，虽然他是只身前来的，但此时的他站在那里，就像一座山一样高大。

马尔蒂尼心头一沉，从叶音竹的表情他已经看出来，叶音竹绝对不是来投降的。

"马尔蒂尼元帅，我，琴城领主叶音竹，代表琴城，也代表东龙帝国，向贵国提出挑战，以六道之决的方式与米兰帝国一决高下。明日太阳升起的时候，就是六道之决的第一天。"

叶音竹的声音通过他特有的精神系魔法远远地传了出去，不仅马尔蒂尼和他身边的将领们听到了，就连军营中的每一名士兵，以及二十多里外的琴城中的人也听到了。

"你说什么？"

马尔蒂尼失声惊呼，他身边的香鸾脸上血色尽失，身躯一晃，在奥利维拉的搀扶下才没有摔倒在地。

叶音竹淡淡地看着马尔蒂尼等人，沉声道："倾城之战，六道之决，明日清晨，一决胜负。"

说完这句话后，叶音竹转头看了香鸾一眼。香鸾从他的眼神中看到了歉意。

半空中，一道金色光芒从天而降，笼罩在叶音竹身上，衬托得他更加高大。六道之决是近乎六道轮回的对决，叶音竹在发起挑战的时候，就已经完成了那特殊的契约。

叶音竹走了，朝着琴城的方向而去，他的影子在地面上拉得好长。马尔蒂尼和他身边的人望着那道孤傲且坚定的身影，每个人内心深处都涌起了一股前所未有的敬佩之情。

倾城之战，六道之决，龙崎努斯大陆终极强者之间的对决，凌驾于一切法则和各国法制之上，是传说中的对决方式。

六道之决一共六战，分别是骑战、魔法战、武技战、魔兽战、团战、综合战。

六场对决分六天进行，这是一种不公平的挑战，因为，发起挑战的一方除了团战以外，另外五战只能派出同一人，也就是说，发起挑战的人要在六天参与六场对决，每一场的对决方式都截然不同，而被挑战一方则可以从本方挑选出最擅长这场对决的强者迎战。

挑战者如果输了，结局只有一个，那就是死亡。同时，在他背后的势力也将烟消云散，甚至没有反抗的资格。

六道之决如此苛刻，然而一旦挑战者赢了，那么，挑战者所获得的利益也绝对是巨大的。挑战者获胜后，被挑战者在六年之内不得攻击发起挑战一方，双方暂时达成和平协议。

同时，被挑战者必须赔偿挑战者一方六座城市或者是和六座城市相等的财富，倾城之战的名字就从此而来。

六道之决这种挑战方式早在天之裂痕出现，妖灵肆虐之前就存在了，没有人知道它究竟存在了多久，也没有人违背过六道之决，一旦有人发起挑战，被挑战一方就必须迎战。

在龙崎努斯大陆上，还没有人敢违背六道之决，这也是叶音竹选择六道之决的原因。

六道之决是何等困难，再厉害的强者也很难在不同类型的战斗中取得胜利。就算是法蓝七塔的塔主，如果发起六道之决挑战，在武技战这一场对决时，他们也未必能够战胜一名紫级战士。

那天，就在一切都朝着不好的方向发展，东龙帝国即将被围剿，琴城的伙伴将无法继续在这片乐土上生活时，叶音竹想到了六道之决。

他有把握吗？

当然没有，六天六战，而且是完全不公平的对决，别说是他，恐怕大陆上任何一个人都不会有十足的把握。但叶音竹知道，这是解决目前问题的最好办法。

如果他能够获得胜利，东龙帝国就不会被灭掉，琴城在米兰帝国后方，靠着极北荒原，米兰帝国六年不能向琴城发动攻击，这段时间已经足够琴城做准备了，而大陆其他国家也绝对不可能穿过米兰帝国来攻击琴城。

同时，琴城的原住民也能继续在琴城生活，不用离开。换一个角度，从米兰帝国一方来看，不论六道之决成败与否，米兰帝国派来的这三十万大军都不会有损失。对现在的米兰帝国来说，这样是最好的结局。

所以，当叶音竹独自离开的时候，他就已经做出了决定。六道之决是化解这次危机的最好办法，成功了最好，如果失败了，那么，琴城就会变成他的葬身之地。

作为一个领主，如果他连自己领地内的子民都无法守护，那么，他活着还有什么意思？

香鸾脸色苍白地看着叶音竹逐渐远去，凄然地道："音竹，这就是你给我的答案吗？这真的就是你给我的答案吗？为什么？为什么你如此不珍惜自己的生命？"

奥利维拉叹息一声，道："如果他选择投降，那么，他就不是叶音竹了。"

他选择了终极强者才会选择的对决方式,有生之年能够见到这样的对决,也算没有白活。提出这样的挑战,需要多大的勇气啊!"

马尔蒂尼看着叶音竹离去的背影,目光变得越来越敬佩。

"传我命令,暂停一切行动。随我回大帐,一同商议六道之决的出战人员。"

叶音竹现在觉得很轻松,当他向米兰帝国大军发起六道之决后,他反而完全放松了。

早在米兰魔武学院的时候,叶音竹就在米兰皇家图书馆内看到过关于六道之决的介绍,那时他还在想,是何等的英雄人物才会提出这样的挑战?可没想到,才过了一年,他自己就提出了这样的挑战。

第一百五十二章
六道六战

琴城。

当叶音竹走进琴城的时候,他看到了自己的伙伴,也看到了东龙帝国的强者,还有东龙帝国的战士和居住在琴城的各族人。

所有人的目光都集中在他身上。

此时的琴城无比寂静。众人看着叶音竹,目光各有不同,当叶音竹脸色平静地走到众人面前时,包括紫、安雅、明等强者在内的琴城四大异族以及琴城的原住民们,同时单膝跪地。

"琴帝大人。"

叶音竹微微一笑,道:"你们这是干什么,快起来。"

安雅眼中闪烁着泪光,她道:"音竹,你为了我们,你……"

叶音竹轻轻地摇了摇头,道:"对我来说,这只是人生中的一个难关,既然是难关,就要想办法渡过。琴城,是我叶音竹的领地,如果我连领地内的子民都无法守护,还怎么当得起大家这声'琴帝'?

"大家都起来吧。如果我在六道之决中败了,你们尽管离开。你们只是我请来的朋友,并不受琴城管辖,没有必要向米兰帝国投降。东龙八宗人也是如此，请你们做好随时离开的准备。既然我已经被逐出了东龙八宗，那么，我也没必要收留各位了，不是吗？"

"音竹。"

梅英泪流不止，她想扑向叶音竹，阻止叶音竹继续说下去，但她被叶重紧紧地抱住了。

不论是叶离、秦殇还是叶重，此时都没有阻止叶音竹，哪怕他们知道叶音竹做这样的决定几乎就是送死，但是，作为一个男人，他已经没有了退路。

"我们的孙子长大了。"

叶离老泪纵横，他紧紧地握住了兰如雪的手。他们在这几天已经重归于好，此时此刻，看着孙子竟然为了守护琴城和东龙帝国选择了九死一生的六道之决，他们无比悲伤，却无能为力。

"不，叶领主，我们惹来的事，怎么能让你来扛？就算真要参加对决，也应该是我来参加。"

未明走了出来，几天不见，他的头发失去了原本的光泽，看上去整个人苍老了许多。

这几天，未明一直被懊悔、绝望等种种情绪包围，他觉得自己随时都有可能崩溃。他认为只有叶音竹和海洋离开，才能给本族留下一点血脉，而剩余的战士只能战死。

当未明听到叶音竹说出"六道之决"四个字的时候，未明才知道自己错了，错得太离谱了，和叶音竹相比，他要懦弱得多。

叶音竹微微一笑，道："太上长老，不用争了。您学过魔法吗？您如何来完成六道之决？别忘了，我是琴、竹两宗宗主，而且我是魔武双修，更何况，这里是琴城，是我的领地，我这是在守护自己的领地。大家什么都不用说了，按照我的话去做吧。"

说完，他就向琴城城内走去。

此时已经接近冬季,距离极北荒原很近的琴城非常寒冷,叶音竹慢慢呼气,心中没有恐惧,相反,他发现自己有些兴奋。

他在脑海中不断回忆书中关于六道之决的记载。

六道之决是扭转乾坤之战,胜利者将获得六年的喘息时间以及六座城市或与之相等的财富。

骑战是骑士之战,挑战者单人独骑,与被挑战一方中的最强骑士对决。对决过程中,双方禁止使用魔法,禁止召唤除坐骑以外的魔兽。双方要在坐骑背上决一胜负,不论从坐骑上被击落还是被对方杀死,都算输。

魔法战禁止一切身体接触,禁止使用斗气和武技,禁止进行物理攻击以及使用武器。这是一场魔法的战斗,这是大千世界的元素之战。最强的魔法师将面临对手最强的元素攻击。

武技战类似于骑战,唯一不同的是不得召唤任何魔兽辅助战斗,一切都要依靠自身的斗气,不得使用任何魔法或者魔法道具,只能凭借自身的力量决一胜负。

魔兽战禁止一切身体接触,禁止使用武技和魔法,挑战者和被挑战者将暂时成为配角,双方的魔兽才是这一场战斗的主角。在这场魔兽战之中,挑战者的魔兽将同时面对三名被挑战者召唤出来的魔兽,以一敌三,险中求胜,才能显出挑战者的魔兽的实力。

团战是团体之战,挑战者携百人战斗,团战时,双方不得使用任何武器或魔法,不得召唤魔兽辅助自己战斗。百人出战,一人统率。挑战者面对的将是十倍于自己的被挑战者。

综合战是无所不用其极之战。不论是挑战者还是被挑战者,都可以使用任意手段进行战斗,这是一场一对一的对决,经过前五战的挑战者,将面临终极考验。能坚持到此战的人,都是强者中的强者。

叶音竹的脑海中闪过六场对决的方式,按照六道之决的规矩,除了综合战必须放在最后一场，其他五战的顺序可以根据挑战者的要求而进行调整。这三天，叶音竹已经想好了所有挑战的顺序。

米兰帝国大军帅帐。

此时，帅帐中原本的将领们都离开了。马尔蒂尼并没有坐在自己的帅位上，而是恭敬地站在帅位前。帅位上坐着一个全身笼罩在白色魔法斗篷中的人。因为白色斗篷很大，那人又是坐着的，所以看不清他的样貌。

坐在帅位上的白衣人自言自语道："倾城之战，六道之决，扭转乾坤，终极挑战。真亏叶音竹想得出来这样一个办法。可惜，叶音竹是不可能得逞的。叶音竹，你真的让我太失望了。东龙帝国，谁让你们触到了法蓝那些老家伙的底线呢？马尔蒂尼，你已经准备好了吗？"

"是的，大人。我已经安排好了参加六战的人选。六道之决本就是一个不可能完成的任务。叶音竹还不到二十岁，他就是在自寻死路。

"可惜了，这样一个天赋异禀的青年，如果他不是东龙帝国人，或许一切还有转机。但现在看来，什么都来不及了。"

如果现在还有其他人在这里，一定会很吃惊。马尔蒂尼已经是一人之下，万人之上了，能被他称作大人的人，会是什么人？

"马尔蒂尼，我不管你如何应对六道之决，我只要你记住，不论六道之决在第几场结束，你和你的人都不能伤到叶音竹的性命，明白吗？"

"这……"马尔蒂尼犹豫了一下，道："大人，您让我很难办。根据公主殿下所说，叶音竹已经是紫级强者，想要战胜他又不伤害他，实在太难了。"

"不论多难，你都必须按照我说的去做，马尔蒂尼，别忘了，你们是一群人欺负一个孩子，如果你们连我说的这一点都无法做到，那么，不久之后，你们还如何与兽人族抗衡？

"说起来,叶音竹对米兰帝国终究还有几分情分,他提出六道之决,使得我们不用跟东龙帝国硬碰硬。你只要将这件事做好了,我可以暂时留在北方军团,协助你对付兽人族。"

听了这句话,马尔蒂尼眼中闪过一丝狂喜,他问道:"真的吗?大人。如果您能坐镇北方军团,那么别说是兽人族的两个部落,就算是三大部落一起来,我们也不需要惧怕什么。"

"现在说这些还言之过早,你先将叶音竹提出的挑战解决了再说吧。"

"是,大人。"

清晨,当一轮红日渐渐升起的时候,许多人从琴城中走了出来,他们按照燕翅阵形整齐排开。

左侧走出来了四千名战士,分成了四队。他们分别身穿红、蓝、青、黄四色轻铠,每人都背着一柄长剑。

他们不仅动作整齐,而且每个人看上去都很沉稳,气度不凡。走在最前面的,是一队身穿青色轻铠的战士。

他们看上去是那么坚定。四队的人都来自竹宗,一直以来,竹宗在武技四宗中的地位都不是很高,可是今天,竹宗的新任宗主成了焦点。竹宗弟子第一次觉得自己的腰杆都挺直了。

右侧也走出了四千名战士,与左侧四千人不同,这边的四千人分成了两部分,前面的两千人一律身穿重铠,阳光将他们铠甲上的云纹照射得闪闪发亮,云纹可是极品铠甲才有的啊!

虽然这些战士的身材相对矮小一些,但是他们手中的武器不小。战锤、战斧无不是杀伤力极强的武器。

在这两千人之后,是两千名没穿铠甲的战士,男女各一千人,其中弓箭手一千名,战士一千名。弓箭手握着精灵族特制的绿色短弓,这种短弓虽然看上去小巧，但弹射能力非常强，足以和人类的长弓媲美，而且精准度更高。战士手中则握着精灵族特制的月刃，正所谓一寸短一寸险，月刃的把手在刀刃中央，更容易护住身体。

那八千人排开之后，又有两千人走了出来。这两千人就不像之前的八千人走得那么整齐了，因为在这些人中，有少量的精灵族魔法师，琴、棋、书、画四宗的魔法师，以及琴城各族和东龙帝国的强者。在这两千人背后，是三千名人类战士，他们才是琴城真正的原住民。

这些人类战士都穿着米兰帝国特有的制式铠甲。这都是安雅特意为他们采购的。毕竟矮人族来到琴城的时间还不算太长，没时间给他们造出那么多铠甲。

这些战士一个个看上去都精神抖擞的，看得出来他们的训练已经初见成效。这些战士都是年轻人，而且都是在山中狩猎的好手，经过训练之后，他们的战斗力绝对不比米兰帝国培养多年的精锐战士差，他们欠缺的只是一些实战经验。

这一万多人几乎是琴城现在的所有力量。大家虽然都走了出来，但没有人说话。那天叶音竹离开之后，未明就下定了决心，东龙帝国人不会离去，他们愿意赌一把。

就算叶音竹输了，他们也不会离开这里，就算拼到只剩一兵一卒，也不可能投降！

叶音竹在发起六道之决挑战的时候代表的只是琴城，他们完全可以在叶音竹输了之后奋起抵抗。

在未明看来，这是上天带给东龙帝国最大的考验，如果叶音竹不能完成这六道之决，就说明上天已经放弃了东龙帝国。除了海洋必须离开以外，未明认为东龙帝国其他人都要死战到底，他们已经没有别的选择了。

隐忍千年，难道还要再来一个千年吗？

未明不愿意,各宗宗主也不愿意,法蓝在封闭前下的命令相当于断绝了他们的所有退路。

东龙八宗包括秦殇和叶离两名前任宗主在内的八位宗主一同走了出来,他们每一个人的脸色看上去都很凝重,菊宗宗主未聆风此时也是一语不发,丝毫没有以往的骄矜之气,在这生死关头,东龙八宗人真的团结起来了。

安雅、明、鲁特滋、古鲁与三位太上长老在八宗宗主后面走了出来。三位太上长老将海洋围起来,保护着海洋。

当他们走到队伍中央时,战士们同时向两边分开站立着。

与此同时,另一边的米兰帝国大军也做出了反应,三十万大军按照建制整齐地排列在营盘外。轻骑兵分布在左右两边,共十万人,其他兵种在中间,共二十万人。

原本按照米兰帝国皇帝西尔维奥的命令,龙骑兵是不能参与此次行动的,谁也不会忘记叶音竹那一曲《龙翔操》的威力。

但为了保护魔法师,马尔蒂尼还是调来了一千名龙骑兵。这些龙骑兵来这里之前,将自己驯龙的耳朵都刺聋了,就是为了避免被叶音竹的琴曲影响。此时这些龙骑兵的主要任务就是保护魔法师。

在米兰帝国的军队之中,龙骑兵并不是排在第一位的,魔法师才是第一位。米兰帝国之所以能够成为龙崎努斯大陆第一帝国,跟众多魔法师脱不了关系。

整个米兰帝国有一套完整的魔法师培养体系,魔法师只要达到橙级,都可以到军队中服役,魔法师在军队中的待遇也非常好。

单是米兰魔武学院,每年就能给米兰帝国培养几百名魔法师。时间长了,米兰帝国的魔法师就越来越多了。

自米兰帝国成立以来,第一次有这么多魔法师出战。至于米兰帝国的魔法师究竟有多少,谁也不知道,就连蓝迪亚斯帝国最好的密探,也没有查到准确数字。

米兰帝国大军慢慢散开，半包围了琴城的人，前者人数是后者人数的二十倍，这令双方的气势截然不同。

米兰帝国这三十万大军完全是正规军，多年以来在北方战场上的磨炼，早已将他们训练成为一支钢铁雄狮般的队伍，虽然他们有三十万人，但除了坐骑的嘶鸣声和盔甲武器的碰撞声，再也没有其他声音传出，每一支队伍都保持着良好的阵形。

米兰帝国大军正中央，三面大旗迎风招展。

中间那面大旗正是米兰帝国的国旗——米兰帝国红十字旗。在米兰帝国红十字旗的左侧，是一面白色大旗，上面有一朵镶金边的紫罗兰花，在阳光的照射下分外醒目，这是紫罗兰家族的族旗，也是马尔蒂尼的帅旗。右侧那面大旗是黑色的，上面绣着一柄重剑战士专用的长剑，长剑下方，一条银龙在仰天长啸，这是北方军团的军旗，北方军团又称为龙剑军团。

东龙八宗宗主以及三位太上长老的脸色都很难看，此时他们才真正明白为什么叶音竹会说，在军团级的战斗中，东龙八宗的个体实力根本起不到什么作用。虽然他们都是强者，但是他们没有参加过大规模战斗，又怎么能和米兰帝国两大元帅之一的马尔蒂尼相比呢？

面对这些训练有素、配合默契、经历过无数铁血磨炼的米兰雄狮，他们这一万多人怎么可能获得胜利？

在一千名龙骑兵和五千名禁卫军的护卫下，马尔蒂尼以及主要将领缓缓地走了出来。

马尔蒂尼在中间，看上去英武异常，胯下是一条巨大的水龙。这条水龙可不是普通的八阶成年水龙，而是真正的九阶巨龙，也是蓝龙城城主之弟、蓝龙城第二长老。

修炼了上万年，这条水龙已经进化到了九阶。它的本体丝毫不比同级别的黑龙或者是金属龙小，马尔蒂尼端坐其上，更显得有气势。

今天，马尔蒂尼穿着一身紫色铠甲，这是他的紫微凌天铠，纯紫色的铠甲上有紫罗兰花的印记，上面紫光闪烁。

马尔蒂尼胸前挂着专属于紫星龙骑将的徽章。这枚徽章是紫色的，样式和米兰帝国皇家的米兰红十字盾徽一模一样。他的紫微龙枪挂在水龙旁边的鸟翅环上，毫无疑问，此时的他就是整个米兰帝国大军的焦点。

在马尔蒂尼两侧，分别有十六名龙骑将，从他们胯下的坐骑就能看出来，这十六名龙骑将中包括四名金星龙骑将和十二名银星龙骑将。马尔蒂尼将自己麾下的龙骑将调来了一半，可见他对这次围剿是何等重视。

当然，他并不是因为觉得自己会输才调来了那么多龙骑将，而是希望米兰帝国能在大陆开始混战之前，快速解决米兰帝国，然后立马回到米兰帝国北方边境，防御兽人族。

龙骑将一字排开，他们胯下的巨龙看上去极其威武。三十万大军在他们出现的那一刻，同时高呼："米兰帝国、龙剑、紫罗兰！"

滚滚声浪传来，连空中的云朵似乎都躲开了，天空变得更加湛蓝，战士们的呼喊声在布伦纳山间回荡。

一时间，米兰帝国大军气势逼人，马尔蒂尼成名数十年，又岂是那么容易对付的？

马尔蒂尼默默地注视着琴城那边的战士，心中在暗暗叹息，如果叶音竹没有发起挑战，他完全有信心以最小的代价将面前的这些对手击溃。可是，叶音竹将他原本的计划用最极端也是最特殊的方式破坏了。

这样一个年轻人竟然发起了数百年没有出现过的终极挑战。他真的以为自己的肩膀能够扛起这场终极之战吗？

马尔蒂尼自问，即便是年轻时候的自己也没有那样的勇气。在奥利维拉达到蓝级的时候，马尔蒂尼曾经认为奥利维拉是龙崎努斯大陆年轻人中的最优秀者，现在看来，至少在胆识上，奥利维拉和这位琴城领主还有不小的差距。而实力呢？如果奥利维拉比叶音竹强的话，七国七龙排位战的主将也不会是叶音竹。

马尔蒂尼在思考着眼前的形势，到现在，他都没想过自己可能会输，叶音竹毕竟才十八岁啊！

他从来没想过北方军团会输。他现在想得更多的是如果叶音竹输了，东龙帝国是否会投降。

如果自己是东龙帝国人，恐怕不会让一个年轻人用这样的方式来解决问题。难道这些东龙帝国的家伙真的傻了吗？

不，不会的。这其中一定有什么问题。叶音竹代表的是琴城，如果他输了，东龙八宗人应该不算在这个契约内才对。

马尔蒂尼嘴角处流露出一丝冷笑，他看着远处的东龙八宗的战士们，心中已经有了打算，只要米兰帝国赢了六道之决，他们的反抗就没有任何意义了。

叶音竹终于出来了，他没乘坐骑，只是一个人静静地从琴城中走了出来，今天的他，并没有穿自己那件神源魔法袍，而是换上了战士穿的服装。

他穿着一身白色劲装，看上去越发英武了，宽阔的肩膀，坚实的胸膛，挺直有力的腰板，黑发用黑色头绳扎在脑后，和他一起走出来的还有一个人，这个人是他坚实的后盾，那就是紫。

紫的装扮同样简单，他也穿着一身劲装，只不过衣服颜色是紫晶比蒙最喜欢的紫色。

与叶音竹同时走出来的他故意落后叶音竹半步，两个人走得都不算快，如果仔细观察就能发现，他们迈出的每一步的距离都是一样的。他们的脚步沉稳有力，丝毫没有因为米兰帝国大军强大的气势而慌乱。

"琴帝！琴帝！"

在米兰帝国一方的呼喊声之后，琴城一方也出现了属于他们的声音。最先喊出"琴帝"二字的，自然是琴城原住民，包括琴城四大异族在内，每个人都在声嘶力竭地高呼。

东龙帝国的人也开始喊了，最先喊出同样口号的是竹宗的弟子。叶音竹可是竹宗的现任宗主啊！就算他已经被未明逐出了宗门，宗主之位是否被革除也需要经过元老会统一投票才能决定，更何况叶音竹本身就是上任宗主的嫡亲孙子。

为了琴城，为了族人，叶音竹向强大的敌人提出了倾城之战，六道之决的挑战。不论胜负，在提出挑战的那一天，他就成了所有东龙八宗年轻人心中的偶像。正如马尔蒂尼元帅所想的那样，并不是谁都有叶音竹那么大的勇气的。

高呼"琴帝"的声音瞬间传遍了布伦纳山脉，根本不需要各宗宗主下命令，各宗战士已经开始自发呐喊。

虽然琴城一方站出来的只有一万五千人，但他们的呐喊声一点也不小，对方三十万大军一齐呐喊，也不能将他们的声音压下去。

叶音竹和紫一直走到己方阵前才停下脚步，安雅、鲁特滋、古鲁长老以及琴城各族战士的目光都落在了两人身上。

"音竹，加油。"

安雅发现自己现在所能说的竟然只有"加油"，但这两个字根本无法表达她现在的心情。

当米兰帝国三十万大军到来的时候，这位未来的精灵女王的心就已经乱了。可是，当叶音竹挺身而出，以六道之决挑战解决所有问题的时候，安雅发现自己又恢复了平静。不知道为什么，她相信叶音竹能解决这件事，也一直相信，奇迹一定会发生在叶音竹身上。

"兄弟，矮人族对朋友从不吝啬。这个你拿着，算是我们借你的。"

鲁特滋的声音中充满了激动，作为最热血的族类，他还是第一次体会到这种大战前的紧张气氛，如果不是因为他不会魔法，他甚至希望提出六道之决挑战的人是自己。

叶音竹感觉手中微微一凉，低头一看，原来鲁特滋将一柄战锤塞到了自己手中，那闪烁着蓝紫色光芒的尖头锤已经充分说明了矮人族对他的支持。他刚要说些什么，就被鲁特滋阻止了。

这位矮人族族长咧嘴一笑，道："当我是兄弟就不要拒绝，这可不是给你的，和当初的灭神弩一样，借你用用而已，用完可是要还的。"

叶音竹没有说话，也没有拒绝，手上光芒一闪，就将矮人族的至宝——雷神之锤收入了自己的须弥神戒之中。

感谢的话在此时根本没有任何作用，只有取得这场挑战最后的胜利，才是对矮人族最好的回报。

"音竹，我不得不承认，你是好样的。"

未明走到叶音竹面前，停下脚步，他那明显苍老了许多的脸上带着些许欣慰。

"放手去做吧。我相信，这个世界会有奇迹出现。为了琴城，也为了东龙八宗，你要胜利归来。从你和你的伙伴们身上，我看到了许多我们缺少的东西。

"如果这次我们真的能够渡过难关，我想，那十场挑战没必要再继续下去。东龙八宗依旧是东龙八宗。"

这几天，未明想了很多，想了很多他以前从未想过的问题。人在绝境之中往往更容易顿悟，此时他能够保持平静，就证明他想通了很多事情。

叶音竹看着未明，没有开口，只是朝他轻轻地点了下头。他没有再看其他人，而是缓缓闭上了双眼，全凭感觉，朝双方大军中央的空地一步步走去。

此刻，全场的目光都集中在叶音竹的身上，虽然叶音竹能够感觉到那些炙热的眼神，但是，他依旧闭着双眼，步伐沉稳地朝中间走去。

此时此刻，双方的强者都发现叶音竹似乎与大自然融为了一体，他的身体都变得虚幻了几分，场外的一切都影响不了他。

这一刻，叶音竹仿佛成了天地之间的中心，他只穿着一身劲装就走上了对决的场地。

第一百五十三章
六道之决第一战

叶音竹停下了脚步,如果现在有人用尺子去测量的话,一定会发现,此时的他无论是距离己方阵营还是距离面前的米兰帝国大军,距离都是一样的。这并不是他有意为之,而是一种感觉,一种进入天人合一境界后特殊的感觉。

叶音竹缓缓地睁开双眼,远处,马尔蒂尼似乎看到叶音竹眼中有金色光芒射了出来。

叶音竹眼神清澈,透过他的眼睛,可以看出叶音竹没有任何杂念,甚至没有任何情绪,此时此刻的他,好像与天地融为了一体。

看到这一幕,马尔蒂尼感觉自己的心跳变快了。

"我,琴城领主叶音竹,代表琴城向米兰帝国发起六道之决挑战,以胜利或者死亡为终结,天地见证,众神见证。此契约,永生不毁。"

说完,叶音竹就咬破了自己的手指。

叶音竹开口之后,呐喊声就停了下来,叶音竹的声音扩散出去,传入了每一名琴城战士耳中,同样传入了米兰帝国的三十万大军耳中。

叶音竹立下的是死誓,要么胜利,要么死亡。他用契约,将自己完全推入了绝境之中。

"音竹！"

海洋的泪水止不住地流下来，她哭喊着想要冲出去阻止叶音竹，但是，兰如雪拉住了她。

兰如雪的表情很平静，仿佛那发下死誓的不是自己的孙子。

"兰奶奶，您为什么要拦着我？音竹，他、他怎么能发下死誓？"

海洋真的很想走上前去阻止叶音竹，但是，此时天空中降下了一道乳白色光芒，那道乳白色光芒刚和叶音竹手指上流出的鲜血混合在一起，就瞬间扩散开了，将叶音竹完全笼罩在内。

到了现在，已经没有任何人能够改变他立下的誓言，也没有任何人能够阻止这场倾城之战了。

兰如雪淡淡地道："他之所以这样做，就是为了将自己逼迫到没有退路的绝境之中，只有这样，他才能将自身的潜力全部激发出来。你以为，他输了还能活下来吗？如果他输了，不仅他要死，我们每一个人都要死，或许你可以逃过一劫。这是注定的结局，也是我们必须要接受的结果。

"如果他真的输了，女皇陛下，我们会安排你和几大异族一同离去，永远不要想着报仇，只要为我们东龙帝国保留一点皇族血脉就好。"

"不，我不走。什么血脉，什么东龙帝国，和我有什么关系？我就是我，如果非要给我安上一个身份的话，那么，我就是一直站在叶音竹身边的人，永远都是。我不是你们所说的东龙帝国女皇，我只是海洋。"

海洋本来很激动，说完这些话后反而平静了下来，因为她突然想清楚了，不管叶音竹的战斗结果如何，她都会一直在他身边支持他，不会离去。

叶音竹去什么地方，她就去什么地方。她绝对不会为了生存而离开帮助了自己那么多的他。

那象征着六道之决的契约之光缓缓散去，谁都知道，这个契约是限制琴城与米兰帝国的。参与挑战的人，不论胜负，都必须遵守这属于六道之决的规则。

马尔蒂尼的水龙拍动双翼,从米兰帝国大军之中飞起,从几十米的空中滑翔而至,在距离叶音竹二十米的地方轰然落地。

马尔蒂尼居高临下地看着叶音竹,道:"我,米兰帝国元帅马尔蒂尼,代表米兰帝国接受你的挑战。第一战为何?"

按照六道之决的规矩,挑战者有权决定前五战的顺序,所以马尔蒂尼元帅才会发问。

叶音竹仰头望向马尔蒂尼,昂然道:"手中长枪坐下骑,箭鼓金鸣遭人精。纵横声嘶趋魂惊,无敌兵种甲天下兮?正骑兵。第一战,骑。"

听着叶音竹对骑兵的形容,纵横沙场数十年的马尔蒂尼眼中光芒大放,他哈哈大笑,道:"好一个'无敌兵种甲天下兮?正骑兵'。六道之决第一战,骑战,就由我来会你。"

马尔蒂尼洪亮的声音传遍了全场,米兰帝国一方的人无不惊讶。要知道,马尔蒂尼作为大军元帅,原本不应该下场应战,如果他输了,那么,米兰帝国大军的士气会大受打击。对于米兰帝国一方来说,马尔蒂尼的下场有着截然不同的意义。

难道马尔蒂尼不知道自己不应该出战吗?当然不。他知道叶音竹第一战选择骑战就是想要先击败自己,彻底打压米兰帝国一方的士气。但是,他依旧决定应战,作为帝国元帅,面对挑战他怎么可能退缩?

更何况,他从不认为叶音竹能够战胜自己。叶音竹是一名魔法师,就算他魔武双修,又能强到什么地步呢?

尽管奥利维拉对马尔蒂尼说过,叶音竹的武技一点也不比魔法差,但马尔蒂尼还是不相信。马尔蒂尼固执地认为,在米兰帝国境内,除了西多夫,没有人的武技能够胜过他,更何况现在两人比试的是他最擅长的骑战。

"既然是骑战,你的坐骑在何方?"

马尔蒂尼手按龙枪，目不转睛地看着叶音竹。他虽然自信必胜，但绝对不会小看对手。

"他的坐骑就在这里。"

浑厚低沉的声音响彻全场，一道紫色身影闪电般从琴城一方冲了出来，眨眼间就来到了叶音竹身边。

看到这个人出现，马尔蒂尼不禁愣了一下，眉头微皱，问道："你说，你是他的坐骑？"

这突然冲出来的正是紫。紫淡然颔首，道："不错，我就是他的坐骑。"

叶音竹看着紫，心里满是感动。他连忙道："不，你是我的伙伴，是我的兄弟。"

紫看着叶音竹，叶音竹同样看着紫，两人抬起头，两道带有乳白色纹路的光芒在空中闪烁，瞬间混合在一起，那两道光芒在空中形成一道特殊的桥梁，联系着他们的灵魂。

马尔蒂尼倒吸一口凉气，他还是第一次看到这样的契约，虽然他不知道这是什么契约，但他能感觉到叶音竹和紫之间是平等关系，也就是说，双方处于平等的地位。

紫既然是以人形出现的，那就说明叶音竹的坐骑至少也是九阶魔兽。难怪他敢于提出六道之决，果然有秘密杀招。可惜，在骑战之中，坐骑虽然重要，但起不了决定性作用。

"既然如此，那我们就开始吧。"马尔蒂尼淡然说道。

马尔蒂尼抬手，将紫微龙枪摘了下来，然后用紫微龙枪的枪杆在这条九阶水龙背上轻点，水龙立刻拍打龙翼退后几步，拉开了与叶音竹之间的距离。马尔蒂尼之所以没让自己的水龙直接飞起来，就是不想占叶音竹的便宜，在他看来，叶音竹毕竟是他的晚辈。更何况，他早已看到了站在对面的安雅。

当初，马尔蒂尼在叶音竹修炼武技的道路上还帮过他一把，现在想来，往事如烟,当初那个青涩的少年竟然向自己发起了挑战。

叶音竹不知道马尔蒂尼在想些什么,他只知道一件事,就是自己必须要赢,只有这样,大家才能活下来。

紫站在原地,仰天发出一声咆哮,刹那间,一团耀眼的紫光从他胸前爆发出来,笼罩住了他的身体。

下一刻,出现在众人眼前的是一块巨大的紫色晶体,而且这紫色晶体正以无比惊人的速度变大,那紫色晶体变得越来越大,越来越高,不一会儿,竟然有二十五米高了,比马尔蒂尼的水龙还要大。

兽人族四大神兽之首、神圣巨龙最大的敌人、传说中的兽人之王——紫晶比蒙暴露了自己的身份。

此时的紫看上去是那么的完美,虽然完全化为了紫晶,但还是能看出来它眼神犀利,它的每一块肌肉都那么强壮有力。

紫全身都被紫光笼罩,散发着属于紫晶比蒙的气息。

一声悲鸣响起,原来是马尔蒂尼的坐骑,那条背叛了蓝龙城来到米兰帝国与马尔蒂尼合作了数十年的水龙发出的声音。它因为感受到了紫晶比蒙的气息,正在不断地颤抖。

那条水龙就像支撑不住自己的身体似的,开始不受控制地向后退,同时将头深深地埋进自己的双腿之间,不敢看紫一眼。

紫晶比蒙现世带来的效果绝对是震撼的。

东龙八宗的宗主们看到这一幕都吃惊地瞪大了眼睛,尤其是和紫交过手的菊宗宗主未聆风,此时更是目瞪口呆,他难以置信地道:"这、这是什么怪物?这才是那个人真正的样子吗?"

紫只是静静地站在那里,此时,它的气息已经随风扩散了出去。马尔蒂尼的水龙在后退,距离紫最近的重骑兵的坐骑也同时发出悲鸣之声,在紫晶比蒙的威压之下,那些坐骑全部瘫软在地。

别说是这些普通魔兽，就连龙骑兵大队的驯龙也一个个跪倒在地，将自己的头深埋在双腿之间，身体不断颤抖着，不管它们的主人如何抽打，也坚决不抬头。

只有那十六位龙骑将的巨龙稍微好一些，那些巨龙虽然没有跪倒在地，但也如同筛糠一般不停地颤抖。

紫完全没有收敛自己的气息，它要发泄一下。作为唯一的紫晶比蒙，紫已经隐忍了多少年？

今天，紫终于当着数十万人的面，展现出了自己的本体，释放出了自己的气息，再不需要掩饰什么。那一瞬间，它觉得十分畅快，就像憋在心里很久的一口气终于吐出来一般，它体内的紫晶血脉开始燃烧，紫晶比蒙专属的气息，释放得越发浓郁。

龙崎努斯大陆上现有的魔兽，绝大多数都出自极北荒原，虽然很多魔兽不是兽人，但它们最早的时候都是兽人的伙伴或者食物。

紫晶比蒙，兽人族最强大的神兽出现，哪怕它的实力还没有达到紫晶比蒙的巅峰，它的气息也不是这些普通魔兽所能抵抗的。

场上局势变化太快，琴城一方兴奋起来，米兰帝国大军却陷入了混乱之中。恐惧正像瘟疫一样快速在他们的坐骑之间蔓延，一会儿的工夫，他们的坐骑就全部瘫软了，前排的骑兵也失去了战斗能力。

紫站立在那里，紫发飘扬在身后，二十五米高的巨大身躯仿佛可以撑起天地。

"音竹，兄弟同心。"

叶音竹抬头看着紫，笑了笑，大喝一声，道："其利断金。"

说完，叶音竹就在地下跺了一脚，腾空而起，跃到了十五米的高空，紫伸出自己的右手，让叶音竹借力。只借力点了两下，叶音竹就轻飘飘地落在了紫的肩膀上。

此时的叶音竹站在紫的肩膀上，占了全场的最高点，负手而立，大有睥睨天下之势。

谁说一定要骑在坐骑背上？叶音竹向在场数十万人证明了，肩膀同样是一个可靠的地方。

马尔蒂尼的脸色很难看，他镇守北方那么多年，与雷神部落的比蒙巨兽交过很多次手，所以紫一现出本体，他就感受到了紫那熟悉而又陌生的气息。

"你是比蒙巨兽？"

马尔蒂尼勉强控制着自己的坐骑不再后退，沉声问道。

没错，这肯定是比蒙巨兽的气息，但是，比蒙巨兽什么时候拥有能够吓退数十万魔兽的能力了？黄金比蒙的身高是十七米，眼前这巨大的紫色比蒙却有二十五米。难道，它是变异的比蒙巨兽吗？

紫晶比蒙已经太久没有出现在这个大陆上了，就算是马尔蒂尼这样的强者，一时间也没想到是神兽现世了。

叶音竹抬起自己的右手，一道暗红色的光芒瞬间划过，从七国七龙排位战中赢得的凤凰翎出现在他的手掌之中。

"马尔蒂尼元帅，现在我们可以开始了吗？"

叶音竹同样没有小看马尔蒂尼。正如马尔蒂尼预料的那样，叶音竹之所以会在第一场选择骑战，就是要逼马尔蒂尼和自己战斗，只要赢了马尔蒂尼，米兰帝国一方的士气必然变得低落，对接下来的几场挑战有好处，而且他对骑战本来就很有把握。还有什么魔兽能和紫相比呢？除非马尔蒂尼将自己的坐骑换成神圣巨龙，不然马尔蒂尼一定没有获胜的可能。

马尔蒂尼看上去有些无奈，他问道："老伙计，你真的就那么怕它吗？难道你要放弃我们的骄傲吗？"

水龙缓缓抬头，道："不，我不是想放弃，只是我根本无法与它抗衡。只有我们龙族的最强者才是它的对手。现在站在你面前的，并不是普通的比蒙巨兽，而是比蒙巨兽中的帝王、传说中的兽人族四大神兽之首——紫晶比蒙啊！"

"你说什么？"

马尔蒂尼骇然失色，紫晶比蒙，竟然是紫晶比蒙。难怪自己的坐骑作为九阶魔兽都会如此惧怕对方的气息。

传说中的十阶神兽，紫晶比蒙。怎么可能？它怎么可能成为叶音竹这么一个年轻人的伙伴？难怪他们之间的契约是平等的，试问，谁敢和神兽签订主从契约呢？

水龙的声音并不是很大，但是，琴城一方听力超强的强者实在太多了，除了四大异族没有反应，东龙八宗人都震惊了。他们谁能想到叶音竹的魔兽伙伴是神兽呢？

这一刻，对于这次六道之决，东龙八宗人充满了期望。谁说他们无法取得胜利？他们从叶音竹和紫身上看到了胜利的曙光，就连未明也握紧了自己的双拳。

这是上天赐给东龙帝国的机会吗？

面对紫晶比蒙，马尔蒂尼会认输吗？不，他不会认输。作为米兰帝国两大元帅之一，让他在三十万下属面前认输是绝对不可能的。所以，他做出了一个令所有人吃惊的举动。

身穿紫微凌天铠的马尔蒂尼从坐骑背上一跃而下。没有战意的坐骑，已经不能再帮助他。但是，他还有自己，还有手中的紫微龙枪。他不会认输，他要用自己的力量与叶音竹和紫抗衡。

即使面对的敌人是十阶神兽，马尔蒂尼也不会退缩，紫罗兰家族的名誉不可以被辱没。

看到马尔蒂尼从水龙背上跃下的一刻，叶音竹就明白了他的意思，看向他的眼神中更多了几分敬佩。

叶音竹挥了挥手中的凤凰翎，就要从紫肩头跳下去。

对于马尔蒂尼，叶音竹还是非常尊敬的。当初如果没有马尔蒂尼的帮助，他的竹宗斗气也没那么容易进步。回想起那个天天来听自己弹琴的老马，他觉得自己最好还是与其公平一战。

但是，叶音竹的动作被紫阻止了，平等本命契约的存在，使紫可以直接感受到叶音竹心中的想法。

"音竹，不要忘了，这次挑战本身就是不公平的。在你身后，还有那么多人在期待胜利。"

紫的话令叶音竹心中一凛，对啊，他现在要对那么多人负责。六天六战，他必须节省体力。更何况，在一对一的情况下，他未必是实力已经达到了紫级五阶的马尔蒂尼的对手啊！

想到这些，叶音竹只能在心中对马尔蒂尼说了声对不起。他重新在紫肩膀上站稳，静静地看着下方的马尔蒂尼。

"这一场骑战，我从坐骑上落下来本应算负，但按照六道之决的规则，在战斗开始之前，我有权放弃自己的坐骑，孤身一战。"马尔蒂尼缓缓抬起手中的紫微龙枪，平静地说道。

面对神兽与叶音竹的组合，此时此刻，这位帝国元帅的战意反而被激发出来了。现在的他十分冷静，纯正的紫色斗气从他体内喷涌而出，蔓延到身体的每一个角落和龙枪上。

"那就开始吧！"

叶音竹低喝一声，集中精神，用凤凰翎斜指马尔蒂尼。

"杀！"

马尔蒂尼暴喝一声，以他所处的位置为中心，方圆十米的地面开始龟裂，下一刻，他的身体已如炮弹般飞出，化为一颗紫色流星，直奔紫胸前撞去。

马尔蒂尼整个人与龙枪融为一体，龙枪的枪尖就是斗气的凝结点，也是杀伤力最大的地方。

叶音竹没有动,依旧保持着刚才的姿势,只有手中的凤凰翎一直斜指着马尔蒂尼,锁定着他。

"杀!"

又是一声大喝响起,只不过这一次喊出来的是紫。

紫没有管马尔蒂尼刺向自己的龙枪,一道耀眼的紫色光芒出现在它双手之中,被紫色光芒包裹着的是一柄重剑。那柄重剑全长十七米,剑刃超过十三米。

菊宗宗主未聆风见过这柄剑,他曾经因为这柄剑而输给了紫,但是,直到此时他才知道这柄剑真正的威力有多大。

紫一点也没有手下留情,抬起双手,挥出了一剑。因为速度过快,剑刃所散发出的紫色光芒变成了扇形的,剑尖所指之处,空间仿佛都要被撕裂了,那似乎可以吞噬一切的空间裂缝伴随着重剑一斩而下,又在一瞬间愈合起来。

场上的空气仿佛都停止流动了,众人紧张得不敢呼吸。没有人能想象这一剑的威力究竟有多大,但是,所有人都知道这一剑要是落在马尔蒂尼身上,马尔蒂尼必死无疑。

这样霸道的一剑,令马尔蒂尼没有了别的选择。只有同归于尽,他才能与这一剑抗衡,也只有同归于尽才能保住紫罗兰家族的名誉。

马尔蒂尼一瞬间就做出了他认为最正确的选择。他将所有斗气凝聚在紫微龙枪的枪尖之上。他知道,自己的冲势太猛,已经没有任何闪躲的可能。他当然不会期望紫微凌天铠能帮自己挡住这样的一剑,因为那是绝对不可能的。

双方观战的人都清晰地看到了这一幕,不知道多少惊呼声在这一刻响起。

"当!"

就在马尔蒂尼的紫微龙枪即将刺中紫的心脏时，紫胸前多了一道暗红色的光芒。

凤凰翎挡住了紫微龙枪。

叶音竹的身影一闪而过，下一刻，他就回到了紫的肩膀上。

看到那道暗红色的光芒的时候，马尔蒂尼就知道自己已经输了。

马尔蒂尼的实力毕竟达到了紫级五阶，他用尽全力使出的一招绝对不是叶音竹所能抵挡的。叶音竹也没想过要完全挡住他的攻击。

在凤凰翎挡住紫微龙枪之时，叶音竹就已经借力而起，他没给马尔蒂尼攻击自己的机会，就彻底打乱了马尔蒂尼的计划。

紫微龙枪确实被凤凰翎挡开了，但依旧刺向紫的心脏。凭着那片刻的迟滞，紫的紫晶剑先一步到了马尔蒂尼身上。

这看似简单的巧合其实是依靠叶音竹和紫的配合才完成的。两人的默契在战斗中完全展现出来，在紫劈出那一剑的时候，它的力量、速度以及对何时能够落在对手身上的预测，种种判断立刻传到了叶音竹的大脑中，叶音竹在凤凰翎迎上紫微龙枪的时候将阻挡对方的信息回传给紫。所以，这看似巧合的一幕根本就是他们计算的结果，也只有灵魂相通的他们才能配合得如此完美。

这一幕显得极其诡异，观战的人都屏住了呼吸，没有发出一点声响，场上只有无数魔兽发出的悲鸣声。

不知道受到了什么的影响，紫晶剑竟然没有斩在马尔蒂尼身上，从马尔蒂尼身边掠了过去，下一刻，马尔蒂尼已经被剑气震开，如同被击出的棒球一般，远远地飞了出去。

由于紫晶剑偏离了原本的攻击方向，紫没能完全躲开马尔蒂尼的攻击。紫微龙枪从它的紫晶之体上擦过，发出一串刺耳的摩擦声。

一道白色痕迹留在了紫的左胸上，幸好这道白色痕迹不深，对现出本体的紫来说，这根本算不了什么。

淡淡的光芒闪烁，叶音竹眼中流露出一丝感动之色，他当然知道紫为什么要这样做。

紫是感觉到了自己对马尔蒂尼的尊敬和感激，所以才在最后关头手下留情，否则的话，紫晶剑一定会斩在马尔蒂尼身上。

马尔蒂尼被这一剑震飞一百多米，即将落地的时候，他那条水龙不知道从什么地方钻了过来，才勉强接住了他的身体。

"哇"的一声，马尔蒂尼喷出一口鲜血，他被剑气震到的半边身体已经麻木了，就连手中的紫微龙枪都飞了出去。

马尔蒂尼抬起头，看着高大的紫和它肩膀上穿着白色劲装的叶音竹，勉强平复着体内翻腾的气血。

他不明白紫为什么会在最后关头手下留情，一脚踏入鬼门关的感觉给他留下了无比深刻的印象。

在战场上拼杀过无数次的马尔蒂尼第一次感到活着是如此幸福。他不知道有多久没有体会过这种在生死边缘徘徊的感觉了，今天一个年轻人竟然让他体会到了这种感觉。

"我输了。"

马尔蒂尼知道，再战下去根本没有任何意义，别说是战胜叶音竹和紫，单是一个紫，他就无法战胜。

从马尔蒂尼口中说出这三个字实在有些艰难，但当这三个字真的在场上响起时，琴城一方的战士都发出了欢呼声。

"琴帝，万岁！琴帝，万岁！"

欢呼声此起彼伏，叶音竹的胜利一下子让琴城一方的士气高涨起来。他们的对手可是米兰帝国元帅啊！

马尔蒂尼是米兰帝国最强的武技高手，可是，在叶音竹和紫面前只过了一招就已认输。

现在谁还敢说叶音竹提出六道之决是在找死？东龙八宗人此刻个个心头火热，只觉得原本快熄灭的希望之火又燃烧了起来。

马尔蒂尼没有多说什么，骑着自己的水龙朝己方而去，三十万大军鸦雀无声，气氛无比压抑。

目送着马尔蒂尼离去，叶音竹并没有很兴奋，因为他知道，六道之决刚刚开始，后面还有更艰难的战斗等着他。

只见一阵紫光闪烁，紫的身体逐渐收缩，重新变回人形，两人对视一眼，从对方脸上看到了一丝微笑。

紫说过，他会永远站在叶音竹身边，他做到了。六道之决既然是叶音竹提出的挑战，自然也算是他提出的。他和叶音竹的生命早已经联系在一起。

米兰帝国大军缓缓地撤回营盘之中，只有一小部分人在清扫战场。在清扫战场的时候，米兰帝国战士发现，有不少魔兽竟然被吓得肝胆俱裂，已经死亡。

看到紫晶比蒙，米兰帝国大军不由得在心中感叹：这才是真正的强者啊！十阶神兽的出现令米兰帝国大军重新判断了琴城的实力。

"大哥，你身体如何？"马特拉奇关切地问道。

马尔蒂尼摇了摇头，道："我没事。看来，我对琴城的了解还是不够，低估了他们的实力。紫晶比蒙，竟然是大陆上千年未见的紫晶比蒙。叶音竹这个年轻人不简单啊！

"我输了，输得心服口服，我输了这六道之决的第一战，也就意味着我们打败他们的机会少了一半。"

马特拉奇一愣，问道："大哥，你是不是太妄自菲薄了？就算对方个体实力强一些，也影响不到我们之后的行动啊！这是战争，而不是个人的决斗。

"如果没有这六道之决，我们的三十万大军会直接冲入琴城，踏平琴城。

他们的个体实力再强大又有什么用？更何况我们还有上千名魔法师。单是这些魔法师发出的魔法攻击，他们就承受不了。"

马尔蒂尼叹息一声，道："不，你错了。在面对我们的三十万大军的时候，个体实力强大并不是完全没用的，这要看个体实力强大到什么程度。今天你也看到了那个紫晶比蒙，你告诉我，如果大战开始，那个紫晶比蒙加入战场，我们的骑兵还能发挥出几分实力？

"别说是普通的骑兵，就连龙骑兵也难以行动。你能肯定琴城只有紫晶比蒙这一个强者吗？叶音竹今天接我那一枪，我能感觉到他的斗气和我的斗气差不多。正像奥利维拉说的那样，叶音竹也达到了紫级。一个十八岁的紫级强者，前途一片光明。对了，今天我还看到了安雅小姐。"

第一百五十四章
六道之决第二战

"安雅小姐？你是说，飘兰轩的那位安雅小姐吗？"

马特拉奇大吃一惊。

马尔蒂尼点了点头，道："不错，就是她。我很清楚，自己绝对不是安雅小姐的对手。你手下的魔法师虽然多，但是，要多少魔法师相加才比得上一名紫级八阶大魔导师呢？

"我们现在还不知道琴城内有多少精灵以及魔法师，更何况琴城那边还有东龙八宗人，那些人也不可小觑，就算我们能够荡平琴城，所付出的代价也将是极其惨重的。"

马特拉奇沉默了，他的目光渐渐变得无比坚定。他道："大哥，不论琴城如何强大，我们的任务都不会改变，陛下既然派我们来了，我们就必须荡平琴城。

"你放心吧，在六道之决的魔法战中，我一定会让叶音竹败在我手下，我潜心修炼魔法这么多年，我就不信，比魔法，我还胜不了他？"

马尔蒂尼摇了摇头，很是无奈地道："不是的，马特拉奇。我不是信不过你的实力，只是叶音竹的魔法实力并不比他的武技实力差，恐怕你很难获胜。

我听奥利维拉说过他的神音系魔法，作为精神系魔法的分支，对其他系魔法都有一定的克制作用，你的风系魔法虽然不错，但对战的时候未必能在他面前讨到好处。我已经选好了与他进行魔法战的人。"

马特拉奇皱了皱眉，道："大哥，在我们军营中难道还有魔法实力比我更高的人吗？"

马尔蒂尼沉声道："我不是这个意思，只是为了稳妥起见，在叶音竹提出六道之决挑战之后，我第一时间通过魔法传信给了米兰城的人。

"我想，那个参加六道之决魔法战的人应该到了。放心吧，等他来了你一定会心悦诚服的。虽然我很看好叶音竹这个年轻人，但是为了米兰帝国，我们不能输，也只能这样了……"

在琴城战士们的簇拥下，叶音竹回到了琴城。他没有与任何人庆祝，而是像前几天一样，悄然消失了。

琴城的人只知道他去了布伦纳山脉之中，但具体位置无人得知。叶音竹给出的理由是自己要在下一次对决开始之前好好休息，不能被打扰。

六天六战，虽然第一战并没有消耗什么能量，但为了以最好的状态迎接之后的几场对决，他必须静下心来。

叶音竹端坐在一座山的山顶上，微风拂面，带着些山中特有的水雾，他闭着眼睛，感受山中的一切，身体周围闪耀着一圈淡淡的紫色光芒，他已经入定了。

他将自己的情绪把控得很好，第一战胜利后依旧能够保持冷静，来到这距离琴城不远的山顶上，为的就是修炼。

天色渐渐暗了下来，原本就很冷的布伦纳山脉在初冬的夜晚更是无比寒冷，但叶音竹身体周围那圈紫色光芒将所有寒气都阻挡在外了。

那天，他处于极度矛盾之中，权衡利弊后选择了六道之决。自那以后，他的心反而平静了下来，或许是因为六道之决让他没了退路，不得不全力以赴。这些天他的进步速度非常快，连菲尔杰克逊都有些惊讶，称赞了他一次又一次。

随着黑夜的来临，一缕黑雾慢慢从叶音竹体内散了出来，轻轻地飘荡在他面前，叶音竹也在这时缓缓睁开了双眼。

"老师。"叶音竹恭敬地向黑雾行礼。

菲尔杰克逊苍老的声音从黑雾中响起："今天你做得很好，不但取得了胜利，而且避免了与对手结下深仇大恨。最重要的是，你并没有消耗过多的能量。"

叶音竹微微一笑，道："这都是老师教导有方。"

菲尔杰克逊嘿嘿一笑，道："行了，你不用说这种话恭维我。这完全是你自己努力得来的，和我没什么关系。我能感觉到你的精神力又提升了。我今天才明白为什么你的武技和魔法力会提升得这么快。

"你并不是一个人在修炼，你的契约伙伴在和你一起修炼。好一个平等本命契约啊！没想到，我居然还有机会见识到这么神奇的契约形式，真是机缘造化。"

叶音竹愣了一下，虽然他知道与紫签订平等本命契约有不少好处，但对他来说，这个契约最大的好处就是使他和紫能够相互召唤，对于其他好处，他倒不怎么了解。

"老师，您也知道这个契约吗？"

"当然知道，我在暗塔中的一本古籍上看过这个契约，还仔细研究过这个契约，可惜不知道契约咒语，无法进行试验。平等本命契约不仅可以让契约双方相互召唤，而且可以让契约双方的能量相互传递。"

"相互传递？"叶音竹第一次听到这种说法。

"没错，就是相互传递。你和你的契约伙伴紫签订契约之后，有没有发现不论是你还是他，只要有一个人实力提升，另一个也会得到好处。

"比如说，你的魔法实力提升了，那么，他的精神力也会随之提升。而当他进化的时候，你的身体也会受到一定影响。"

叶音竹点了点头，道："是的，这不是因为我们的灵魂相通吗？"

菲尔杰克逊道："不，不只是那样。其实，你们之间能量的相互传递无时无刻不在进行，只不过平时表现得并不明显，所以你们没有发觉。只有你们有较大的提升时，你们身上才会有明显表现。

"简单来说，你们两个人的修炼成果会平摊在你们两人身上。也就是说，你有现在的实力，也有紫的功劳，否则，你又怎么可能在十八岁的时候就达到紫级呢？

"你可以去问问其他人，在同级别的情况下，他们的修炼速度不知道比你慢了多少，而且你之后的提升速度也不会慢下来。我能感觉到，你的武技和魔法马上就要突破紫级二阶了，这种提升速度只能用'恐怖'来形容。"

原来自己一直都在从紫的身上得到好处啊！

其实，菲尔杰克逊没有搞清楚一点，平等本命契约虽然神奇，但并没有现在叶音竹和紫身上体现出的效果这么明显。

平等本命契约之所以会变成现在这样，是因为其在叶音竹和紫身上发生过一次变异。正是那次变异，使得两人的生命连在了一起。

战争巨兽格拉西斯杀死了还没有完全成长起来的紫，叶音竹利用平等本命契约，将自己的生命分享给了紫，使紫复活。

变异就是从那时候开始的，也正是从那时候开始，叶音竹和紫的实力才有了爆发式的增长。

"好了，不说这些了。音竹，我这些天想了很多，经过深思熟虑，我发现，如果只让你修炼亡灵魔法，肯定会耽误你，所以，我退而求其次，从你身上那张枯木龙吟琴上想到了一个好办法。"

"枯木龙吟琴和亡灵魔法有关吗?"

叶音竹当然明白,菲尔杰克逊现在所说的枯木龙吟琴是隐藏在自己心脏中的那张琴。普通的神器可不会被这位前暗塔塔主看在眼里。

菲尔杰克逊道:"你那张枯木龙吟琴上有七种不同属性的魔法元素的气息,我感觉其中就包括了黑暗元素。其实,对于亡灵魔法来说,黑暗元素只起到引导作用,真正产生作用的,还是施法者的精神力,以及精神力的使用方法。

"也就是说,你可以通过特定的魔法物品引导黑暗元素,然后再通过自己的精神力发挥出亡灵魔法的效果,至于效果怎么样我现在还说不好,但我可以肯定,加上你那张琴之后,效果绝对不会差。"

叶音竹心中一动,问道:"老师,您的意思是说,让我用琴曲来模拟亡灵魔法吗?"

菲尔杰克逊道:"不,不是模拟,而是施展真正的亡灵魔法。这是我现在想到的一个大方向,只有等你能够使用那张琴之后,我才能知道接下来要怎么做。"

叶音竹道:"老师,我一直想问您,我究竟要到什么时候才能使用这张琴啊?如果我能用它的话,想取得这次六道之决挑战的胜利绝对不成问题。我原本以为自己达到紫级后就可以使用这张琴了,可直到现在我都无法弹动它的琴弦,甚至都不能随意将它取出来。这究竟是怎么回事?"

菲尔杰克逊哼了一声,道:"以你现在的实力,想都不要想,超神器岂是那么容易驾驭的?想要驾驭超神器,最起码也要达到次神级才行,也就是白级一阶。

"到了那时,你才有驾驭超神器的力量,当然,这只是可能而已。你这件超神器中蕴藏着非常大的能量,而且有一股极大的怨气,连我的灵魂都无法进入其中。当初你能让它认主,绝对是幸运的。

"其实，现在这件超神器等于是你的护身符，平时它不会出现，等你有生命危险的时候，它一定会出来保护你的安全。当然，你现在如果想要使用它也不是绝对不行，只是有些……"

"有些什么？"叶音竹迫不及待地问道。

自从得到这件超神器以后，他经常想如何才能使用这件超神器，此时听菲尔杰克逊有办法，他顿时大喜。通过这些天的交流，他发现菲尔杰克逊简直就像是一座移动的魔法知识图书馆。

"自残，你听说过没有？"菲尔杰克逊冷冷地说道。

"自残……"

天渐渐亮了，但天空阴沉沉的，和昨天的万里无云相比，今天显然不是一个好天气。

六道之决既然开始了，就不会停止。米兰帝国大军与琴城大军又一次来到了对决的场地上。

和第一天的火热气氛相比，今天双方明显平静了许多，尤其是输了第一战的米兰帝国一方，大军整齐地站在那里。令琴城强者感到有些好笑的是，今天前来助威的米兰帝国大军中竟然连一个骑兵都没有，显然是怕了紫的气息。

叶音竹今天依旧是一个人走到了场上，只是换了一身装扮。

纯白色的神源魔法袍上并没有任何装饰物，此时的他，就像一个普通的魔法师。但是，普通魔法师会提出六道之决吗？只要看叶音竹的装扮，他的对手就明白了今天这一战是魔法战。

马尔蒂尼第二次走上场，这一次他没有骑在水龙身上，从他脸上，叶音竹看不到半分沮丧，反而觉得他比昨天平静了很多。

"叶音竹，你知道吗？在我心中，你已经是一个值得敬佩的对手。"马尔蒂尼站在离叶音竹三米远的地方，淡淡地对他说道。

叶音竹微微一笑，道："这是我的荣幸。"

马尔蒂尼道："虽然我不想与你为敌，但现在木已成舟，对决只能继续下去。希望你能明白，为了获得胜利，作为一个统帅，我不得不用些非常手段。"

叶音竹愣了一下，他显然不明白马尔蒂尼的意思。他没想那么多，只是说道："既然如此，那就让我们开始吧。魔法引万千元素为自己所用，将其化为强大的力量毁敌于一瞬间，是世间最神奇的力量。六道之决第二战，我选择魔法战。"

马尔蒂尼深深地看了叶音竹一眼，道："从你的穿着上我就已经看出来了。"说完，他就朝已方走去。

叶音竹在原地坐了下来。魔法战只能用魔法来决定胜负，不得召唤魔兽，也不能使用武技，因此站着和坐着没有什么差别，更何况他是一名神音师，还是坐着比较好。

紫色光芒一闪，海月清辉琴就出现在他双膝之上，就在这个时候，叶音竹看到了自己的对手。

一名老魔法师从米兰帝国大军中走了出来，他显然是一名纯粹的魔法师，没有修炼过武技，不过走路的速度一点也不慢，他平静的脸上隐隐带着几分担忧之色，当他从马尔蒂尼身边走过的时候，还轻轻地向马尔蒂尼点了点头。

看到来人，原本已经坐下的叶音竹猛地站了起来，脱口而出："老师。"

是的，这从米兰帝国大军中走出来，即将和叶音竹展开第二场对决的人正是米兰魔武学院的院长、紫级四阶精神系大魔导师弗格森。

叶音竹怎么也没想到，马尔蒂尼居然会请弗格森和自己对决，他终于知道马尔蒂尼说的"非常手段"是什么意思了，脸色顿时变得很难看。

先不说叶音竹面对自己的老师能够发挥出多少实力，只说弗格森作为精神系大魔导师，在同级别的魔法师中，弗格森对他的琴魔法的免疫力肯定是最强的。

虽然弗格森现在的实力达到了紫级四阶，但实际上，其他紫级五阶的大魔导师也未必是他的对手。

精神系魔法本身就是一种神奇的存在啊！

弗格森缓缓地走到叶音竹面前，看着向自己行礼的叶音竹，苦笑道："我也没想到我们师徒两人再次见面居然会是这样的情况。

"音竹，你是我最得意的弟子，现在却成了我的敌人。我是米兰帝国的一员，我不想多说别的话，只希望你不要因为我曾是你的老师而手下留情，如果你那样做的话，只会让我觉得你在侮辱我。你要明白一点，弟子能战胜老师，才是老师最大的成就。"

叶音竹呆呆地看着弗格森，从弗格森的话中，叶音竹听出了弗格森对自己的担忧。很显然，弗格森并不希望和叶音竹动手，可事情已经到了这个地步，这场对决已经不是他所能左右的了。

弗格森终究还是来了，他是米兰帝国精神系魔法师第一人，就算是暗魔系大魔导师月辉也不可能比弗格森更适合这场对决，而且他还是叶音竹的老师。

弗格森抬起右手，手中光芒闪烁，一根亮银色的魔法杖出现在他的手中。魔法杖上面有一颗闪耀着淡金色光芒的宝石。叶音竹知道，这种特殊的宝石对凝聚精神力有极好的效果。

"我要开始了。"

弗格森慢慢地举起自己的魔法杖，向叶音竹行了一个魔法师对决时才会行的礼。

叶音竹抱着古琴赶忙还礼,弗格森是他的老师,他可不敢有失礼数。如果要问叶音竹最尊敬米兰魔武学院里的谁,叶音竹肯定会说弗格森和妮娜。

弗格森从没要求过他什么,却给予了他很多帮助,在弗格森的指导下,他对精神系魔法有了全新的认识,进而提升了自己的琴魔法。

"老师,您请。"

叶音竹重新坐了下来。六道之决并不是他一个人的战斗,他坐下之后,就将自己与弗格森之间的情谊放在了一边。为了琴城,为了自己的族人,他不能输。

叶音竹用双手轻抚琴弦,神色顿时变得平静起来,那淡定的模样令对面的弗格森不禁连连点头。他已经很久没有检验过叶音竹的实力了,正好趁此机会,看看叶音竹的实力达到了什么境界。

弗格森叹了一口气,道:"音竹啊音竹,我们这一场对决就当作是老师对你最后的考验吧。"

他很清楚,这一战之后,不论是胜是负,叶音竹都不可能再回到米兰魔武学院了。

"看着我的眼睛。"

弗格森的声音响起,随着他手上紫色魔法力的注入,一团耀眼的金光瞬间从魔法杖顶端释放出来。

弗格森的声音并没有传出去很远,只有叶音竹能够听到。在弗格森说出这句话的时候,魔法杖上释放的金光已经将弗格森的身体笼罩在内。

精神系魔法和其他系魔法不同,精神系魔法并不是直接向对方发动攻击,而是作用于自身,通过提高自身的精神力强度,再影响对手。

叶音竹抬起头,直视弗格森。此时弗格森的双眼已经变成了淡金色,一股精神波动从他的眼中传递出来。

当初，弗格森在指点叶音竹学习精神系魔法的时候就对他说过，如果他在今后的战斗中遇到精神系魔法师，不能为了逃避精神系魔法的攻击而不与对手对视，而是要用自己的精神力压制住对手。

如果连对手的眼睛都不敢看，那么，你的精神之海就会被对手控制。精神系魔法并不只是作用在声音上，它能够利用一切可以利用的东西。

光芒一闪，叶音竹发现自己眼前出现了数十个弗格森，虽然他知道这是精神系魔法产生的幻觉，但那一刹那，他还是有些失神。

无所不在的精神威压就像一个巨大的牢笼将叶音竹困在其中。

精神系魔法的最终目的就是令对手的精神崩溃。叶音竹深吸一口气，凝视着眼前的众位弗格森，开始弹奏琴曲。

他的双手轻拨琴弦，轻柔的琴音悄然响起，一个淡紫色的光环以叶音竹的身体为中心朝四周散去，叶音竹没有刻意控制琴音，美妙的旋律就从他指尖流泻而出。

琴音一响，周围的幻象就似与叶音竹再无关系，他已经完全沉浸在自己的琴曲之中。从很小的时候开始，叶音竹在弹奏的时候就能做到除琴之外，再无他物。

他的左手为秋鹗临风势，右手为幽谷流泉势，一曲《绿水》仿佛令人从这寒冷时节进入了暖春时期，音律起而又伏，飘然不散。

这一首琴曲没有任何攻击力，精神力极其敏感的弗格森感觉到这首琴曲中充满了孺慕之情。他知道，叶音竹这是在向自己表示尊敬。

"我们现在是敌人。"

弗格森的声音从四面八方传来，每一个字都很清晰。

弗格森虽然对神音系魔法有一定的研究，但是对琴魔法并不熟悉。然而，他对精神波动十分敏感。他说的七个字都像利刃一般，击打在琴音中精神波动最薄弱的地方。

叶音竹全身一震，脸色顿时变得惨白，琴曲被弗格森的精神力强行打断，叶音竹的精神之海内掀起了滔天巨浪。

只听"哇"的一声，叶音竹喷出一口鲜血，缓缓地抬起了头。

周围的弗格森都面无表情地看着叶音竹，这一刻，叶音竹没从弗格森眼中看到任何温情。

叶音竹叹息一声，道："老师，对不起了。"

周围的景象再次变化，所有的弗格森都在这一刻消失了。弗格森的精神力不断刺激着叶音竹的精神烙印。

刹那间，叶音竹仿佛又看到了自己在七国七龙排位战中被血色卫队偷袭的那一幕，他看到了死神战士死前的表情，也看到了四十三名魔法师燃烧自己生命时的眼神。

这是叶音竹的内心世界，叶音竹知道，此时他看到的正是自己精神烙印中最深刻的记忆。

"嗡！"

叶音竹的右手由幽谷流泉势变成了鹰隼捷击势，一声爆响从他手上的海月清辉琴中传出来，眼前的幻象受到琴音影响顿时变虚幻了几分。下一刻，叶音竹手中的海月清辉琴已经换成了飞瀑连珠琴。

橘黄色的飞瀑连珠琴一出现，现场就充满了悲伤的气息。叶音竹淡淡地道："死去的兄弟，我不会让你们白死，就让我用琴曲送你们一程，你们的灵魂将在敌人倒下时得到安慰。"

说完，他的双手快速地在飞瀑连珠琴的琴弦上抚过，奇异的声音出现了，那似乎不是琴的嗡鸣声，而是人的哭泣声。

催人泪下而又充满冲击性的琴曲骤然响起。

哭泣声是琴弦颤动的声音混合而形成的，当初，叶音竹用了整整三个月的时间，才学会这个技巧。

一曲《乌夜啼》渐渐响起，带来了无尽的悲伤。围绕着叶音竹的紫色光环飘然而去，紫色光环所到之处，周围的一切都变得虚幻几分，那凄美的琴曲催人泪下，眼前的幻象似乎也在不断变化。

"破！"

弗格森大喝一声。

叶音竹脑海中瞬间一片昏沉，他再次停止了弹奏。猛烈的精神冲击险些攻破他的精神之海。

好强的精神冲击，弗格森真不愧是米兰魔武学院的院长啊！

第二首琴曲又被强行打断，叶音竹眼前又一次出现了幻象，只不过这次幻象中的场景换了。

没有了杀戮，只有平静，周围都是黄沙，叶音竹仿佛又回到了在七国七龙排位战中与黑凤凰第一次交手的地方，一道漆黑的身影正在他周围快速地移动，锋利的匕首似乎随时都可以取了他的性命。

叶音竹既没有闪躲，也没有用武技阻挡那道身影的攻击。这是魔法战，他知道如果自己使用了武技，那么，自己就输了。

很快，叶音竹看到了血，也感觉到了一股无比真实的刺痛。他看到了黑凤凰冰冷的眼眸，她那锋利的匕首不断从自己身体上掠过，在自己身上划出一道道伤口。

突然，幻象不再变化了，黑凤凰贴着叶音竹站住，她手中那柄锋利的匕首贴在了叶音竹的脖子上。

叶音竹强忍着剧痛，问道："你要杀我吗？"

黑凤凰冷冷地道："我们是敌人。现在不是你死，就是我亡。"

黑凤凰刚说完，叶音竹就感觉到自己脖子上一凉，应该是锋利的匕首划过了自己的脖子。紧接着，鲜血流了出来，这一刻，他感觉自己快虚脱了，一切开始慢慢变黑暗了。

过了一会儿，叶音竹笑了。

周围的一切都亮了起来，叶音竹的琴声不知道什么时候重新响了起来。琴音渐渐扩散出去，一个个紫色的神音光环落在了同一道身影之上。

弗格森的身体被那一个个神音光环所围绕，他的精神力完全被限制在这一个个神音光环之中，苍老的眼眸中带着一丝不解，隔着神音光环注视着叶音竹。

弗格森不明白，那最后一击如此完美，叶音竹明明就要在幻象中崩溃了，为什么他最后还是清醒了过来。弗格森无法理解这是为什么，他觉得如果换成自己，自己一定不可能重获胜利。

"老师，您输了。"

叶音竹勉强从地上站起来，他虽然感觉自己很虚弱，但一直没有停止弹奏，那一个个神音光环准确无误地落在了弗格森身上。

"为什么？"

弗格森还是问出了自己的疑惑。

叶音竹轻叹一声，道："老师，在精神系魔法方面我确实不如您。您手中的魔法杖应该是一件神器吧，有它的帮助，相信您的精神力已经远远超过了我的精神力。

"尽管我自身的精神力还算稳固，您一轮接一轮的攻击还是令我险些崩溃。看来，这就是老师和学生的差距。从您上场的那一刻起，我们之间的战斗就已经开始了。您的每一个眼神，说的每一句话，都是对我的攻击，我没说错吧？"

弗格森点了点头，道："不错。你还记得吗？我对你说过，精神系魔法师要利用一切形式来掌控对方的精神之海。

"一旦对方的精神之海被自己掌控，那么，对方就会败在自己手上。只是我不明白，你的精神之海明明已经被我攻破了，我也控制了你的精神之海，为什么我还是输了？"

叶音竹脸上露出一丝淡淡的微笑，他道："因为，您悄悄侵入的精神之海是我早已为您准备好的。"

弗格森脸色一变，吃惊地道："难道、难道是……"

叶音竹点了点头，道："没错，就是精神之海分层。当我看到第二战的对手是您时，我就知道自己的神音系魔法可能发挥不出什么作用了。所以，我做好了准备。您还是低估了我对精神之海的控制力以及对精神系魔法的掌控力。"

弗格森愣了一下，苦笑道："你这孩子，真是太大胆了。就算是我，也不敢轻易地将自己的精神之海分层。你知不知道，一旦被对方看破，你就一点翻身的机会都没有了？而且，将精神之海分层会使你的身体超负荷。"

叶音竹道："我当然知道这些，可是我没有办法。因为我的大部分精神力都集中在了将精神之海分层上面，所以我才会在您的精神攻击下受伤。您在那里面看到的很多东西都是真实的，或者说，百分之九十九的内容都是我的真实经历。

"如果不是这样，您可能会察觉到这个精神之海是我造出来的。我只是在造出的精神之海中隐藏了一点东西，也保存了一点自己的精神本源。最后时刻，幻象中的黑凤凰向我发动攻击，她之所以不断在我身上留下一道道伤痕，是因为您希望我感受到身体上的痛苦之后，精神加速崩溃，但是，我向您隐藏了一点，那就是黑凤凰对我没有敌意，她不会真的杀了我。

"所以，当最后您控制着幻象让她杀了我时，这幻象就再也不能威胁到我了。而那一刻正好是您的精神防御最松懈的时候，精神攻击就要乘虚而入，这也是您教我的，不是吗？"

弗格森看着叶音竹，脸上的苦笑逐渐变成了真诚的笑容，道："是的，你可真是个好学生,我输了。音竹,我希望你能在这场六道之决中走得更远,也希望你能活下来。你是我见过的最有天分的魔法师。"

弗格森刚说完,就倒在了地上。

叶音竹不可能真的伤害自己的老师,他清醒过来之后演奏的是琴宗九大名曲中的《忘机》,《忘机》有催眠的作用,因此弗格森只是睡过去了而已。

"忘记一切烦恼吧,我的老师。好好睡一觉,当您再次醒来的时候,或许一切问题都已经解决了。"叶音竹收起古琴,跪在地上,恭恭敬敬地向弗格森磕了三个响头。

第一百五十五章
实力各现

六道之决第二战,叶音竹胜。

叶音竹缓缓走回琴城一方,脸上依旧带着淡淡的微笑。他向众人道:"第二战结束了,我还要去修炼,安雅姐姐,琴城的事就麻烦你和各位长老商议决定了。"

"好。"安雅点了点头,答应道。

"我送你吧。"紫淡然道。

叶音竹看了紫一眼,点了点头。两人同时腾空而起,朝着琴城的方向而去。很快,他们就飞过了琴城,进入布伦纳山脉之中。刚刚进入布伦纳山脉,叶音竹的身体就有些不受控制,眼看就要摔下去了。

紫的反应很快,一把将叶音竹拉到了自己怀中。他自然知道叶音竹现在的身体情况如何,不然他也不会说要送叶音竹。

精神系大魔导师哪有那么好对付?精神系魔法之间的碰撞根本没有任何花招可以耍。

虽然叶音竹和弗格森对决的时间不长,但叶音竹承受了多次精神冲击以及幻象冲击,他的精神之海已经超负荷了。

为了不让对手和自己人看到他虚弱的样子,他一直撑到了现在。他不能让对手知道自己的伤势,更不能打击琴城战士的信心。

紫抱着叶音竹,叹息一声,道:"音竹,你这又是何苦呢?你才多大啊?你的身上已经背负了太多东西。"

没有人看到这一幕,弗格森因为《忘机》的影响而陷入了沉睡之中,没有三五天的时间,他根本不可能醒过来,自然也不能将叶音竹此时的情况告诉任何人。

米兰帝国军营,帅帐。

"连弗格森也败在了叶音竹手上,这确实是我没想到的。本来,我还想借弗格森的手击败叶音竹,那样的话,或许还能保叶音竹一命。现在看来,这显然不可能了。"

全身笼罩在白色长袍中的人端坐在帅位上,他的声音带着伤感,感受到他的情绪变化,马尔蒂尼有些战战兢兢。

"大人,明天一战,叶音竹会选择什么呢?"马尔蒂尼试探着问道。

"具体是什么我也说不好,但可以肯定的是,明天叶音竹选择的一定是他把握最大的一战。"白衣人平静地说道。

"为什么?"马尔蒂尼有些惊讶。

白衣人道:"因为他今天受伤了,而且伤势严重,如果明天不能轻松获胜的话,之后的几战,他都很难获胜了。"

"什么?您说他受伤了?可是,他和弗格森院长之间的对决持续的时间很短啊!而且,我们都没看出他有什么变化,他回琴城的时候看起来也很正常。"

弗格森与叶音竹一战时,因为有耀眼的神音光环环绕,别人站得远,看不清,所以只有弗格森看到了叶音竹吐血的样子,而弗格森现在沉睡不醒,叶音竹受伤的事也就没被人发现。

白衣人淡然道："论魔法实力，在我们米兰帝国中，弗格森院长绝对是代表人物。他的魔法力或许没有月辉大师那么强，但是，他是一名精神系魔法师，修炼的是可以克制大部分魔法的精神系魔法。从实战角度出发，在不考虑魔兽的情况下，就连月辉大师也不一定是他的对手，别的魔法师也一直避免与精神系大魔导师对战。

"叶音竹是一名神音师，修炼的神音系魔法也属于精神系魔法的范畴。他在米兰魔武学院学习的时候，还是弗格森院长的弟子。弗格森院长对叶音竹的神音系魔法很了解，所以两人刚开始战斗时，弗格森院长就占了上风。

"虽然我不太清楚具体情况，但我可以肯定，叶音竹在战胜弗格森院长的时候受了很严重的伤，他的精神之海必然受到了冲击，想要恢复绝对不容易。从最终结果来看，我们请弗格森院长来参加这场魔法战是非常正确的。"

马尔蒂尼沉默了一会儿，接着问道："那您说叶音竹下一战会选择什么呢？除了最后的综合战以外，他现在还有三个选择，分别是团战、魔兽战和武技战。今天他消耗了那么多精神力，明日他会不会选择武技战？"

白衣人摇了摇头，道："不，我不这样认为。虽然武技和魔法的区别很大，但是，对于叶音竹这样的双修者来说，武技和魔法之间已经有了相通之处，在消耗了大量精神力的情况下，他的武技也很难发挥出真正的实力。他拥有紫晶比蒙那样强大的魔兽，所以，我可以断定，明天他将选择魔兽战，他会依靠紫晶比蒙获得第三场对决的胜利。"

马尔蒂尼眼中流露出一丝担忧，他道："您说得对，魔兽战确实是叶音竹现在最有把握的一战。我方虽然有不少巨龙，但魔兽和神兽之间的差距无疑是巨大的，我们的巨龙甚至没有跟紫晶比蒙战斗的勇气，又怎么能与其抗衡呢？难道我们就让他们这么轻松地获得明天的胜利吗？"

"不，当然不。不论米兰帝国曾经如何看重叶音竹，都没有国家荣誉重要。在国家荣誉面前，其他事情都必须放下，包括私人情感。紫晶比蒙虽然强大，但并不是无敌的。

"从那紫晶比蒙现在的实力看，那紫晶比蒙应该还没进化成功，魔兽战是三对一，只要我们的巨龙拥有足够的勇气，绝对有一战之力。既然它们缺乏勇气，那我们就给它们勇气。"

蓝迪亚斯帝国。

"什么？米兰帝国和东龙帝国没有打起来？这是真的吗？"高大的男子从座椅上猛地站了起来，这惊人的消息令他感到有些混乱。

"是的，根据我们的探子传回的消息，米兰帝国三十万大军在马尔蒂尼的率领下在琴城与东龙帝国一方对峙。"隐藏在黑暗中的人淡淡地说道。

"为什么会这样？难道米兰帝国敢违抗法蓝的命令吗？不，我不相信米兰帝国有这个胆子。"

"米兰帝国当然没那个胆子。马尔蒂尼遇到了特殊情况。琴城领主叶音竹也是东龙帝国人。探子传回的消息说，米兰帝国大军之所以和东龙帝国人对峙，就是因为叶音竹向米兰帝国提出了六道之决。"

"你说什么？"高大的男子瞪大了眼睛，问道，"六道之决？这个叶音竹疯了吗？等等，这个名字怎么有点耳熟，我好像在什么地方听说过。"

"他就是上次代表银龙城出战，参加七国七龙排位战的那个叶音竹。"隐藏在黑暗中的人提醒道。

"是他？就是那个战胜了黑凤凰，帮助米兰帝国取得七国七龙排位战第一名的年轻人？他怎么又成了东龙帝国的人了？"

混乱的形势令高大的男子感到很混乱，他不断来回踱步，思索着什么。

半响后，高大的男子沉声道："六道之决几乎是不可能胜利的挑战。这个叫叶音竹的年轻人居然会提出这样的挑战，他怎么会有这样的勇气？

"传我命令，不惜一切代价，将发生在琴城的一切事情打探清楚，然后将消息传回来，我要知道每一场挑战的具体情况。我有种预感，这个叶音竹或许比黑凤凰更出色，他有可能会是黑凤凰的克星。

"如果真的让他赢得了挑战，给东龙帝国带来喘息的机会，对于整个米兰帝国只会是好事。要是他们打不起来的话，米兰帝国的北方军团就不会有损失，这对我们可不是什么好事。到时候，我们的兽人朋友想要攻进米兰帝国会更加困难。"

隐藏在黑暗中的人说道："是，我立刻就去联系我们的人。不过，我不相信有人能够完成六道之决这样的挑战。在法蓝的压力和六道之决的契约之力的影响下，米兰帝国不可能不使出全力对付东龙帝国。

"米兰帝国之所以能够一直保住'大陆第一帝国'的名号，就是因为其本身的综合实力很强大，否则米兰帝国也无法成为我们的对手。米兰帝国强者云集，他们要是倾全国之力，难道还收拾不了这一个小小的琴城领主吗？对了，叶音竹好像还不到二十岁。

"你还记得当初雷神之锤要塞在秋季劫掠中派出的劫掠军团吗？那个劫掠军团就是碰上了叶音竹，被叶音竹的神音系魔法打退的，也正是因为打退了劫掠军团，叶音竹才成了琴城领主。"

高大的男子缓缓点头，道："你一说我就想起来了。幸好这个年轻人不是米兰帝国人，不然的话，他恐怕会成为另一个马尔蒂尼或者西多夫，甚至能带来比他们更大的威胁。如果有机会的话，我倒真想见见这个年轻人。西尔维奥这个傻瓜，如果我是他，一定不惜一切代价留住这样的人才。"

"可是，你不要忘记法蓝对东龙帝国的态度。别说那个叶音竹不可能赢，就算他真的赢了，也不过是给东龙帝国赢得几年苟延残喘的时间而已。一旦六年过去，米兰帝国就必须再次向他们发动攻击。当然，只要我们的计划成功，到时候攻击琴城的就会是你们蓝迪亚斯帝国，而不是米兰帝国了。"隐藏在黑暗中的人说道。

高大的男子眼中闪过两道精光,他道:"法蓝,赞美法蓝,哼哼,法蓝才是龙崎努斯真正的主人……"

他的声音中充满了不甘,身上散发的寒气令整个房间的温度都下降了几度。

"我知道你在想什么,你想将赞美法蓝变成赞美蓝迪亚斯,对不对?其实,这并不是不可能的。如果有一天,你能统一各国,并且帮助我们统一整个龙族,我们合作,再加上兽人族中的强者,未必就不能推翻法蓝七塔的统治。法蓝之所以强大,就是因为他们占领了法蓝这块宝地。"

"够了!"高大的男子低喝一声,"现在不是说这些的时候,按照原计划行动,只要琴城那边有消息传过来,我们就立刻展开行动。通知我们的盟国,随时准备行动。"

"老师,就没有办法让我的精神力再恢复一些吗?"

叶音竹黯然地坐在山顶上,看着眼前那一团黑雾形态的菲尔杰克逊。

"孩子,我并不是神啊!除非我能得到自己的魂珠,否则,我根本帮不了你。你那个对手发出的精神冲击很强,对现阶段的你来说,很难抵挡。你能够战胜他已经很走运了。

"按照你现在的恢复速度,到第四战,你的精神力最多能够恢复到三成,之后最多恢复到六七成。除非你在第四、第五场挑战中不消耗精神力,不然,在六道之决结束之前,你的精神力都不可能完全恢复。

"当然,多亏了你身上这件神源魔法袍,如果没有它,你已经和你那位老师一样陷入沉睡了。真没想到,它竟然在你身上。"

叶音竹问道:"老师,您认识这件神源魔法袍吗?"

"认识?当然。这件魔法袍曾经……算了,现在说这些已经没有任何意义了，你只需要记住，一定要守住关于这件魔法袍的秘密，不要让任何人知道你拥有神源魔法袍。它对你今后的修炼至关重要，有了它，你的修炼速度就不会比法蓝的那些魔法师的修炼速度慢，要知道，它原本的名字可是……"

说到这里，菲尔杰克逊停了下来，它的声音中明显带着几分怅然，甚至是羡慕。

叶音竹并没有注意到菲尔杰克逊情绪上的变化，此时他的心思都放在了如何安排接下来的四场挑战上面。

他只跟弗格森比试了一场，就消耗了如此多的精神力，精神烙印还受到了冲击。如果没有从小修炼赤子琴心，再加上神源魔法袍源源不断地吸收魔法元素，他根本不可能战胜弗格森。可是，他现在没有了退路，既然选择了六道之决，就只能坚持下去，并且要获得胜利。

天依旧阴沉沉的，和昨天不同的是，今天的天不仅阴沉，还下着雨。

蒙蒙细雨伴着寒风飘落，让人更觉寒冷。这并不是普通的雨，因为这蒙蒙细雨之中还夹杂着许多冰晶。这是北方特有的雨夹雪，按照北方的天气来说，雨夹雪之后，真正的雪就要降下来了，而雨夹雪所带来的寒冷也是不能被人忽视的。

天气的变化并没有使双方休战，反而使双方战士的情绪变得更加高涨。米兰帝国一方，三十万大军都在期待米兰帝国的强者击败叶音竹。

而琴城一方，无疑都在发自内心地为叶音竹祈祷。既然叶音竹已经赢了两场，为什么不能再赢得第三场、第四场，甚至是六场的胜利呢？当人心怀希望时，那种希望就会让人变得更加狂热。

当叶音竹缓缓地从琴城一方走上场的时候，"琴帝"二字已经回荡在布伦纳山脉之中，呼声一浪高过一浪，甚至有东龙八宗的弟子在高声赞美东龙，赞美琴帝。他们从来都不信奉法蓝，因为法蓝是他们的敌人，不是法蓝的话，他们也不会被逼到如此境地。

叶音竹依旧很冷静,并没有因为己方的高呼声而出现任何情绪变化。他慢慢地走到场地中央,冰晶还没落到他身上,就被他用斗气震开了。因为神源魔法袍隔绝了空气中的寒气,所以他不觉得寒冷。

叶音竹张嘴呼出一口气,在如此寒冷的环境下,从口中呼出的气立刻就变成了一团白雾。

看着走上前的马尔蒂尼,叶音竹的眼神变得十分冰冷。

他已经不是当初的叶音竹了,在菲尔杰克逊的指导下,他更加明白人与自然保持和谐所能产生出的特殊效果,也更会利用这特殊效果了。

人一旦能够做到真正地融入大自然之中,那么,大自然的力量就将成为人的力量。虽然叶音竹现在刚刚达到天人合一境界,但他已经可以很快地融入自然,融入周围的一切,使自己的力量变强。

什么情况下,一个人能以弱胜强?

首先就要让强的一方无法发挥出真正的实力。做到天人合一,与周围的环境融为一体之后,叶音竹的实力很难被削弱,他会百分之百发挥出自身的实力,再尽可能地去限制对方发挥出百分百的实力,这就是菲尔杰克逊给他上的第一课。

马尔蒂尼看着叶音竹,想从他的神情中看出他此时真正的状态,但马尔蒂尼很快就失望了。

"叶音竹,没想到你能走到第三战。虽然我们立场不同,但说句实话,我很佩服你。我现在才明白为什么当初安雅小姐会如此看重你,我的眼光远不如安雅小姐。如果不是法蓝的命令,我想,仅仅因为安雅小姐定居在这里,我就永远不会成为琴城的敌人。在龙崎努斯大陆上出现过很多天才,但真正能够成就一番事业的少之又少,因为那些天才过于自信,很多人在成功之前就死了,希望你不要步他们的后尘。"

今日的马尔蒂尼语气明显变得平和了许多,看着叶音竹的眼神甚至有几分慈祥。叶音竹先后在骑战和魔法战中战胜了他和弗格森，让他无比佩服。

叶音竹露出一丝苦笑，道："谢谢您的提醒，但是，开弓没有回头箭，让我们开始吧。第三战，我选择……"

说到这里，叶音竹停顿了一下，紧接着，他的目光变得坚定起来。他一字一顿地说出了两个字："团战。"

"团战？"

马尔蒂尼惊讶地看着叶音竹，有些不解。他发现自己和那位大人都猜错了，叶音竹选的既不是武技战也不是魔兽战，而是团战。

叶音竹点了点头，道："没错，就是团战，请准备吧。"

马尔蒂尼眉头微皱，向叶音竹点了一下头后，快速退回己方之中，虽然判断错误，但米兰帝国一方参加团战的战士早已有所准备。

团战是六道之决中最不公平的一战，战斗人数比例为十比一，兵种不限，自由搭配。

在马尔蒂尼回到己方调兵遣将的同时，叶音竹也回到了琴城前。东龙八宗和琴城的战士们自然都听到了他说的话，东龙八宗的宗主，包括菊宗宗主未聆风在内全都站了出来。

团战是六道之决中唯一考验双方团体实力的一战，他们用坚定而执着的眼神告诉叶音竹，他们愿意参加这一战贡献自己的力量。

"音竹，你应该歇歇了，这一场就让给我们吧，你只需要在后面指挥即可。即使我们只有一百人出战，在各宗宗主的带领下，相信八宗弟子也能赢得胜利。"

未明眼中满是战意。想到马上就可以为东龙帝国出力，八宗弟子都变兴奋了，但是，叶音竹的话就像一桶冷水般泼在了他们身上。

"不行。"

叶音竹断然拒绝了未明的提议。

"为什么？难道你看不起我们吗？"

未聆风有些愤怒地说道。虽然此时他们同仇敌忾，但被紫羞辱后的怒火可没那么容易消失。

叶音竹看都不看未聆风，只是向未明道："不但你们不能参加，除我之外，东龙帝国人都不可参加此次的六道之决，否则，我提出六道之决还有什么意义？"

未明愣了一下，马上就明白了叶音竹的意思，心情顿时变得有些复杂。

他明白，叶音竹提出六道之决并不是代表东龙帝国，而是代表琴城。如果东龙帝国人在团战中出战，那么就会被契约判断成叶音竹也代表了东龙帝国，那么，一旦叶音竹输了，东龙帝国就必须按照六道之决的契约臣服于米兰帝国。

叶音竹不让他们出战，显然是考虑到万一自己输了，族人还可以通过战斗逃离这里。

"音竹，不，不能这样。你已经为我们付出了这么多，我们都是你的长辈，怎么能让你一个人来承受如此大的压力呢？这场团战，我们一定要出一点力。你不要忘了，团战的人数比例是一对十，你拿什么来和米兰帝国大军对抗？"

叶音竹微微一笑，道："放心吧，太上长老，我早已经准备好了。"

正在这时，米兰帝国一方出战的队伍已经从大军中走了出来。看到对方出战的人选后，琴城一方顿时响起一片惊呼。

在马尔蒂尼和马特拉奇的带领下，米兰帝国一方有一千人走上了场。在马尔蒂尼兄弟背后，是包括奥利维拉在内的十六名龙骑将，分别为四名金星龙骑将，十二名银星龙骑将。

在龙骑将身后的是八百名龙骑兵，其中包括三百名马奇诺铁龙骑兵，五百名埃里克敏龙骑兵。除了他们之外，还有一百八十二名从米兰帝国魔法师公会中挑选出的魔法师。在这一百八十二名魔法师中，有三十名魔法师身上戴着精神系魔法师的徽章。

那三十名精神系魔法师的目光始终集中在叶音竹身上。很显然，他们是专门来对付叶音竹的。马尔蒂尼想的是叶音竹一个人的力量再强，也不可能和三十名魔法师相比吧？

这一千人是北方军团中的精锐，由此可见马尔蒂尼对团战的重视。马尔蒂尼认为自己必将在团战时战胜叶音竹。

看到这样的兵力配置，琴城一方，尤其是东龙帝国的强者们，心情顿时跌入谷底。

毕竟，叶音竹这边只能有一百人出战啊！面对如此强大的对手，他能获胜吗？

正在所有人都在思考叶音竹能否获胜的时候，大地突然毫无预兆地震动起来，远处传来了巨响，一排巨大的身影在刹那间吸引了所有人的目光。

马尔蒂尼先是惊讶，当他看清这使大地震动的一排身影时，惊讶就变成了惊骇。

琴城一方参加六道之决的战士出场了。

紫并没有参与，走在最前面的是一名身高三米的高大男子，但是，在他背后的战士比他还要高大，衬得他格外的渺小。

在那三米高的男子身后，一共三个黄金比蒙正在缓缓前行，金色的毛发非常显眼，十七米高的巨大身体给人一种震撼的感觉。黄金比蒙前进的每一步都那么震撼人心，之前传来的隆隆巨响正是它们前进时发出的声音。

三个黄金比蒙身旁是两个拥有雪白色的毛，身高超过七米的巨大猿人，它们眼神凶恶，身体周围有一层奇异的白雾，气息虽不如黄金比蒙那样霸道，但同样强悍，它们原来是猿二和猿三。

琴城的战士看到这么多九阶魔兽，特别是黄金比蒙背后还跟随着六个白银比蒙以及七十六个狂暴比蒙之后，顿时就有了必胜的信心。

比蒙巨兽，这可是号称陆战无敌的比蒙巨兽啊！

与雷神之锤要塞的兽人交手无数次的马尔蒂尼自然知道比蒙巨兽有多么强大。一百个比蒙巨兽就可以组成一个比蒙军团，比蒙巨兽是真正的超级兵种。

要对付这样一个比蒙军团，至少要五千名普通龙骑兵。眼前的比蒙巨兽的数量已经超过了八十，加上冰极魔猿的存在，与一个真正的比蒙军团有何差别？此时，谁都没有注意到，在高大的比蒙巨兽们背后，还有十一道娇小的蓝色身影。

隐藏在米兰帝国大军中的白衣人看到这一幕不禁暗自叹息，道："没想到，在叶音竹这小子的努力下，琴城竟然有了如此实力。我早该想到的，有紫晶比蒙在，比蒙巨兽又怎么会不听从他们的命令呢？难道，这场六道之决真的要继续下去吗？"

琴城一方出战的人选是叶音竹早就想好的。为了不牵连琴城其他的族类，叶音竹没有让实力强大的安雅、矮人族以及东龙八宗的战士参与其中，万一他输了，那些没有参战的族类可以不投降。

紫作为叶音竹的魔兽伙伴，本身已经将比蒙一族带入了这场六道之决，没有紫和比蒙巨兽的帮助，叶音竹也不可能获得六道之决最后的胜利。

至于走在最前面的明，他虽然是矮人族的守护者，远古时期也属于矮人族，但他现在是一个特殊的族类，他只代表他自己。在明的强烈要求下，为了保证这场团战的胜利，叶音竹让明加入了。

走在最后面的蓝精灵少女们虽然也属于精灵族，但她们已经认叶音竹为主，现在精灵族不能约束她们的行为，所以就算她们参与其中也不会影响到精灵族，精灵族不会受到六道之决契约的束缚。

这一百人绝对算是一个美女与野兽的组合，至于他们的战斗力如何，只有在这场团战之中才能检验出来了。

比蒙巨兽的呼吸都很粗重，它们在布伦纳山脉中憋得太久了，终于有机会活动一下筋骨了，这让它们很兴奋。

按照六道之决的规则，团战中的魔法师不得召唤魔兽，战士却可以带自己的坐骑，所以，实际上，叶音竹他们的对手不止一千人。

第一百五十六章 团战

明带领着比蒙巨兽和蓝精灵少女们来到叶音竹身边,他依旧笑得那么憨厚,就像没看到眼前的敌人一样。

"音竹,前天你站在紫的肩膀上战斗,今天就站在我的肩膀上吧。我们山岭巨人一向不喜欢跟人动手,这次,你倒是让我有些期待与你的合作了。"

"这是我的荣幸。明,今日一战就看你的了。"

叶音竹看了明一眼,他那充满自信的眼神感染着明的情绪。

伴随着一声咆哮,明的身体瞬间膨胀了,这是叶音竹第二次看到明的本体。

明的咆哮宛如万石翻滚一般,明以惊人的速度变大,原本三米高的身体眨眼间就达到了五十米高,巨大的独目宛如天眼,宽阔的肩膀像城墙,随着身体的变大,它的咆哮声也越来越大。

场上再次出现了紫现出本体时的情况,米兰帝国一方的魔兽第一时间后退,距离明最近的龙骑兵的驯龙反应尤其剧烈,那些驯龙全都站不稳了,明散发出的强大的气息令它们心生恐惧。

"这、这是什么怪物?"马尔蒂尼骇然说道,"马特拉奇,快!"

"精神凝固！"

马特拉奇大喝一声，三十名精神系魔法师立刻行动起来。伴随着他们吟唱出的低沉的咒语，一道道颜色各异的魔法光芒瞬间扩散，将整个千人战队笼罩在内，也将明散发出的恐怖的气息阻挡在外面。

不过，这些精神系魔法师能做到的也只是将明的气息阻挡在外面。一旦那些驯龙和真正的巨龙失去精神系魔法师的帮助，就会立刻瘫软在地。

"美丽的精灵小姐们，请上。"

明停止了咆哮，身上释放的威压却没有丝毫减弱。明虽然是成年的十阶神兽，但是它没有紫晶比蒙那种特有的霸道气息，因此带给对手的压力比不上紫带给对手的压力大。

此时，明蹲下身，伸出那双巨大的手，捧起蓝精灵少女们，将她们缓缓地送上自己的肩头。十一名蓝精灵少女站在明那如同城墙一般宽阔的肩膀上也一点都不拥挤。

令蓝精灵少女们感到惊喜的是，当她们来到明的肩膀上后，明肩膀上的石头竟然发生了奇异的变化。

她们每个人身前都多了一张石头变成的桌子，身后则多了一把石椅，石椅的下方将她们的下肢牢牢地包裹在内，不论明如何移动，都不会将她们甩下去，也不会影响她们弹奏乐器。

这样的做法自然是叶音竹和明提前商量好的，只有待在十阶神兽的肩膀上，这些蓝精灵少女才是最安全的。

此时，叶音竹也已经腾空而起，来到了蓝精灵少女们身边。他面前只有桌子，没有椅子。

作为主帅，叶音竹要时时刻刻掌握场上的变化，攻击手段也会时时变化，不能失去灵活性。

看到那么多比蒙巨兽一起出现，东龙八宗的强者们都沉默了，直到现在，他们才明白叶音竹手中掌握了怎样的力量。马尔蒂尼他们虽然强大，但琴城一方有明，还有比蒙巨兽，根本不会怕马尔蒂尼他们！

马尔蒂尼和东龙八宗强者都不知道明就是山岭巨人。只不过东龙八宗强者对于气息的感知力极其敏锐，他们知道明绝对不简单。此时此刻，他们终于对叶音竹有了信心。

叶音竹凭借自己和琴城本身的实力，逐渐征服了这些东龙八宗强者的心。

马尔蒂尼深吸一口气，看着明那足有五十米高的庞大身躯，举起了手中的紫微龙枪，仰天长啸一声，催动胯下的水龙腾空而起，朝明扑去。

作为主帅，马尔蒂尼知道，只有自己先冲锋，才能激起部下的斗志。紫光一刹那包裹住了他与胯下水龙的身体，他宛如一颗紫色的流星般朝明的胸口撞去。

明如山岳般岿然不动，站在它肩头的叶音竹大手一挥，三个黄金比蒙同时怒吼一声，腾空而起，狄斯打头阵，直接越过明，朝对手冲去。

在它们背后，冰极魔猿、白银比蒙以及狂暴比蒙同时发起了冲锋。虽然它们丝毫不讲究战术，完全是向前乱冲，但它们散发出的那股嗜血气息给对手带来了巨大的压力。

眼看马尔蒂尼的紫微龙枪就要刺到明的胸前了，先前还站在明肩头的叶音竹却坐了下来，一点也没有要帮明抵御马尔蒂尼这全力一击的意思。

明则停下脚步，睁着巨大的独目看比蒙巨兽们从自己身边掠过，根本没有在意朝自己袭来的马尔蒂尼。

"轰！"

马尔蒂尼举着紫微龙枪，骑着水龙撞上了明的身体，这时候，比蒙巨兽们还没有和米兰帝国的几百名龙骑兵碰撞在一起。

马尔蒂尼心中一喜，他知道眼前这个超大的家伙才是琴城一方真正的核心力量，只要能够击倒它，甚至伤到叶音竹，这场对决必将变得容易许多。

但是，事实往往与想象不同，轰然巨响之后，马尔蒂尼只觉得自己的紫微龙枪如同刺上了一座巍峨的大山，其实如果明真的是一座山，马尔蒂尼反倒有信心将山刺穿，可是，明的身体比山还要坚硬许多。

水龙开始疯狂地吸收空气中的水元素，然后再造出厚厚的冰攻击明，可惜，冰在撞到明身上后，立刻就变成了齑粉，一声悲鸣从水龙口中发出，它竟然被明的身体震得反弹了回去。

马尔蒂尼在撞到明的一瞬间，虎口都被震得崩裂了，他的紫微龙枪脱手而出，朝远方飞去。

明撇了撇嘴，右腿微微后退半步，此时它的目光才落在那反弹出去的水龙身上。

"居然是九阶水龙，不过没有那个老武士按摩按得舒服。"

不知道马尔蒂尼听到这句话会怎么想。

就在马尔蒂尼与明交战的时候，双方的主力大军也碰撞在了一起。

三个黄金比蒙就像三块巨大的金色滚石一般冲向米兰帝国龙骑兵，而米兰一方，十六名龙骑将同时出动，迎着黄金比蒙冲了上来。

龙族和比蒙巨兽本身就是天敌，看到黄金比蒙，这些巨龙的战意被激发了出来，在精神系魔法师的帮助下，这些巨龙忽略了明带来的威压，一时间，十六道耀眼的光芒同时爆发出来。

马特拉奇此时变得极为冷静，他和兄长马尔蒂尼心意相通。这场对决虽然是团战，但对决的关键还是叶音竹，只要让叶音竹失去战斗能力，这些比蒙巨兽就不难对付了。

按照团战的规定，提出六道之决挑战一方的主将，也就是六道之决真正的挑战者一旦在团战中失去战斗能力，那么挑战者一方将直接被判输。

所以，在马尔蒂尼冲出去的一瞬间，马特拉奇和魔法师们就开始吟唱咒语了，他们的目标正是明肩头的叶音竹。

刹那间，各种颜色的魔法光芒从米兰帝国一方亮起，除了那三十名帮助己方抵御威压的精神系魔法师以外，其他魔法师同时吟唱咒语，一时间，场上全是低沉的吟唱声。

马特拉奇本身是一名风系大魔导师，为了更好地发挥出魔法师们的实力，他这次安排参加团战的魔法师，除了精神系魔法师以外，一律都是风系魔法师。

在他们的联合吟唱中，空气中的风元素以惊人的速度聚集，天空中的雨也开始乱飞，一些魔法元素开始在空中旋转，凝聚成一阵阵令人恐惧的魔法风暴。

当马尔蒂尼被反弹回去之时，第一轮魔法攻击才真正开始。

无数巨大的风刃朝叶音竹飞去。此时的叶音竹已经成了风暴的中心，上百道风刃包围了他。

叶音竹确实是魔法天才，他居然丝毫不被风刃所影响，先是优雅地取出一张古琴放在自己面前的石桌上，然后仔细地调节琴弦，似乎一点也没有感受到那些风系魔法带来的威胁。

风系魔法虽然在攻击力上略逊色于火系魔法，但有一点是火系魔法无法相比的，那就是速度。

风系魔法的攻击速度是所有不同属性的魔法中最快的，魔法师们的咒语刚刚完成，下一刻，庞大的风刃群就飞到了叶音竹的头顶之上。

明动了，它的动作很简单，只是抬起双臂，很自然地挡在了叶音竹和蓝精灵少女们面前，也遮挡住了他们的视线。

高速飞行的风刃与空气形成了刺耳的摩擦声，听着令人十分难受。

如果那些米兰帝国的魔法师能够看到明的表情，一定会发现，明此刻的表情十分放松，就像很享受一般。

虽然山岭巨人的攻击力比不上紫晶比蒙，甚至比不上战争巨兽，但是，论防御力，山岭巨人足以与战争巨兽媲美。

就连紫都说，即使是完全进化到成年阶段的他，在防御力这一项上，也无法和战争巨兽、山岭巨人相比。

第一轮魔法攻击结束了，明依然站在那里，而叶音竹已经开始拨动琴弦，仿佛那些风系魔法从来没有出现过。

马特拉奇愣住了，马尔蒂尼灰头土脸地催动被震伤的水龙回归本方，兄弟两人的眼神之中满是骇然之色。

眼前这个先后承受了马尔蒂尼全力一击和一百多名高级魔法师攻击的大家伙竟然毫发无伤。在马尔蒂尼和马特拉奇的认知中，黄金比蒙无疑是防御力最强的魔兽，可是，这个大家伙的防御力比黄金比蒙的防御力更强。

这个大家伙究竟是什么怪物？

叶音竹已经拥有了四大神兽之首的紫晶比蒙，眼前这个大家伙难道比紫晶比蒙还要强大吗？

他们当然想不到，此时的明真的是琴城第一高手，明是成年神兽，比紫还要强。

正在马尔蒂尼心中一片茫然的时候，一道细微却清晰的声音传入了他的耳中。

"不要攻击叶音竹了，那是山岭巨人。在兽人族的四大神兽中，山岭巨人的防御力超强，山岭巨人还是雷神部落的图腾。这个山岭巨人是真正的成年神兽。我不知道叶音竹是如何找到它，并且说服它帮忙的，但我可以肯定，就算你们弄出十个禁咒，也不可能伤害到它肩膀上的叶音竹。

"山岭巨人的弱点是攻击力不强，你们不要激怒它，先全力对付那些比蒙巨兽，然后再想办法对付叶音竹和山岭巨人。"

马尔蒂尼原本有些焦躁，听到这个神秘声音之后，他立马冷静下来。失去了紫微龙枪，他抽出腰间长剑，直指面前正疯狂冲击着己方的比蒙巨兽，高喊道："所有魔法师，集中攻击比蒙巨兽，以黄金比蒙和白银比蒙为目标。"

话音一落，马尔蒂尼又一次冲了出去，这次他的目标换成了狄斯。

空气中的风元素再次被聚集起来，风系魔法师们同样换了攻击目标。

当比蒙巨兽们冲入米兰帝国一方的战阵的时候，虽然有整整十六名龙骑将挡在它们面前，但这些龙骑将只挡住了狄斯、帕金斯和奥利佛三个黄金比蒙而已。

黄金比蒙向这些龙骑将展示了什么才叫真正的陆战无敌。

巨龙都飞在空中，十六名龙骑将从空中向三个黄金比蒙发起了攻击。三个黄金比蒙丝毫不落下风，一条七阶巨龙动作稍微慢了一点，就被狄斯撕成了两半，如果那条巨龙背上的银星龙骑将反应不够快的话，现在就变成肉酱了。

在众多龙骑将的围攻下，三个黄金比蒙毫发无伤，战况越发激烈。

比蒙巨兽们的战斗欲望甚至比当初守卫极北荒原的时候还要强烈，因为它们知道，真正的比蒙王——紫晶比蒙在看着它们，谁不希望得到紫晶比蒙的赏识呢？

狄斯和帕金斯实力的进步速度早就让奥利佛嫉妒不已，这次战斗，正是它和那些普通比蒙巨兽表现的最好机会。

叶音竹发现风系魔法师们改变了攻击对象，不禁愣了一下，他没想到对方的反应会这么快。

马尔蒂尼兄弟知道六道之决团战的胜负可以由叶音竹这个主将来决定，叶音竹自己自然也知道。

按照叶音竹原本的计划，明的主要任务就是吸引那些风系魔法师的注意力，并且负责挡住风系魔法师们的攻击。比蒙巨兽则去消灭那不到一千名的龙骑兵，这对比蒙巨兽来说不是什么难事，那些龙骑兵不可能挡得住比蒙巨兽的冲锋。

风系魔法师们突然改变攻击对象，打乱了叶音竹的计划。

"《培源静心曲》,开始。"叶音竹淡然地说道。

十一名蓝精灵少女立刻行动起来,她们拿着十一件完全不同的乐器。

烟罗的乐器最为奇特,是一面超级大鼓,鼓身甚至比她整个人还要高许多。她的两只手各握着一根有些夸张的鼓槌,听到叶音竹的话,她先拿着鼓槌在大鼓两面轻敲一下,然后慢慢加快速度,一串低沉的鼓点声顿时传了出来。

十一名蓝精灵少女同时演奏《培源静心曲》,原本应该很混乱,令人感到惊奇的是,她们之间的配合是那样完美,其中几件原本不适合合奏的乐器竟然配合得那样好。奇妙的音乐伴随着黄色光芒飘入空中,十一道黄色光芒在空中慢慢聚集,正在逐渐变幻着颜色。

正如当初安雅所说的那样,蓝精灵对于外界事物的感知力是任何族类也无法相比的。那些蓝精灵少女听过叶音竹的琴曲之后,就深深地喜欢上了音乐。通过全心全意的修炼,拥有纯洁心灵的蓝精灵少女们很快就沉迷在了音乐的世界当中,她们的进步速度是如此惊人。

短短几个月,为首的烟罗已经达到了黄级高阶,其他蓝精灵少女也都达到了黄级。尽管她们现在的神音系魔法只能影响人的精神,攻击力并不强,但这样的进步速度还是令叶音竹大为吃惊。

更令人惊讶的是,这些蓝精灵少女心意相通,她们在合奏时根本就不会因为乐器不同而产生矛盾。虽然她们完全是按照自己的喜好选择的乐器,但是一弹奏起来,就会立刻变得无比和谐,即使没有叶音竹的指点,她们的合奏也没有任何问题。

叶音竹发现这一点的时候大为惊喜,他隐隐感觉到,这些蓝精灵少女将成为琴城今后最强大的一支魔法队伍。

可惜海洋没能参加这次的团战,叶音竹相信,以海洋现在的实力,由她来指挥这些蓝精灵少女,一定会产生很好的效果,这样一来,自己就可以腾出手来帮助比蒙巨兽们战胜对手。

十一道黄色光芒在空中聚集，慢慢变成了淡绿色，紧接着，随着乐曲的变化，淡绿色变成了绿色、深绿色、淡青色、青色、深青色，直到变成淡蓝色才停下来。

凭着蓝精灵少女们的默契，这一曲《培源静心曲》的威力竟然达到了蓝级，而此时的蓝精灵少女们早已融入音乐之中，对于她们，叶音竹只能用"音乐天才"四个字来形容。

叶音竹动了，此时出现在他面前的正是那张海月清辉琴。他轻拨琴弦，才弹了一个音符，就使空中的淡蓝色光芒变成了紫色光芒。

作为神音系大魔导师，叶音竹对音乐何其了解，苦修了近二十年的他的实力绝对不是蓝精灵少女们修炼几个月就能赶得上的。

叶音竹加入的正是时候。

琴声嗡鸣，叶音竹抛开了场上的一切，在他的琴音指引下，《培源静心曲》进入了另一个层次之中。

柔和的琴音令那紫色光芒变得越来越亮，紫色光芒闪烁，一直悬在明的头顶上，聚而不散。

紫色光芒的颜色渐渐变深，一直变成暗紫色光芒才停止变化，叶音竹不禁在心中暗叹，蓝精灵少女们的魔法实力还是差了一些，自己的琴魔法只能帮她们将琴曲的威力提升两阶，但就算是这样，也令她们的魔法的威力大幅增强了。

就在叶音竹这边紫色光芒汇聚的同时，场上的形势已经发生了天翻地覆的变化。

三个黄金比蒙的破坏力太过恐怖，直接就引起了十六名龙骑将的注意，他们开始围攻三个黄金比蒙。冰极魔猿和白银比蒙一起带着其他比蒙巨兽冲进了龙骑兵的战阵之中。

龙骑兵的驯龙是无法飞行的，在精神系魔法师们制造出来的幻境的影响下,那些驯龙朝比蒙巨兽发起了反冲锋。但是,比蒙巨兽何等强大,就算双方数量相差非常之大,比蒙巨兽的实力也不是这些驯龙能比得上的。

比蒙巨兽个个实力超群,就算被龙骑兵围攻,也不会落下风,驯龙凄惨的叫声不断传来,场上一片混乱。

能够被马尔蒂尼挑选出来参加这场团战的人,无疑都是龙骑兵中的佼佼者,其中大部分龙骑兵来自马尔蒂尼的亲卫队。

这些龙骑兵以前与雷神部落的兽人交战时,就和比蒙巨兽战斗过很多次,他们深知与比蒙巨兽硬碰硬的后果。

所以,根本不需要指挥官下令,战斗一开始,这些龙骑兵就和比蒙巨兽打起了游击战。每八到十名龙骑兵围住一个比蒙巨兽,马奇诺铁龙骑兵负责拖住比蒙巨兽,剩余的埃里克敏龙骑兵则负责寻找比蒙巨兽们的弱点,继而发动攻击。

这样一来,比蒙巨兽不讲究战术的弱点就立刻显现了出来,虽然比蒙巨兽的单体战斗能力远强于龙骑兵,但由于相互之间没有配合,它们陷入了困局,就算这些龙骑兵暂时还伤不到它们,可是它们想要冲出重围也不是一件容易的事。

龙骑兵和比蒙巨兽这对老冤家,在团战中再次发生了碰撞,随着战斗的继续,比蒙巨兽们逐渐落入下风。

虽然叶音竹看到了场上的情况,但是他此时沉浸在琴曲之中,并没有太在意。

其实,比蒙巨兽不讲究战术这一点并不能称为弱点,毕竟,它们的单体战斗实力实在太强了。

近百个比蒙巨兽的战斗力甚至可以和一座龙城的战斗力相比。比蒙巨兽的强大实力使得它们根本不需要讲究战术。其实,它们之所以分开攻击龙骑兵还有另外一个原因,那就是避免伤到其他比蒙巨兽。

众所周知，比蒙巨兽狂化之后，其战斗力会成倍提升。但是，狂化之后的缺点也很明显。

比蒙巨兽一旦狂化，除了黄金比蒙以外，就算是白银比蒙也是敌我不分的。如果比蒙巨兽彼此之间站得过近，恐怕会与自己人打起来。只有分散了冲进敌方的战阵之中，比蒙巨兽才能发挥出自己真正的实力。

所以，比蒙巨兽习惯在出战的时候各自为战，分散攻击。比蒙巨兽也不用担心安全问题，因为其防御力超强，就算遇到了真正的巨龙，也能全身而退。

经验十足的龙骑兵们一困住比蒙巨兽，人数多的优势就展现了出来。他们总能用长达七米的龙枪从不同的角度刺到比蒙巨兽，在比蒙巨兽身上留下一道道伤口，这样一来，比蒙巨兽就变得更加狂暴了。

在八百名经验丰富的龙骑兵的围攻之下，比蒙巨兽逐渐落入了下风，马尔蒂尼兄弟也开始攻击比蒙巨兽。

平均两三个风系魔法师攻击一个比蒙巨兽，风系魔法立刻作用在了比蒙巨兽的身上。比蒙巨兽感觉到了风系魔法带来的压力。

不过，那两只冰极魔猿并不觉得吃力，因为它们的实力仅次于三个黄金比蒙，现在这种天气又很适合它们战斗，所以它们战斗起来还是比较轻松的。

一大团冰雾不断从猿二、猿三身上弥散出来，阻挡着那些龙骑兵的视线。猿二、猿三已经杀了十多条驯龙，它们不得不承认，这些龙骑兵很狡猾，凭借着出色的斗气，这些龙骑兵总是在最危险的时刻用驯龙保护自己的身体，从而使自己摆脱危险。

要知道，马尔蒂尼在挑选精锐的时候要求极其严格，不仅要求他们的斗气达到黄级高阶，而且要求他们的年龄在三十五岁以下，还要参加过十场以上的战争，杀敌数量超过一百。

只有这样的铁血战士，才能得到马尔蒂尼的青睐。这种挑选精锐的方法比西多夫那种锻炼精锐的方法省事得多。

三十岁左右的人类战士，不论是经验、智力水平还是战斗力都达到了巅峰状态。

就算是与雷神之锤要塞的兽人战斗，马尔蒂尼也不肯轻易使用这支精锐之师，毕竟这是他王牌中的王牌。现在，在六道之决的约束下，他不得不在团战中派出自己这支精锐之师。

马尔蒂尼兄弟注意到了正在冲杀的两只冰极魔猿，他们开始对付两只冰极魔猿。他们同乘在那条受伤的水龙身上，两名紫级强者加上一条九阶水龙，不仅成功牵制住了两只冰极魔猿，甚至还有余力对付两个白银比蒙。米兰帝国大军一方的两个最强者，直接牵制住了比蒙军团中的四个战斗主力。

比蒙巨兽和其他兵种不一样。对于其他兵种来说，擒贼先擒王显然是最好的选择，但这种方法不适用于比蒙巨兽，因为黄金比蒙的防御力实在太强了，就算数条九阶巨龙一起发动攻击，也未必能给它们带来实质性的伤害。

所以，想要对付比蒙巨兽，就必须先剪除其羽翼，最后再对付其首领。因此，马尔蒂尼兄弟和手下的龙骑将尽可能地拖住冰极魔猿、白银比蒙等强者，给其他龙骑兵和魔法师们争取时间。

虽然比蒙巨兽很强大，但它们毕竟是魔兽，而且狂暴比蒙只是七阶魔兽，被魔法师们攻击了这么久，还是有些承受不住。

正如马尔蒂尼兄弟预期的那样，魔法师们加入之后，比蒙巨兽们越来越受限制，慢慢地，竟然完全被压制住了。

作为比蒙军团现在的首领，狄斯看着对方的魔法师攻击自己的手下，而自己这边又久战不下，已经极其愤怒。

因为比蒙巨兽的生育能力不强，所以现存的比蒙巨兽不多，每一个族人对比蒙一族来说都是极其重要的，在出战之前，紫就交代过狄斯，要在确保胜利的前提下，尽可能让族人活着回来。紫一统兽人世界的计划还未展开，禁不起过度的消耗。

眼看比蒙巨兽落入下风，狄斯终于下达了狂化的命令。除了两只冰极魔猿以外，剩余的比蒙巨兽第一时间陷入狂化状态，比蒙巨兽特有的咆哮声终于响了起来。

首先发出咆哮的是那三个黄金比蒙，伴随着三个黄金比蒙的咆哮声，比蒙巨兽的身体顿时发生了很大的变化，原本就极其高大的身体再次膨胀，它们的身高没有改变，只是身上的肌肉鼓得更夸张了，身上细小的伤口以惊人的速度愈合着，巨掌上的百寸利爪变得更加锋利了，比蒙巨兽的力量在瞬间达到了巅峰。

比蒙巨兽顶着风系魔法师的轰击，朝对手发起了反攻。

看到这样的场景，马尔蒂尼不惊反喜，要知道，眼前这些比蒙巨兽并不是主动狂化，而是被动狂化。从表面看这两者似乎区别不大，马尔蒂尼却知道主动狂化和被动狂化是完全不一样的。

马尔蒂尼挥出手上的长剑，一道紫光立马射了出来，在空中形成一道特殊的弧线。

龙骑兵们看到这道紫光之后，马上改变了阵形。他们原本都围在比蒙巨兽身边，看到马尔蒂尼的动作后，他们立刻将圈子扩大，躲开了比蒙巨兽狂化后的第一次攻击。

紧接着，这些龙骑兵开始利用马奇诺铁龙，引着失去神志的比蒙巨兽在场上快速移动。虽然这样做让龙骑兵付出了不小的代价，但明眼人都看得出来，这对龙骑兵还是有利的，因为狂化后的比蒙巨兽竟然被他们渐渐引到了一个方向上。

战斗进行到这里，观战的双方都明白了马尔蒂尼的目的。马尔蒂尼就是想利用比蒙巨兽狂化后神志不清这一点来取胜。

一旦这些陷入狂化状态的比蒙巨兽真的聚集在一起，下一刻，它们就会互相攻击，直到对方死去才会停手。

马尔蒂尼用的这个方法虽然古老，但在面对比蒙巨兽的时候，每次都能起到奇效，凭借这个方法，马尔蒂尼不知道多少次打退了雷神之锤要塞的兽人。

但是，令马尔蒂尼兄弟意想不到的事情发生了，在他们牺牲了数十只马奇诺铁龙，将狂化后的比蒙巨兽吸引到场地中心之后，一团耀眼的紫光升入空中，并且快速地飞到了场地中心。

第一百五十七章
比蒙会武术，谁也挡不住

这团耀眼的紫光中似乎含有一种特殊的气息。马尔蒂尼兄弟在攻击两只冰极魔猿和两个白银比蒙的时候还一直注意着山岭巨人和叶音竹的动向，他们清楚地看到，这团紫光正是从明的头顶上飘过来的。

因为距离太远和叶音竹的特殊控制，马尔蒂尼兄弟听不到之前叶音竹和蓝精灵少女们弹奏的乐曲，可是他们能感觉到，这团紫光是叶音竹发出的。

在马尔蒂尼看来，神音系魔法作为精神系魔法的分支，更多的作用还是辅助别人。就算叶音竹达到了紫级，他施展的神音系魔法威力非凡，自己这边有三十名精神系魔法师，还是能抵御他发出的神音系魔法，因此自己一方的战士并不会受到影响。

如果这团紫光作用在比蒙巨兽身上的话，只会使狂化后的比蒙巨兽在自相残杀的时候更加激烈。

所以，马尔蒂尼有些不明白为什么叶音竹会在这个时候将准备多时的魔法释放到场上。

可惜，马尔蒂尼不是神音系魔法师，不知道叶音竹真正的目的。

叶音竹是为了增强比蒙巨兽的战斗力吗？还是为了制造幻境？又或者是为

了削弱对手的攻击力？

不，都不是。在这个时候，这些辅助的能力显然无法将比蒙巨兽从困境中解救出来。叶音竹现在弹的是《培源静心曲》，那团紫光是随着琴曲迸发出来的。

《培源静心曲》有固本培元之效，叶音竹用这首曲子帮比蒙巨兽治疗伤痛。这首曲子其实有双重效果，只不过另外一个效果经常被忽略而已，那就是静心。

当那团紫光飘荡到比蒙巨兽头顶上方时，狂化后的比蒙巨兽已经开始了自相残杀。

那团紫光一飘到比蒙巨兽头顶，瞬间就扩散了，既像一个巨大的烟圈，又像一个紫色光环，正好将所有失去神志的比蒙巨兽环绕在内，甚至还有不少龙骑兵也被围在了里面。

叶音竹弹奏的《培源静心曲》对激发生物潜力有很好的功效，虽然这首曲子的治疗效果比不上光明系魔法，但比光明系魔法给人的感觉更舒服。

正在攻击同伴的比蒙巨兽听到从紫光中传出的美妙旋律后，攻击速度竟然渐渐慢了下来，双眼也不再那么红了，当它们看到站在自己身边的竟然是同伴时，它们完全清醒过来，不再神志不清。

叶音竹之所以选择这一首毫无攻击力的《培源静心曲》，就是为了在这个时候发挥作用。

以叶音竹现在的实力，如果他开始弹奏的是其他曲子，曲子早就在第一时间发挥出威力了。

他一直在等，为的就是让曲子在比蒙巨兽狂化之后发挥作用。

狂化后的比蒙巨兽竟然恢复了神志，这是马尔蒂尼兄弟万万没有想到的。

比蒙巨兽狂化之后是何等恐怖？

即使是一条八阶巨龙，面对一个狂化后的七阶比蒙巨兽，也只能躲避。令马尔蒂尼骇然的是，这些比蒙巨兽清醒之后，身体还处在狂化状态。这个时候的比蒙巨兽越发强大了，"陆战无敌"四个字宛如四柄巨锤，重重地敲击在马尔蒂尼的心上。

比蒙巨兽清醒之后，龙骑兵的噩梦就来了。

狂化后的比蒙巨兽，宛如一道洪流般朝龙骑兵冲去。它们无视了向着自己而来的风系魔法，任由风系魔法打在自己身上，给身上带来一道道伤口，直接冲入龙骑兵的战阵之中。

马特拉奇的脸色变得很难看，他向马尔蒂尼点了下头后，立刻在风系魔法的辅助下腾空而起，脱离了冰极魔猿的攻击范围。

现在，马尔蒂尼一个人对付两只冰极魔猿和两个狂化后的白银比蒙。这样一来，马尔蒂尼顿时陷入了绝对的劣势，他只能苦苦支撑，勉强抵挡住冰极魔猿和白银比蒙发出的攻击。

马特拉奇开始念咒语，身上发出绚丽的紫光，紫光如同龙卷风一般绕着他的身体飞速旋转。

观战的双方同时脸色一变，谁都知道马特拉奇要释放禁咒了。紫级大魔导师最可怕的地方就是他们能够释放禁咒。

米兰帝国大军一方能够释放禁咒的只有马特拉奇和马尔蒂尼胯下的那条水龙，水龙已经受了重伤，马特拉奇无疑是最后的选择。

按照以往的经验来说，在真正的战争之中，禁咒往往能够成为扭转乾坤的终极手段。

雷神之锤要塞中的兽人之所以久久无法打败马尔蒂尼带领的北方军团，侵入人类世界，就是因为受到了禁咒的威胁。不会魔法的兽人自然释放不了禁咒，也就没办法抵御人类魔法师释放的禁咒。

同样的，人类之所以无法攻入雷神之锤要塞，一方面是因为雷神之锤要塞的坚固和兽人的强大，另一方面是因为在雷神之锤要塞，人类魔法师根本无法使用任何魔法，更不用说释放禁咒了。

此时，看到狂化后的比蒙巨兽清醒了，龙骑兵无论如何也抵挡不住比蒙巨兽的攻击了，马特拉奇当机立断，选择施展禁咒。他知道，只有施展禁咒才有可能取胜。尽管他达到紫级境界的时间不长，施展禁咒还有些勉强，但在这个时候，他已经没有别的选择。

空中紫光闪耀，马特拉奇全身散发着恐怖的气息，现在马特拉奇成了全场的焦点，但是，下一刻他这个焦点就变成了一个笑话。

伴随着一声雷霆般的巨响，一道乳白色闪电转瞬即至，马特拉奇只觉得全身一麻，立刻就失去了知觉，而他身体周围那些保护他的紫光在那乳白色闪电面前竟然变得不堪一击。

先前马特拉奇还飞在空中，全身环绕着紫光，下一刻他就变成了漆黑的焦炭，从空中落了下来。

米兰帝国一方原本就处于下风，马特拉奇从天空中坠落之后，他们的情况更糟了，龙骑兵的防线随时有可能崩溃。

那道乳白色闪电击中马特拉奇后就渐渐消失了。

明有些不满地哼了一声，心中暗想："我不攻击，你们就当我是病猫吗？还想在我面前施展禁咒，不知道我们山岭巨人当初被称为'禁咒克星'吗？试问，有什么魔法师能够在我们山岭巨人面前念完咒语？"

马尔蒂尼看到马特拉奇从天上坠落下来，生死不知，心中大急，想去接住马特拉奇，于是硬生生地接了猿二一记重拳，斗气防御层都被破掉了，最终强行从包围圈中冲了出去，接住了即将落地的马特拉奇。

当马尔蒂尼抱住马特拉奇的时候，顿时松了一口气。因为马尔蒂尼知道，马特拉奇虽然陷入了深度昏迷，但是还活着，只是不知道什么时候才能醒过来。

马尔蒂尼接住马特拉奇后，还没来得及完全放松，就被场上的形势震惊了。他清晰地看到十六名龙骑将的防线一瞬间就被三个黄金比蒙击溃了，真的只是一瞬间而已。

不，这不可能！

马尔蒂尼不愿意相信眼前这一切是真的，就算那三个黄金比蒙进入了狂化状态，十六名龙骑将加上十六条巨龙应该也能拖住它们啊！怎么可能一下子就被击溃了呢？

其实，狄斯它们击溃龙骑将的防线完全是实力的展现。之前，马尔蒂尼的注意力全在马特拉奇身上，他没有注意到，三个黄金比蒙在同一时间发动了无比强大的攻击，而且三个黄金比蒙的攻击招式一模一样。

叶音竹在离开碧空海的时候，只学了傲竹剑法中的三招，那就是竹御、竹攻、竹星寒。而三个黄金比蒙全力发动攻击所使用的，正是其中的那一招竹攻。

当初前往冰森的时候，由于路上无聊，叶音竹和紫探讨过关于武技的问题。叶音竹用傲竹剑法中的这三招彻底扭转了紫对武技只能快、准、狠的看法。

狄斯和帕金斯对叶音竹和紫讨论的内容很有兴趣，便一直缠着叶音竹，让叶音竹教它们竹宗的武技，只不过这两个家伙学习武技的能力实在令人不敢恭维，学得超级慢。

在离开碧空海的时候，叶离没告诉过叶音竹不能将自己的武技传授给别人，所以叶音竹没有拒绝狄斯和帕金斯。通过叶音竹的不断教导，这两个大家伙终于学会了竹攻，只是施展起来很笨拙。

叶音竹没有料到，这些日子以来，狄斯、帕金斯在布伦纳山脉中闲着没事，就不断练习竹攻，最后竟然真正掌握了施展竹攻的技巧。

至于奥利佛则是在看到狄斯、帕金斯练习之后，缠着它们，用了不少美酒佳肴讨好它们，才学到这一招。

刚开始的时候，这三个看上去头脑简单的大家伙就有了计划，它们知道自己一上场就会被对方的强者当成攻击目标，但是它们不能一开始就使出这招，那样起不到什么作用，只有突然发动攻击，才能打败对手。它们一直等到现在，就是想等到对方大意的一刻。

当它们的百寸利爪化为无数金色竹影在场上闪动时，连它们自己都惊呆了，它们没想到竹攻居然能够发挥出如此大的威力。

围攻它们的巨龙大都是飞在空中的，正好在竹攻的攻击范围之内。

除了最开始被狄斯撕成两半的那条巨龙以外，剩下的十五条巨龙都身受重伤。四条巨龙的龙翼都断了，其他巨龙的身体被洞穿，龙爪被切断。

金色的竹影不断亮起，场上的形势发生了巨大的变化。

"琴帝大人教的这招太厉害了，哈哈。"

狄斯一边看着自己的百寸利爪，一边兴奋地跳起来。

虽然那些巨龙没有死去，但也没什么战斗力了。对三个黄金比蒙来说，这是一件值得骄傲的事情。

此刻，它们很有成就感。它们朝那些跌落在地上的巨龙和龙骑将看去，"斩草除根"四个字同时出现在它们心中。

远处的明和叶音竹看到这一幕也不禁目瞪口呆，明说了一句叶音竹深为赞同的话。

"这简直就是比蒙会武术，谁也挡不住啊！"

叶音竹感觉很震撼。是啊！比蒙巨兽如此强大，如果它们真的能够学会东龙八宗的武技，那么，在龙崎努斯大陆上，还有什么力量能够阻挡它们前进呢？

当然，这只是叶音竹的设想，设想一般都是很美好的，就比蒙巨兽的悟性来说，它们想要学会一整套东龙八宗的武技，可不是一件容易的事。

已经没有继续战斗的必要了，当马尔蒂尼看到狄斯、帕金斯、奥利佛这三个家伙正不怀好意地朝受伤的龙骑将走去的时候，他知道自己已经没有了选择。

六道之决第三战依旧是叶音竹获胜。到了此时，六道之决已经完成了一半。

在这场团战之中，叶音竹也没有消耗太多能量，只弹奏了一首《培源静心曲》。

所有人的目光都集中在三个黄金比蒙身上，没有人注意到十一名蓝精灵少女在这一战中所发挥的作用。毕竟这是她们第一次出战，还是在明肩头弹奏乐器。

被誉为"最强大的魔法组合"的琴帝十二乐坊的第一次出战，多年之后才被醒悟过来的人们记入史册之中。

团战结束了，叶音竹一方，除了三个黄金比蒙以外，剩余的比蒙巨兽和两只冰极魔猿都受了一些伤。

当然，叶音竹他们的对手就惨多了，八百名龙骑兵，包括十六名龙骑将，大多数都失去了战斗能力，因为他们的坐骑受了重伤。对于米兰帝国来说，这无疑是个巨大的打击。幸好，除了陷入深度昏迷的马特拉奇以外，魔法师们没有受伤。

三场大战之后，米兰帝国北方军团的三十万大军士气低落，军营中的气氛十分压抑。

在叶音竹提出六道之决挑战的时候，谁也没想到他能够连胜三场，按照眼前的情况来看，剩下的三战他也不一定会输。

马特拉奇身受重伤，马尔蒂尼和他的坐骑也受了伤，之后，米兰帝国一方派谁出场都成了难题。

至于魔兽战，虽然是三对一，但看过黄金比蒙的武技之后，米兰帝国一方已经不对魔兽战抱什么希望了。小弟都这么强，作为老大的紫晶比蒙难道会弱吗？

"明日一战，叶音竹必然选择武技战。"

帅帐内，那白衣人依旧端坐在上首位，此时的马尔蒂尼有些垂头丧气，脸色难看到了极点。他不仅输了团战，还损失惨重，如果不是自己的属下机灵，损失的可就不仅仅是驯龙了。

"元帅不必如此难过，连我也没想到叶音竹一方居然拥有山岭巨人。如果没有山岭巨人的话，这场团战你们未必会输。"

白衣人一下就指出了叶音竹一方获胜的关键之处。虽然叶音竹和山岭巨人都没有真正加入战斗，但正是山岭巨人为叶音竹提供了保护，才使得叶音竹不需要担心外界的攻击，可以安心弹琴。

最后当马特拉奇想要凭借禁咒扭转战局之时，又是山岭巨人，用那一道乳白色闪电掐灭了米兰帝国一方最后的希望。

叶音竹更是凭借神奇的神音系魔法，在最关键的时刻令比蒙巨兽清醒过来，最后彻底扭转了战局。

马尔蒂尼叹息一声，道："大人，我并不是因为输了而难过，只是为年轻一代的快速成长而感叹。您说得对，这个叶音竹如果能够为米兰帝国所用，不出十年，米兰帝国别说是保住龙崎努斯大陆第一帝国的位置，就算是灭掉蓝迪亚斯帝国也不是不可能的。

"他仅靠自己所掌握的力量，竟然就能和我的北方军团抗衡，这并不是运气所能解释的。他有实力，有天赋，还得到了紫晶比蒙的支持，不得不说，十年之后，恐怕只有法蓝的人才能制伏他。"

白衣人轻轻地摇了摇头，道："不，你错了。虽然法蓝的力量远远超过龙崎努斯大陆各国的力量，但是，以我对法蓝的了解，我无法肯定十年之后，他们是否还能制伏叶音竹。"

马尔蒂尼心中一惊，他没想到大人竟然对叶音竹高看到了如此程度。

"大人，既然您确定明日一战叶音竹将会选择武技战，那么，我们要派谁来和他对战呢？"

"怎么？元帅大人已经输得没有信心了吗？"白衣人淡淡地问道。

马尔蒂尼脸上露出一丝尴尬之色，他道："并不是没有信心，只是形势所迫，现在我算是我们这边武技最强的人，可是我今天受了伤，实力大减。就算叶音竹没有得到魔兽的帮助，以叶音竹现在的实力，我也没有把握赢得了他。"

白衣人轻叹一声，道："叶音竹是一个擅长创造奇迹的年轻人，你前几场也认为有必胜的把握，不一样输了吗？你不用为参加武技战的人选发愁，就让我来替你选人吧。"

"多谢大人。"

团战结束后，在紫的带领下，比蒙巨兽进入了布伦纳山脉。叶音竹没有向琴城的人类战士解释什么，人类对兽人一直有一种敌视心理，生活在极北荒原边缘的琴城人类的这种心理应该更为严重。

但是，琴城的人此时没有太多的惊骇，现在最重要的事情是取得六道之决的胜利。比蒙巨兽现在是站在他们这一边的，他们没有理由讨厌比蒙巨兽，更多的人反倒将比蒙巨兽看成了己方的一分子。毕竟是比蒙巨兽击败了米兰帝国一方的人。

其实对叶音竹来说，让比蒙巨兽出战完全是无奈之举。这样一来，除了从未出战的地精以外，琴城所拥有的力量几乎完全呈现在了米兰帝国人面前。

面对强势的米兰帝国大军，叶音竹根本没有别的选择。幸好，琴城的人并不排斥这些帮助了自己的比蒙巨兽。

在叶音竹看来，剩下的三战最关键的就是明日一战。他已经想好了，第四战进行武技战，第五战进行魔兽战，第六战进行综合战。把魔兽战放在第五战，他才有时间休息一下，才能更好地准备综合战。

叶音竹深信，在综合战中，有紫的帮助，再加上隐藏在双臂之中的闪、雷，不论米兰帝国一方派出谁来迎战，都不会是自己的对手，就算是西多夫赶来帮忙，结局也是一样。

只是，明日的武技战，他的对手会是谁呢？

马尔蒂尼受了伤，应该不会上场。除了马尔蒂尼以外，就只有那些龙骑将了，但是那些龙骑将的实力大多没有达到紫级，根本不可能与自己抗衡。

马尔蒂尼究竟会派谁来迎战呢？

叶音竹一边猜马尔蒂尼会派谁出战，一边简单地向众人交代了几句，之后就立刻飞奔到布伦纳山脉中去了。

他的精神力还远未恢复，早一点到布伦纳山脉中修炼，就能早一点恢复。弗格森的精神系魔法对他的伤害比想象中的还要严重，就连精神之海中的精神烙印也受到了冲击，这算是内伤。

叶音竹端坐于山头，冷空气并不能侵入叶音竹体内，神源魔法袍自行将空气中的水元素转化成了无元素，使之进入叶音竹体内，帮助他修炼。

"明日一战，如果对手太强，你可以用我附体的这柄剑对付他，我会想办法帮你的。"

菲尔杰克逊低沉的声音在叶音竹的精神之海中响起，令人感到奇怪的是，这突然出现的声音并不会影响叶音竹修炼。

"可是，老师，如果您参与到六道之决之中，我会不会被契约认定为违反了规则？"

叶音竹通过精神联系与菲尔杰克逊交流着。

"契约？规则？傻孩子，别忘了，你老师我可是曾经最接近神的人。虽然我无法改变六道之决的规则，但我想要隐藏自己的存在还是不难做到的。不过，你也别指望我为你做太多事。

"毕竟，没有了本体，挑战又是在白天进行，我根本不敢从诺克希之剑中脱离出来。你自己一定要多加小心，只要赢得明日一战，后面的魔兽战有紫晶比蒙在，应该也会获胜。最后的综合战也就没什么悬念了。"

随着夜幕降临，天气渐渐变好了，隐隐能够看到空中的乌云都朝着北方飘去，看样子，明天一定是个好天气。

清晨，阳光照到大地，慢慢驱赶着地面上的寒气，给布伦纳山脉带来了些许暖意，可惜，这阳光带来的温暖终究还是少了一些。

"第四战，武技战。"

叶音竹独自走出己方阵营，看着面前那明显士气低落的米兰帝国大军，说出了第四战的主题。

这一次，马尔蒂尼没有走出来，一名身材瘦小的男子走了出来。那名男子似乎一点也不着急，慢吞吞地朝叶音竹走来。如果有人仔细看，就会发现这个人虽然迈步很慢，但是，他的每一步都特别大，一会儿的工夫，他就到了叶音竹面前。

"你好，琴城领主。"

来人在叶音竹面前站定，很有礼貌地向叶音竹行礼。

叶音竹可以肯定自己从未见过这个人。这个人看上去五十多岁，很瘦，后背有些佝偻，相貌极其普通，绝对属于那种放在人堆里就找不出来的类型，但是这个人有一双与众不同的眼睛，他的眼睛一点也不浑浊，特别清澈，就像刚刚出生的婴儿的眼睛一样。

众所周知，人刚出生的时候，眼睛是最清澈的。

但随着时间的推移，人受到浊气的影响，眼睛会逐渐变得浑浊。出现在叶音竹眼前的这个人显然违反了这个规律。

所谓非常之人必有非常之处，叶音竹不由得警惕了一些，向对方还礼，道："您好，还未请教……"

来人淡然一笑，道："我只是主人手下的一个仆人而已，如果你想知道我叫什么，那么，你就叫我金色吧。"

仆人？

谁能拥有这样的仆人？

叶音竹感到很震惊，自提出六道之决以来，他心中第一次产生了危机感。眼前这个人明显不是马尔蒂尼的手下，而且这个人的实力应该不在马尔蒂尼之下，这样的强者突然出现，让叶音竹察觉到了隐藏在暗处的危险。

"既然如此，金色先生，请。"

只见光芒一闪，凤凰翎已经悄然出现在叶音竹右手之中。叶音竹其实并不适合拿武器，因为他没有尾指，使用比较大而且重的武器的话，会有些不顺手。他之所以选择这件武器，一是因为他想试探一下对方，二是因为凤凰翎的尾部比较细，他比较好拿。

"小心了。"金色温和地说道，他的眼睛依旧那么清澈，从他身上叶音竹甚至感觉不到半分敌意。说完那三个字之后，金色就消失了。

"好快！"

叶音竹在感叹的同时毫不犹豫地挥出了手中的凤凰翎，凤凰翎发出一层暗红色的光芒保护着叶音竹的后背。

一股无形的压力骤然传入凤凰翎之中，叶音竹只觉得全身一紧，体内的气血好像都停止运行了，身体被震了出去。

好强的斗气！好快的速度！

叶音竹想起了一个人，是啊！在自己见过的人中，也只有她的速度能和眼前的金色相比。

"好！"

金色的叫好声从叶音竹背后传来，飘在空中的叶音竹不敢大意，急忙挥着凤凰翎，释放出强大的紫竹斗气。叶音竹微微晃动了一下身体，化为三道身影，做出分别向三个方向移动的样子。

"咦？"

一声疑问在叶音竹身边响起，叶音竹幻化出的一道身影瞬间破碎了，金色那淡灰色的身影毫无预兆地出现在叶音竹面前。金色向叶音竹咧嘴一笑，抬手就是一掌，向叶音竹胸前拍来。

叶音竹之前想起的人正是黑凤凰，眼前这个金色的速度只有黑凤凰才比得上，金色的速度甚至比黑凤凰的速度还要快。

难道这个人来自法蓝吗？

可是，法蓝不是已经封闭了吗？

叶音竹没时间去寻找答案，因为金色的右掌已经轻巧地越过凤凰翎，朝他胸前拍来。

虽然金色并没有将斗气释放出来，但从他那深紫色的手掌就能看出来，他至少达到了紫级五阶。

叶音竹身在空中，根本没有任何借力之处。眼看那快如闪电的手掌已经到了自己胸前，叶音竹拿着凤凰翎，用力向下方压去。同时，他左手轻捻，三根紫竹针直奔金色的面门和双肩飞去。

金色淡然一笑，突然张口轻吹，一团气从他口中吹出，只听嗡嗡之声连响，那三根紫竹针还未到他身前，就被他吹出的那口气带飞了，而他那拍向叶音竹的手则根本就没有停过，依旧朝叶音竹胸前拍来。

叶音竹轻轻地晃动凤凰翎，终于还是在一瞬间挡住了金色拍来的右掌。

叶音竹没有与金色硬碰硬，凤凰翎在一股强大的斗气的冲击下向后弯曲，原来，它的另一端已经被叶音竹深深地插入了地面之中。

凤凰翎在那股斗气的作用下弯成了弓形，叶音竹的身体略微僵硬了一下，原本红润的脸庞不禁变得有些苍白，但他强忍着没让自己将那口鲜血喷出来。

金色明显有些惊讶，他原本以为叶音竹会被击飞，没想到叶音竹竟然硬挺了下来，判断失误使他没能成功追击，速度也变慢了一些。

就在这个时候，凤凰翎弯到了极限，瞬间反弹，将叶音竹如同炮弹一样反弹了回去。

借着反弹之力，叶音竹松开了凤凰翎，运足斗气，直奔金色扑去。

尽管金色拥有那样快的速度，此时也没有躲闪的可能。金色只好抬起双掌，朝着叶音竹飞来的方向推了出去。

经过之前的交手，叶音竹了解了金色不论是速度还是斗气，都远在自己之上。虽然叶音竹对黑凤凰提高速度的方法多少有些了解，但他没有像黑凤凰那样修炼过，因为他没有时间。

叶音竹决定要抓住眼前这个攻击的机会，如果他不能抓住这个机会，之后恐怕就连对方的衣角都碰不到了。

第一百五十八章
综合战的对手是她

所以,看到金色的双掌向自己袭来,叶音竹一点也没有要躲闪的意思。他左手微微一动,一道碧绿色的光芒就直奔对手而去,而他右手之中已经多了一柄莹白色的长剑,只是在这长剑的剑脊之上有一道黑色雾气在涌动。

看到叶音竹的应对之法,金色眼中流露出一丝赞许之色,但这并不影响金色攻击叶音竹,因为金色很清楚自己的斗气比叶音竹的斗气强得多。就算凤凰翎是神器,叶音竹在没有足够实力的情况下,也无法发挥出其真正的威力。

更何况,金色还穿着神器级的内甲,这也是他不惧怕凤凰翎释放的双重元素气息的原因。

那道碧绿色光芒刚飞到金色的双掌前,就被金色的双掌释放出的斗气震开了,化为一道圆弧从金色身边掠过。

震开那道碧绿色光芒之后,金色利用斗气攻击叶音竹的诺克希之剑。

叶音竹眼中闪过一道冷光,他猛地将诺克希之剑收回,接着使了一招竹影连绵,一串残影瞬间就出现在不到半米的狭小空间中。

那些残影同一时间劈在了金色发出的斗气之上,叶音竹刚刚一共斩出了十二剑。

不错，叶音竹的斗气确实不如金色的斗气，但是，叶音竹也有自己的优势，东龙八宗的武技冠绝大陆，他凭借着精妙的傲竹剑法，再加上神圣巨龙的独角制成的诺克希之剑，一下就将金色释放的深紫色斗气砍了一个缺口。

金色眼中第一次出现了骇然之色。他终究还是小看了叶音竹，或者说，他小看了东龙八宗的武技。

叶音竹利用了一切可以利用的东西，凤凰翎的反弹力、傲竹剑法的技巧、诺克希之剑的锋利，一举破开了金色的防御，诺克希之剑上面紫光闪烁，眼看诺克希之剑就要刺到金色了。

就在这个时候，金色飞快地朝地面踩了一脚，利用反作用力飞速后退，同时双掌一合，将诺克希之剑控制在双掌之中。

诺克希之剑甚至切掉了金色的一缕发丝，金色还是在间不容发之际将诺克希之剑挡了下来。

金色正在飞速后退，虽然他看上去处于劣势，但是实际上不是这样。叶音竹很清楚，只要凤凰翎作用在自己身上的力消失，自己就会失败。眼前这个人实在太强了。

现在叶音竹可以肯定，这个叫金色的人的武技在马尔蒂尼之上，恐怕只有西多夫才有可能战胜金色。叶音竹的斗气现在还未达到紫竹二阶，就算他拿着神器，也不是金色的对手。

就在这时，怪异的一幕发生了，金色脸色骤变，放开了夹住诺克希之剑的双手，就连身体也僵硬了一下。

叶音竹利用这突如其来的变化，快速采取行动，下一刻，诺克希之剑已经架在了金色的脖子上。

两人终于飘然落地，静静地站在那里，金色的表情有些呆滞，他没有动，他很清楚，就算自己的速度再快，也不可能快过叶音竹挥剑的速度。

诺克希之剑散发出的剑气刺激得金色的脖子起了鸡皮疙瘩。金色知道他已经输了，只要他敢有动作，结局必然会是死亡。

琴城一方突然爆发出欢呼声，赢了，琴帝大人赢了。在他们眼中，金色已经败了，叶音竹赢了第四战。

但是，东龙八宗中武技四宗的宗主以及三位太上长老都皱起了眉头。就算别人看不出，他们也能看出来，叶音竹明明已经没有了赢的机会，怎么会在最后时刻突破对方的防御反败为胜呢？

金色茫然地道："我输了。"

叶音竹暗暗松了一口气，收回诺克希之剑，淡然地道："承让。"

叶音竹知道，一定是菲尔杰克逊暗中帮忙了，只是他不清楚菲尔杰克逊究竟是怎么做的。

"对不起，主人，我输了，请主人责罚。"金色跪倒在白衣人面前。

"告诉我为什么会输。那时候你明明已经快赢了。"白衣人的声音很平静，从中听不出任何情绪波动。

"琴城领主的剑有古怪。那时，一股气体侵入了我的双掌，令我全身都很痛，如果我不放开的话，我的身体就要彻底被腐蚀了。"

"难道是魔法吗？"白衣人疑惑地问道。

"我不能确定。按照六道之决的规则，如果他使用了魔法的话，应该已经被六道之决的神之契约判定为输了，而现在输的确实是我，是我大意了，主人，请您责罚。"

白衣人挥了挥手，道："算了，你下去吧。看来，这六道之决真的要到最后一战才能定胜负了。"

站在一旁的马尔蒂尼恭敬地问道："大人，明日第五战魔兽战，我们如何应对？"

白衣人淡淡地道："算了，我们索性放弃魔兽战吧。虽然我有办法令巨龙不再畏惧紫晶比蒙的威压，但是就算是三条九阶巨龙，也未必是紫晶比蒙的对手。尽管那个紫晶比蒙还没有完全进化成功，但现出本体的它完全可以把巨龙撕成碎片。"

马尔蒂尼叹息一声，他知道白衣人说得很对，自己的水龙已经受了重伤，那些金星龙骑将的巨龙也受了重创，不可能与对方的紫晶比蒙抗衡。

"既然没有获胜的可能，那索性就放弃第五战，将最后一战提前，不给叶音竹恢复精神力的机会。按照六道之决的规则，被挑战方在挑战中必须全力以赴，我们现在只能这样做了。"

与米兰帝国北方军团军营中阴郁的气氛不同，此时的琴城就是一片欢乐的海洋。前面几场挑战，大家一直提心吊胆的，今天这场武技战获胜之后，大家都松了一口气。

之后的两战将是魔兽战和综合战，魔兽战虽然不公平，但叶音竹有紫这样的神兽，就算是一对三，紫也绝对会赢，更何况，对方现在连一条没受伤的九阶巨龙都派不出来。

至于综合战，没有人认为叶音竹和紫会输掉综合战，琴城的人认为，叶音竹和紫这样的组合可以击败任何对手。

前四场的胜利让琴城的人看到了胜利正在向他们招手，他们越来越放松了。

明日将举行魔兽战，叶音竹今晚没有到布伦纳山脉去，而是陪在紫身边，两人共同修炼。

虽然紫的外表和离开碧空海的时候差不多，没有什么太大的改变，但他浑身散发的气息已经发生了天翻地覆的变化。现在他的实力已经超过了九阶魔兽的实力，就算是黄金比蒙也不是他的对手。按照紫的说法，现在能够跟他一战的巨龙，只有银龙王、金龙王和黑龙王。

叶音竹心想，从第一战到现在，自己能够获得四场胜利，和大家的帮助是分不开的。如果没有紫和明，没有比蒙巨兽，自己又怎么可能顺利赢了四场挑战呢？

当然，还有菲尔杰克逊老师，今天要不是有菲尔杰克逊老师帮忙，恐怕自己已经输了。那个默默无名的金色竟然比马尔蒂尼和黑凤凰还强，看来米兰帝国还真是藏龙卧虎啊！

虽然叶音竹对最后两战很有信心，但他还是不敢放松。毕竟，这关系到整个琴城的生死存亡。

就在叶音竹冥想时，突然传来了敲门声，突如其来的声音将刚刚入定的叶音竹惊醒，他不禁皱了皱眉头。之前他特意叮嘱过，晚上他要和紫一起修炼，谁也不要来打扰。

"谁？"

叶音竹冷淡地问道。

"是我，开门。"

一个有些陌生的声音在门外响起，是个女人，光听声音可以判断出这个女人的年纪不大。

叶音竹带着几分疑惑，看了一眼依旧处于修炼状态的紫，这才下床来打开了房门。

门外站着的是一名少女，少女穿着粉红色的长袍，有一头乌黑的头发，漆黑的大眼睛亮闪闪的。少女看到叶音竹就像巨龙看到了宝石一样。

光看相貌的话，她比不上海洋和香鸾，只不过她的眉宇间多了一股海洋和香鸾所没有的英气。叶音竹可以肯定，自己从没见过这名少女。

"你是谁？你是怎么进来的？"叶音竹皱眉问道。

要知道，这个房间外面至少有三十个精灵守着，而这名少女来的时候，叶音竹根本没听到半点打斗的声音。

"我叫梅映雪，是你的表妹。之所以没人拦我，是因为我告诉他们我是你的未婚妻。有我爷爷证明，他们自然不会阻拦我。"少女笑嘻嘻地说道。

"表妹？未婚妻？"

叶音竹愣了一下，看着面前的少女不知该说什么才好。她姓梅，自然应该是梅宗的人，她的父亲或者母亲应该是自己母亲的兄弟姐妹。她说是自己的表妹，叶音竹还能理解，可是，未婚妻是怎么回事？

"是啊！我是你表妹，至于未婚妻，那是我编出来骗他们的。"梅映雪似乎没有发现叶音竹的不愉快，依然微笑着说道。

"表妹，你开的这个玩笑并不好笑，现在已经很晚了，请你早些回去休息吧。"

叶音竹有点不耐烦，他的精神力还没有恢复，现在，每一分钟对他来说都很重要。

梅映雪问道："怎么？你不问问我为什么要冒充你的未婚妻来找你吗？"

叶音竹问道："为什么来找我？"

梅映雪道："我是来还你东西的。"

说着，她就把大大的长袍敞开，顿时，一股光明气息散发了出来，叶音竹一下就看到了自己失去的一柄剑。

"奥古斯都之剑？"

叶音竹惊呼一声，他这才明白是怎么回事。当初在离开法蓝之后，他们遭到了蓝迪亚斯帝国及其盟国的偷袭，最后，他已经支撑不下去了。正在那时，一队人马杀来，抢走了海洋。当时，有一个蒙面的女孩子从他手中夺走了这柄奥古斯都之剑。

"你就是那天那个女孩子？"叶音竹追问道。

梅映雪微微一笑，道："表哥，那天我不知道你的身份，多有得罪，希望你能原谅我。之前我不知道你的实力如何，还以为你是运气好才得到这柄剑的，来到这里之后我才明白你有多强。这柄剑原本就是属于你的，六道之决还有最后两战，希望你能用它赢得最后两战。好了，不打扰你了。"

说着，梅映雪将奥古斯都之剑递到叶音竹手中，向他嫣然一笑，转身走了。

叶音竹看着失而复得的奥古斯都之剑，没有感到十分惊喜。对他来说，这柄神器级的宝剑并没有太大的用处，除了有光明气息以外，它在其他方面都比不上诺克希之剑。

离开之后，梅映雪只觉得自己脸上一阵发烫。在梅宗年轻一代弟子中，她是佼佼者，还有可能继承梅宗宗主之位。从小到大，她都在努力修炼，从未想过自己有一天会像现在这样。

那是喜欢的感觉吗？

梅映雪自己也不清楚。她清楚的是，自己永远也无法忘记叶音竹一次次击败对手的样子，尤其是他孤身一人，为了琴城和东龙八宗向米兰帝国大军提出六道之决的时候的样子。

天气转好了，冬季的早晨，太阳虽然升起得晚一些，但当阳光普照大地的时候，碧蓝的天空就像蓝宝石一样干净，没有一朵白云飘在空中。对于地处极北荒原边境的琴城来说，这样的天气很少会在冬季出现。

叶音竹从己方阵营中走出来，说道："第五战，魔兽战。"

马尔蒂尼走到双方对峙的空地中央，朝琴城一方高声说道："我，米兰帝国元帅马尔蒂尼，代表米兰帝国，放弃第五战魔兽战。按照六道之决的规则，今日将直接展开六道之决的最后一战——综合战。"

马尔蒂尼的话顿时引起了琴城一方的骚动，他们没想到马尔蒂尼会直接认输，而且还要求立刻进行综合战。难道马尔蒂尼不怕认输之后，米兰帝国大军会丧失继续战斗的信心吗？还是说马尔蒂尼已经准备放弃这场六道之决了？

叶音竹看着马尔蒂尼,心中想了又想,觉得马尔蒂尼不可能代表米兰帝国放弃六道之决。六道之决牵涉的利益太多,一旦自己获胜,那么,米兰帝国不仅在接下来的六年内不能攻击琴城,而且还要割让六座城市给琴城,或者给琴城相当于六座城市的财富。对于现在的米兰帝国来说,这显然是不可能承受的。

难道马尔蒂尼他们还有什么撒手锏要在综合战上用吗?回想起昨日上场的金色,叶音竹心中多了几分不安。

马尔蒂尼宣布第五战认输之后就回己方阵营去了。没过多久,一个人就从那边走了出来,那个人全身都笼罩在一件白色大斗篷内,并不算高,走起路来也没什么奇特之处,看上去完全就是一个普通人。可是,不知道为什么,叶音竹觉得那个人有点熟悉。

叶音竹可以肯定,那个人绝对不是马尔蒂尼北方军团中的人。那个人穿着白色斗篷,难道他是魔法师吗?可是,按理说,就算是暗魔系大魔导师月辉,也不可能在这场综合战中打败自己和紫啊!

尽管心中有很多疑惑,叶音竹还是把紫带到了场地中央。和身材高大的两人相比,白衣人显得格外瘦小,双方对峙着,紫散发出的无形的威压已经在不知不觉间笼罩了整个空间。令紫和叶音竹感到惊讶的是,白衣人就像压根没感觉到紫的威压一样,一点反应也没有,只是静静地站在那里。

"叶音竹和魔兽伙伴紫参加最后一战,综合战,请指教。"叶音竹冷静地说道。

叶音竹手上光芒一闪,神器级的枯木龙吟琴就出现在叶音竹的怀抱之中。这最后一场综合战对参战双方没有武技和魔法方面的限制,叶音竹终于可以用自己最擅长的琴魔法了。

"音竹,坦白说,我真不希望和你这样相遇,但是,为了米兰帝国,我没得选择。"

白衣人缓缓地抬起手，摘掉了头上的帽子，露出了脸。

叶音竹以为就算对方是银龙王霍华德，自己都不会惊讶，可是，当他看到那个人时，他惊呆了。

他呆呆地站在那里，看着那个人，嘴角的肌肉微微地抽动着。他怎么也没想到，自己最后一战的对手竟然是她。

出现在叶音竹面前的，正是米兰魔武学院神音系主任、琴宗宗主秦殇曾经的恋人、被叶音竹叫了很久"奶奶"的人——妮娜。

"没想到是我吧？"

妮娜微微一笑，看着叶音竹那惊骇莫名的样子，苍老的脸上多了几分无奈。

琴城一方，有一个人现在的表情和叶音竹差不多，那个人就是秦殇。叶音竹没想到妮娜会出现在这里，秦殇更加想不到。看着一头银发的妮娜，秦殇的心完全乱了。他有多少年没见过妮娜了？没想到两人竟然会在这样的情况下重逢。

"奶奶，您、您怎么会出现在这里？您不是在米兰魔武学院吗？这是六道之决，不是开玩笑的。奶奶，您快回去吧。"妮娜出现后，叶音竹感觉自己的思绪都乱了，只能语无伦次地说道。

"傻小子，我来就是为了参加六道之决。从你的角度看，你做的自然没错。我对你说过，现在的米兰帝国正处于生死存亡之际，我作为帝国长公主和西尔维奥的姐姐，又怎么能袖手旁观呢？

"音竹，你这个傻小子，让我说你什么好？我可以理解你，你应该也不想东龙八宗人在这个时候来到琴城成立东龙帝国，但事情已经发展成了这个样子，今日一战不可避免。来吧，让我领教一下，看看你这些年都学到了什么。"

妮娜勉强将自己的感情压了下去，当她重新变得平静时，叶音竹发现她的眼睛竟然变得极其清澈，就和昨天那个金色一样。

看来，昨天那个人应该是妮娜的属下。

可是，为什么妮娜要亲自参加这场六道之决最后的综合战呢？她不过是一名青级神音师啊！

"怎么？小看奶奶还是不愿动手？"妮娜神色平静地看着叶音竹，"不要忘了，我们现在立场不同，如果这一战你输了，你的琴城就必须无条件投降。在这种时候，你还是集中精神比较好，我是不会手下留情的。除非你们真的击败我，否则，你们就别想赢。"

听了妮娜的话，叶音竹终于渐渐平静下来，但是，他依旧无法接受这个事实。当初，他进入米兰魔武学院之后，妮娜对他关怀备至，他在米兰魔武学院过得很开心，也学到了很多东西。

妮娜对叶音竹那么好，她将海月清辉琴、神之守护三件套、神源魔法袍都送给了叶音竹。

如果有人问叶音竹，在米兰魔武学院中，他最喜欢哪个老师，他肯定会说妮娜。妮娜在他心中的地位甚至比弗格森的地位还高。

"音竹，小心一点，她很强。"

听到紫的传音，叶音竹才收敛心绪。叶音竹看到，紫的脸色很凝重。紫往前走了一步，保护着叶音竹。

看到紫这样的举动，叶音竹不禁吃了一惊。叶音竹知道紫在判断对手的实力方面比自己强，妮娜能让紫如此紧张，说明妮娜很不简单。

叶音竹上一次看到紫这么紧张，还是两人找到格拉西斯的时候，而那一次，紫被格拉西斯杀掉了，幸亏叶音竹分了一半生命力给紫，紫才活过来。难道说，妮娜以前隐藏了实力不成？

妮娜替叶音竹解除了心中的疑惑。

"音竹，你不是唯一一个进行魔武双修的人，我也是进行魔武双修的人，我和你不一样的地方在于，我只是闲着无聊才随便练练魔法的。因为我喜欢音乐，所以我选择了神音系魔法。我真正修炼的其实是武技。我没有魔兽伙伴，只要你们两个能战胜我，这场六道之决就算是你们胜了。"

或许是因为之前太过震惊，当听到妮娜说自己擅长的是武技时，叶音竹反而没有太大的反应了。

"我要开始了，音竹，你尽管动手，让我看看你们真正的实力是怎样的。"

说着，妮娜就朝叶音竹和紫走来。她走路很慢，甚至还有脚与地面摩擦的声音。

"音竹！"

紫低吼一声，两人之间非常默契，紫不需要再解释什么。紫向前跨了一步，他对妮娜可没有那么深厚的感情，动起手来也不会犹豫。他觉得妮娜会给叶音竹造成威胁，于是立刻提起右拳，朝妮娜轰去。

就算没有现出本体，此时的紫也有两米多高，比妮娜高出一大截。在观战的人员看来，妮娜就像漂荡在海上的一叶孤舟，而紫就像滔天的大浪，朝妮娜卷去。有不少人已经闭上了眼睛，怕看到妮娜被轰飞。

紫可是兽人族四大神兽之首的紫晶比蒙啊！被他一拳打在身上，会有什么样的后果？

妮娜看着紫的拳头上的紫色斗气，脸色依旧平静，直到紫的拳头来到她面前，她那满头银发都被紫的拳头上的斗气逼得向后飞起时，她才终于动了。

妮娜的动作简单而轻盈，她抬起右手，伸出一根食指，点在了紫轰来的拳头上。

紫的拳头在碰到妮娜的食指时，大放紫光，紫光越来越耀眼。不知道为什么，妮娜那根看上去无比脆弱的食指竟然挡住了紫的拳头。

场上的画面很怪异，两个身材完全不对等的对手，就那么平静地对立着，巨大的拳头和纤细的手指形成了鲜明的对比。无数紫光从紫的拳头周围迸射出来，朝妮娜的身体射去，但是，紫光刚到达距离妮娜身体一尺的位置，就被一股无形的能量挡住了。

紫的情绪出现了很大的变化，他万万没想到眼前这个满头银发的老人竟然只用一根食指就挡住了自己的攻击。他感觉那根手指正好戳在自己力量的中心点上，不论自己怎么发力，也无法震开那根食指。

妮娜淡淡地说道："力气确实不错，紫晶比蒙的晶体魔法也令人惊讶。可惜，你还未成年，去吧。"

一道乳白色光芒从她点在紫的拳头上的食指处亮起来，紫的拳头上发出来的紫光在遇到那道乳白色光芒的一瞬间倒卷而回，紫躲闪不及，在一股不可抵御的力量作用下，远远地倒飞了出去。

"紫！"

叶音竹大喝一声，只见光芒一闪，倒飞出去的紫突然消失了，下一刻，他已经出现在叶音竹面前。紫身上不断发出紫光，不用问叶音竹也知道紫受伤了。

妮娜仅用一根食指就让紫受了伤，她的实力该有多强啊？最让叶音竹感到惊讶的是，妮娜在发动攻击时食指上发出的那道乳白色光芒。

"次神级！妮娜奶奶，您是次神级强者。"

叶音竹瞪大了眼睛，不敢相信自己看到了什么。他终于知道妮娜为什么会出现在这里了，现在看来，米兰帝国第一高手应该是妮娜才对啊！

妮娜竟然是次神级强者。除了法蓝七塔的塔主以外，龙崎努斯大陆上居然还有次神级强者。按照妮娜的年龄来算，她的修炼速度简直太快了。

妮娜惊讶地看着叶音竹，道："原来你也知道次神级。音竹，你知道我多么不希望和你站在对立面吗？认输吧，你们没有任何机会的。虽然我无法将神之契约带给你的影响完全消除，但是留你一条性命想来还是可以的。

"就算那样会令你失去之前的修炼成果，变成平常人，也总比死亡好，不是吗？你还年轻，一切都可以从头再来，不要再抵抗了。紫晶比蒙的实力远比你强，连他都承受不住我的随手一击，你要如何打败我？你们两人联手对我来说根本没有任何意义。

"既然你知道次神级的存在，那我索性告诉你，我的实力已经达到了次神级六阶，也就是白级六阶。别说是你们，就算是法蓝那些老家伙在这里也要给我个面子。"

次神级六阶……

叶音竹只觉得脑海中纷乱的情绪都因为这简单的四个字散去了。要知道，法蓝的七位塔主中，只有光明塔和暗塔的两位塔主超过了次神级六阶。对现在的叶音竹和紫来说，达到了次神级六阶的妮娜跟神差不多。

妮娜的话可以说将叶音竹所有的希望都扑灭了。到了这个时候，叶音竹知道自己恐怕没有机会赢了。

但是，他不甘心，不甘心就此失去琴城。他好不容易才让矮人、地精、精灵等族类在此生活，难道他要这样放弃吗？

不，次神级强者固然强大，但没有试过又怎么知道不行呢？战争巨兽格拉西斯也达到了次神级，最后不一样被自己和紫征服了吗？

刚发现综合战的对手是妮娜时，叶音竹心中战意全无，他根本不想和妮娜动手。此时，得知妮娜达到了次神级，叶音竹的好胜心反而被激发出来了，他明知道自己和紫获胜的可能性很小，也不愿意就此放弃。

"奶奶，除非我和紫完全失去了战斗力，否则，我们绝对不会放弃。琴城能有今天，不是我一个人努力的结果，我不能让琴城的未来断送在我手中，就算是死，我也要战斗到最后。"

叶音竹的话语中充满了一往无前的决心，他和紫对视一眼，两人都在对方眼中看到了战意，之后，两人同时向妮娜发起了攻击。

听到叶音竹说的话，妮娜忍不住叹了一口气。她其实也很矛盾。叶音竹提出六道之决后，她刚来到这里时，心情就很不好。

她看着叶音竹成长，看着叶音竹成为米兰帝国的英雄，她原本以为叶音竹会成为下一个马尔蒂尼，誓死守护米兰帝国，没想到他会在这种时候成为米兰帝国的敌人。她怎么可能愿意跟叶音竹交手呢？可是，为了米兰帝国，她没有别的选择。

叶音竹和紫分别朝两个不同的方向跑开，紫没有变化成本体，因为他知道，在实力不如对方的时候，他那庞大的本体没有任何优势，反而会使自己更容易遭到攻击，还不如保持人形，这样至少能灵活一点。

第一百五十九章
自轰

紫拿着十七米长的紫晶剑,带着毁天灭地般的气势朝妮娜头顶斩去。与此同时,叶音竹轻轻地拨动了枯木龙吟琴的琴弦,利用爆音攻击妮娜。

心意相通的叶音竹和紫配合得很好,爆音飞到妮娜身边的时候,正好是紫晶剑斩落的时候。

换一个人,即使其实力远超叶音竹,面对两人的联手攻击恐怕也会手忙脚乱,可惜,叶音竹和紫今天的对手实在太强大了。

爆音似乎根本没对妮娜产生任何影响,下一刻,她直接抬起左手抓住了紫晶剑。

十七米长、重达数吨的紫晶剑,在紫用尽力气斩下来之后会产生多大的威力?在场观战的人中,应该没有人会选择硬接这一剑。

妮娜就那么将这一剑接了下来。她的身体一点都没有晃动,只是脚下的地面出现了几条裂痕。

叶音竹并没有停止攻击,发出爆音之后,他又发出了七道高频音刃,七道高频音刃快速地朝着妮娜飞去。那些紫色的高频音刃分别带着不同的属性,因为枯木龙吟琴的琴弦是用七座龙城七位已故龙王的龙筋做的。

高频音刃拥有很强的切割力，叶音竹一向以此为豪。

妮娜抓住紫晶剑剑锋的手骤然用力，一团乳白色光芒从她手掌之中爆发出来。

众人只见场上乳白色光芒无比闪耀，然后紫和紫晶剑就被妮娜举了起来。妮娜举起紫和紫晶剑后，将其直接朝着叶音竹的方向砸了过去。

至于那已经到了身前的七道高频音刃，妮娜探出右手，手指轻轻地动了两下，那七道高频音刃就被化解了。

感受到高频音刃的切割力，妮娜眼中流露出一丝惊讶之色，她不由得叫道："好！"

紫和紫晶剑此时已经被狠狠地砸向了叶音竹，正如妮娜所说，只要战斗开始，她就绝对不会手下留情。

叶音竹灵机一动，想起平等本命召唤，下一刻，他和紫身上都亮起一道特殊的光芒。

妮娜只觉得手中一空，紫晶剑消失了，紫也消失了。紫不但没有砸到叶音竹，反而出现在叶音竹身边，和叶音竹一起朝妮娜冲去。

"好一个平等本命召唤！"

妮娜真心觉得叶音竹和紫配合得很好。她用双手在胸前画了个圈，两团乳白色光芒就在她身前融合，眼看紫和叶音竹朝自己扑来，她轻轻地将双掌推了出去。

"轰！"

场上爆发出剧烈的轰鸣声，叶音竹在那一瞬间发出了四十九道高频音刃，那些高频音刃全部轰在了乳白色光芒的同一个位置上。

紫的紫晶剑上亮起了一团紫光，紫晶剑缩小的同时，紫的身体消失，完全与紫晶剑合二为一了。

可以说，这是叶音竹和紫现在所能发出的最强攻击，他们能够成功吗？

真正与次神级强者的斗气碰撞在一起,叶音竹才明白紫级与次神级之间的差距有多大。

那乳白色光芒像是能够吞噬一切,那些高频音刃碰到乳白色光芒后就消失了。与此同时,身剑合一的紫也冲到了那乳白色光芒面前。

这一次,妮娜没有被动防御,而是控制着乳白色光芒发起了攻击。

轰然巨响声中,叶音竹和紫感觉一股疯狂的力量从乳白色光芒中迸发出来,两人如同破麻袋一般被抛飞出去。

两人同时落地,震得场上尘土飞扬,落地之后,那股力量使两人在地上擦出两道三十多米的沟才消失。

现在,两人经脉欲裂,全身上下都仿佛被一股莫名的力量定住了,两人身上的紫色晶体也完全破碎了。紫张嘴喷出一口血,叶音竹身上也有血流出来。

妮娜还是站在那里,淡淡地道:"虽然平等本命契约可以让你们相互召唤,但是,只要你们两人同时受到攻击,平等本命召唤就不能帮你们避免伤害了。"

叶音竹和紫摇晃着从那深深的沟中爬了起来,脸上一片骇然之色。

实力达到次神级六阶的妮娜实在是太强了!

如果紫已经成年,完全进化成十阶神兽,或许还能与妮娜抗衡一下,可是,紫还没进化成功。现在看来,他们赢不了了。

淡淡的金光和银光分别出现在叶音竹的双臂之上,那是闪、雷的力量。

综合战是考验挑战者自身综合实力的一战,闪、雷是叶音竹的血契魔兽,借用它们的力量并不算犯规。

正在叶音竹准备凭借闪、雷的力量发起全面攻击的时候,叶音竹感觉灵魂深处突然多了一道精神波动,是紫要行动了。

紫仰天咆哮一声,一阵阵骨骼爆裂之声不断传来,让人感觉十分恐怖。紫的全身都散发着紫光，身体开始迅速变大，眨眼间，紫就现出了本体。

妮娜并没有阻止紫，在她看来，就算是现出本体的紫，也无法给她造成任何威胁。

紫化成本体之后，并没有向妮娜发动攻击，反而张开嘴巴，吐出了一团白雾。

一个被白雾笼罩的紫色六芒星出现在紫面前。

"咦？召唤吗？"

妮娜看着紫，感到有些吃惊。可是，她也仅仅是有些吃惊而已，在她看来，就算紫召唤出再多魔兽也没有用，紫根本打败不了她。

紫自然也明白这个道理，它没有召唤那几只九阶魔兽，连它都无法伤到妮娜，那几只九阶魔兽过来简直就是送死。

紫召唤的是它手中最强大的魔兽。

一声低沉的咆哮从被白雾笼罩的紫色六芒星中传出来，白雾瞬间凝聚，形成了一个特殊的符号，紧接着，一个人出现在紫色六芒星中心。白雾形成的特殊符号直接印在了那个人的额头上。

那个人的样子很好认，因为他有一颗大光头，瞪着一双铜铃大眼，还长得很高大，赤裸着上身，全身都是肌肉。

"紫帝老大，召唤我来，有事吗？"

大光头的声音极其低沉，简单的一个问句就令大地颤动起来。

完成召唤后，紫的身体迅速缩小，重新变回了人形。他的脸色一片苍白，身体周围的紫光也暗淡下来，就连自己的身体都变得有些透明了。

紫抬起手，指向妮娜，道："格拉西斯，击败她。"

说完这句话，紫就盘膝坐了下来。他似乎很痛苦，不断地喘着粗气。刚才召唤格拉西斯耗尽了他全部的能量。

没错，紫消耗了自己全部的能量召唤出来的正是成年的十阶神兽——格拉西斯。

格拉西斯转过头，目光落在了妮娜身上。和紫一样，作为神兽，他的感知能力是极为敏锐的。他没有因为对手是个人类而掉以轻心，反而威胁似的朝妮娜发出一声咆哮。

妮娜眉头微皱，道："哦，你居然散发出了次神级强者的气息。你又是哪位神兽？音竹，看来我还是小看了你，先是紫晶比蒙，后是山岭巨人。现在被紫晶比蒙召唤而来的，难道是另外一种神兽吗？"

格拉西斯嚣张地抬起自己的大光头，道："不错，我就是战争巨兽格拉西斯。你既然得罪了紫帝老大，那就受死吧。"

话音刚落，格拉西斯就迈开脚步，朝妮娜冲了过去。

妮娜冷冷地道："你说谁受死？"

自从上场以后，这还是妮娜第一次移动位置。

没有人看清妮娜是怎样移动的，她一瞬间就来到了格拉西斯面前。

她的速度实在太恐怖了，格拉西斯连抬手的机会都没有，胸膛上就被妮娜拍了一掌。

乳白色的光芒瞬间爆发，格拉西斯闷哼一声，身体倒飞而出，重重地摔到了十米外。

"够劲！"

就在妮娜以为格拉西斯被自己重创的时候，格拉西斯竟然从深坑中爬了出来。他揉了揉自己的胸口，毫不在意地道："好久没有遇到这样的对手了。老太婆，你的斗气很强啊！"

妮娜眉头大皱，她没想到面前这个大光头被自己拍了一掌之后，居然一点事都没有。

"那我就让你试一下更够劲的。"

妮娜再次消失了，她仿佛无处不在，每一次出现，格拉西斯就会被她拍一掌。

格拉西斯如同皮球一般,被妮娜抛起,然后再落下。乳白色光芒不断在空中亮起。

妮娜渐渐变得愤怒了,她明显感觉到自己的斗气没有伤害到格拉西斯,她不相信自己作为达到了次神级六阶的强者,竟然无法打败战争巨兽。

这一下可就苦了格拉西斯,虽然他有超强的防御力和冲击力,但是妮娜的速度实在太快了,他有种有力无处使的感觉。

格拉西斯甚至连妮娜的影子都看不到,更别提攻击妮娜了。他只能承受妮娜的一次次攻击,一阵阵钻心的疼痛从身上传来,他开始有些吃不消了。

毫无疑问,格拉西斯的出现给叶音竹和紫带来了喘息的机会,但同时,因为召唤来了格拉西斯,紫也失去了战斗力。

看到格拉西斯被妮娜打得还不了手,叶音竹就知道,今日一战自己是不可能赢了。

妮娜实在太强了,格拉西斯刚上场就成了她手上的玩物,就算格拉西斯的防御力再强,也是有极限的。

紫对叶音竹说过,成年之后的神兽的实力会达到次神级一阶,也就是白级一阶,然后神兽的实力会随着修炼而增长,只是增长的速度极其缓慢。看格拉西斯的样子,现在格拉西斯最多才达到次神级二阶,和妮娜的差距无疑非常大。

叶音竹看了看随时有可能败下阵来的格拉西斯和无比虚弱的紫,深吸一口气,心中已经有了打算。

反正输了也要死,既然如此,自己为什么不搏一下呢?

叶音竹将枯木龙吟琴收回须弥神戒之中,又从须弥神戒中取出了一柄锤子。没错,叶音竹拿的正是鲁特滋暂时借给他的雷神之锤。

叶音竹感觉雷神之锤中的雷电仿佛要与自己融为一体了,因为自己并不是雷神之锤真正的主人，所以这股雷电有些排斥自己。

叶音竹看着雷神之锤，下了狠心。他将雷神之锤举过头顶，猛一咬牙，手中的雷神之锤重重地落了下来。

这一刻，叶音竹利用自己的精神力彻底激发了雷神之锤中的雷电之力，同时，他将自己的斗气全部注入了雷神之锤。

所有人都看到叶音竹举起了雷神之锤，他们都屏住了呼吸，以为叶音竹会用雷神之锤攻击妮娜。

当雷神之锤落下时，惊呼声传遍了整个琴城。

叶音竹并没有将雷神之锤砸向妮娜，而是砸向了自己心脏的位置。

雷神之锤带着澎湃的雷电之力，带着叶音竹全部的斗气，重重地砸在了叶音竹心脏的位置上。

自杀？

这个念头在米兰帝国大军的心中闪过，琴城一方观战的人的心情都已经跌入了谷底。

"轰！"

剧烈的轰鸣声令正在不断攻击格拉西斯的妮娜停了下来，妮娜转头时，正好看到叶音竹砸到自己，叶音竹的身体瞬间被蓝紫色的闪电包围了。

令众人没有想到的是，雷神之锤砸到叶音竹之后被反弹了出去，一团耀眼的乳白色光芒从叶音竹身上爆发出来，紧接着，一声嘹亮的龙吟从叶音竹的心脏位置传出来，那龙吟声听起来就像一条强大的巨龙死亡前发出的悲鸣一般。

"嗡！"

七道彩光交替着从叶音竹的心脏位置射出来，七道彩光在空中汇聚成一道彩虹，将叶音竹环绕在内。紧接着，一道乳白色的光柱从彩虹之中射出，一股无法言喻的强大气息瞬间笼罩全场。

叶音竹竟然慢慢地飘了起来，尽管他的皮肤已经被雷神之锤轰成了焦黑色，每个观战的人还是从他身上感受到了一股无比恐怖的气息。

一张被乳白色光芒环绕的古琴出现在叶音竹面前。琴的样式很古朴，琴身是暗金色的，看上去很神秘，里面似乎有一个不甘的灵魂在不断地叫喊。

琴身上的七根琴弦闪烁着不同颜色的光芒，就像之前出现的彩虹一般。琴弦上还有很多元素旋涡，一瞬间，空气中的所有魔法元素就被琴弦上的元素旋涡抽干了。

不需要东西托着，古琴就这样飘浮在叶音竹面前。

"轰！"

格拉西斯摔落在远处的地面上，把地面砸出了一个大坑。

妮娜看到那张古琴之后，脸色变得很难看。她已经顾不上格拉西斯了，这张古琴吸引了她全部的注意力。

"超神器，竟然是超神器。"

看到古琴后，妮娜骇然色变。她怎么也没想到，在这种情况下，叶音竹还能弄出一件超神器。

现在这张琴绝对不是叶音竹之前抱在怀中的那张枯木龙吟琴所能相比的。作为次神级的强者，妮娜又怎么会不认识超神器呢？

她实在不明白，叶音竹为什么会拥有一件超神器？据她所知，一个人只有达到了次神级之后，才有可能得到超神器的认可啊！

在龙崎努斯大陆上，超神器是特别少的东西。就算是法蓝，也只拥有一件超神器。

神器和超神器，虽然只是一字之差，却是两个截然不同的概念。

神器只能使人将自己的力量更好地发挥出来。超神器不一样，超神器一旦发威，就能发出毁天灭地的力量。在应用得当的情况下，一名拥有超神器的次神级一阶强者甚至可以挑战次神级九阶强者，这就是超神器的威力。

惊讶过后，妮娜第一时间朝叶音竹飞了过去。飞行对她这样的强者来说根本不算什么。

一眨眼，妮娜就来到了叶音竹面前。

米兰帝国不能败！

尽管心中不忍，妮娜还是用右掌向叶音竹的胸口处拍去。

此时，叶音竹的双手已经放在琴弦之上，他闭着双眼，似乎失去了意识。

"嗡！"

叶音竹并没有拨动琴弦，是超神器枯木龙吟琴上的七根琴弦自己在颤动，一团耀眼的乳白色光芒和琴弦上散发出的七色光芒将叶音竹保护起来，妮娜那一掌并没有伤到叶音竹。

叶音竹整个人都沐浴在耀眼的光芒中。

叶音竹这次用枯木龙吟琴和上次用枯木龙吟琴的情况完全不同。上次，他用枯木龙吟琴对付格拉西斯，还复活了紫，身体极为虚弱，就算融合了紫的力量，当时的他也没有现在的他强大。更何况，这次他用了最接近超神器的雷神之锤攻击自己，最终使枯木龙吟琴直接出现在自己手中。

"嗡！"

叶音竹右手用春莺出谷势，拨动了一下琴弦，一道乳白色光芒直接飞了出来，到了妮娜身前。

那道乳白色光芒来得实在太快了，妮娜知道自己根本没有躲闪的可能，因为那道乳白色光芒刚飞过来的时候，妮娜就感觉自己被锁定了。

听到超神器枯木龙吟琴的嗡鸣声，妮娜先是颤抖了一下，随即抬起双手，发出一道乳白色光芒，竟然将叶音竹发出的乳白色光芒硬生生地挡了下来，但是，一团白雾突然从妮娜身上飘了出来，看到这团白雾，妮娜脸色大变，身体也开始下坠。

叶音竹发出的那道乳白色光芒其实是音刃，利用超神器发出的音刃又怎会普通？音刃第一时间侵入了妮娜的精神之海中，那是无法用斗气来解决的攻击，妮娜只能凭借自己的精神力硬扛。

叶音竹的这招精神攻击使得妮娜的优势荡然无存，因为妮娜的精神系魔法修为没有叶音竹的精神系魔法修为强，所以妮娜很难抵挡叶音竹的这一招。

叶音竹只弹出了一个音符就停了下来，他的脸上一片焦黑，观战的人看不清他的表情。如果人们站得离叶音竹很近，就会发现他的面部表情完全是扭曲的。他此时所承受的痛苦是任何人都无法理解和体会的。

叶音竹用雷神之锤全力轰击在自己身上，雷神之锤上蕴含的雷电之力一瞬间就使他的皮肤由白色变成了焦黑色。

叶音竹之所以这么做，就是为了赌一把，以他现在的实力，根本无法动用超神器枯木龙吟琴，只能利用别的东西刺激它，使它出现。

妮娜实在太强了，连战争巨兽格拉西斯都很难打败她，不用超神器的话，叶音竹怎么可能是她的对手呢？

叶音竹赌赢了，正如他所预料的那样，在雷神之锤的轰击下，在叶音竹心脏中沉睡的枯木龙吟琴第一次被激怒，直接脱离了叶音竹的身体。

超神器和神器最大的不同就是超神器有护主性，而神器没有。这张枯木龙吟琴既然已经认叶音竹为主，就不允许任何力量伤害到叶音竹。虽然这张琴不会护住叶音竹的全身，但是它至少会护住自己沉睡的地方。

枯木龙吟琴从沉睡中苏醒过来之后，立刻强行将雷神之锤的雷电之力从叶音竹身体上完全驱散了，尽管如此，叶音竹还是承受了非同一般的痛苦。

坦白说，雷神之锤刚刚砸到胸膛的时候，叶音竹只感觉到全身麻痹，仿佛所有的生命力都要被这股雷电之力带走了，并没有多么痛苦。

但是，当枯木龙吟琴强行将这股雷电之力驱散之后，叶音竹不再被雷电之力麻痹，痛感恢复，就感觉到了痛苦。

身体被雷电击中是什么感觉？尤其是皮肤表面，就算叶音竹拥有紫晶之体,雷神之锤还是烤焦了他的皮肤。

这张达到了超神器级别的枯木龙吟琴正在将雷神之锤的负面效果完全消除,并且凭借超神器之力令叶音竹的身体飞速好转着。伤势好转虽然是好事,但这个过程令人难以忍受。

叶音竹能感觉到自己体内的每一根神经都在枯木龙吟琴澎湃的能量影响下跳动着,身体上的疼痛令叶音竹难以呼吸,他觉得胸腔内仿佛有一团烈火在燃烧,身体随时都有可能爆裂。之前勉强弹动琴弦,几乎耗尽了他的全部力气,他一直强撑着,没让妮娜看出端倪,实际上,此时他全身上下的每一个细胞都在喊痛。

"坚持住,挺过这一关,对你有很大的好处,同时也能令你和这件超神器更好地融合在一起。"

菲尔杰克逊的声音在叶音竹脑海中响起,叶音竹突然感觉有一股清凉之气从龙魂戒上传出来,那股清凉之气瞬间就涌入了自己的大脑之中,席卷了自己的精神之海,将自己的精神烙印牢牢地包裹住了。

有了这股清凉之气,虽然身上依旧很疼,但叶音竹感觉自己的大脑变清醒了不少。他说不出话,甚至无法通过精神力和菲尔杰克逊交流。

"我知道你想说什么。你确实太冒失了,超神器是如此容易使用的吗?如果这么容易,我也不会跟你说你要达到次神级之后才能使用它。虽然你现在已经将它成功地召唤出来,但是你失去了使用它的力量。

"现在你所承受的痛苦,都是对你贸然行事的惩罚。既然我做了你的老师,总不能白做,眼下的情况就交给我吧。这场是综合战,我隐藏在你身上,灵魂可以跟你沟通,也可以算是你综合力量的一部分。我会帮你完成这场综合战。

"现在对你来说最重要的,就是承受住身体上的痛苦,只要你能承受住,你的武技和魔法力都会有提升,这次提升甚至会对你将来进入次神级有好处。"

听到菲尔杰克逊的话，叶音竹重新集中精神，在菲尔杰克逊的灵魂之力的作用下振作起来，强忍着剧痛，就在这时候，叶音竹突然发现，自己失去了对身体的控制权。

按理来说，现在只有紫才能发现叶音竹体内的变化，但菲尔杰克逊实力何等强悍，就算它失去了自己的身体和魂珠，它的灵魂之力也不是紫和妮娜能够相比的，它直接封闭了叶音竹的精神之海，成功地切断了叶音竹与紫之间的联系。

外人当然看不到叶音竹体内的变化，他们能看到的只有外表。

全身焦黑的叶音竹在妮娜落到地面之时缓缓地睁开了双眼。

叶音竹的眼眸变得和身体一样黑，连眼白都消失了。他用平静淡漠的眼神看着妮娜，澎湃的灵魂之力宛如两柄尖刀一般朝妮娜攻去。

感受到那强大的灵魂之力，妮娜不禁骇然，赶忙闭上了自己的双眼，强行将精神之海封闭起来。像她这样的强者，虽然无法将斗气转化成精神力，但可以把斗气与精神力融合在一起，借此封闭自己的精神之海。封闭了精神之海之后，她一闪身就到了数百米之外。

"认输吧，你已经没有任何机会。"

沙哑的声音从叶音竹口中传出，这倒不是菲尔杰克逊的声音，而是雷神之锤的雷电之力对叶音竹的声带产生了影响，使叶音竹的声音变得沙哑了。

妮娜望着空中的叶音竹，心间翻起了大浪。她实在无法相信，叶音竹竟然多了一件超神器，而且还凭借这件超神器和自己抗衡。

"认输？音竹，难道你以为凭借一件超神器就能够和我抗衡了吗？以你的实力，根本无法发挥出这件超神器的威力。你刚刚达到紫级，和我的次神级六阶相差得太远。你的超神器无法真正伤害到我，当它把你的能量消耗殆尽时，你还如何与我抗衡？"

如果此时妮娜面对的是真的叶音竹，那么，她的说法一点错都没有。紫微琴心一阶与次神级六阶之间的差距实在是太大了。别说叶音竹还无法真正地驾驭超神器，就算他能够驾驭超神器，也不可能凭借超神器来弥补两人之间如此巨大的差距。只是，现在妮娜面对的并不是真正的叶音竹。

以菲尔杰克逊强大的灵魂之力，它完全可以在叶音竹将它救出魔神封印的时候，就将叶音竹的精神烙印完全抹去，让自己的精神烙印留在叶音竹的精神之海中，占据叶音竹的身体，从而使自己重现世间。

就算占据叶音竹的身体之后会有一些不好的影响，菲尔杰克逊甚至要从紫级开始重新修炼，但比起它现在这样而言，还是强太多了。至少占据叶音竹的身体之后，它就不用再惧怕太阳了。

不得不说，菲尔杰克逊确实是一位心地纯良的魔法大师。

菲尔杰克逊没有那么做，它感激叶音竹将自己从牢笼中救出来，同时也舍不得那数百年苦修的成果，所以它只希望叶音竹能在自己的指导下快速成长起来，帮助自己夺回魂珠，恢复自己当初的实力。到了那时候，它觉得自己甚至还有可能再次冲击神级。

此时，因为叶音竹的灵魂正在承受令人无比痛苦的冲击，为了帮叶音竹打败妮娜，取得六道之决的胜利，菲尔杰克逊才凭借自己那强大的灵魂之力暂时控制了叶音竹的身体。

枯木龙吟琴这样的宝物属于魔法道具一类，最主要的还是通过精神力来控制。虽然叶音竹的精神力不够强大，但是菲尔杰克逊的精神力是足够强大的，即便没有魂珠，也不妨碍菲尔杰克逊使用枯木龙吟琴。

"不错，我是无法击败你，但是，在我的能量耗尽之前，你也不可能攻破这张琴的防御，对不对？"菲尔杰克逊看着妮娜淡淡地说道。

它暂时占据了叶音竹的身体，以它的年纪，"奶奶"二字无论如何也叫不出口。

妮娜下意识地点了点头，她知道叶音竹没说错。从刚才自己向叶音竹发起的一击就能看出来，这件超神器的护主能力非常强，在叶音竹还有能力弹动琴弦的时候，自己确实很难伤到叶音竹。同时，妮娜还认为以叶音竹目前的实力，叶音竹根本不可能发挥出这件超神器真正的威力，更不可能与自己抗衡。

第一百六十章
融合禁咒

"你明知不敌,为何还要坚持下去?难道你不知道这样强行使用超神器会给你的身体带来多大的负担吗?这一战之后,你可能会留下永远无法恢复的伤势,你今后的修炼也可能不会有进步。"

尽管两人现在处于敌对状态,妮娜还是忍不住关心叶音竹,她一直将叶音竹看成自己的亲孙子。

"不,应该是你认输才对。我虽然无法利用这件超神器击败你,但是,我可以将你身后的一切全部毁灭,现在米兰帝国正处于内忧外患之时,如果你背后这三十万人死在了琴城,我想问你一句,米兰帝国将如何面对兽人的进攻?"

菲尔杰克逊的声音依旧很平静,以它灵魂之力的强大,叶音竹的记忆早被它扫描过一遍,况且,叶音竹也从来没向它隐瞒过什么。

妮娜心中一惊,正在她想反驳的时候,她看到悬于半空中的叶音竹有了动作。

"嗡!"

菲尔杰克逊控制着叶音竹,使叶音竹的右手一拨,第一根蓝色琴弦轻微地颤动了一下，伴随着美妙的旋律，一道蓝色光芒飘然飞出。这道蓝色光芒有点像叶音竹以前发出的音刃。但是，这一次菲尔杰克逊让叶音竹发出的不是真正的音刃。那道蓝色光芒飞出去之后竟然自行化成了一道光柱，悬在空中。

无数水元素飞速朝这道蓝色光柱飞来。菲尔杰克逊虽然不会弹琴，但它能发挥出超神器的威力，毕竟它现在控制着叶音竹的身体。

无数蓝色光点开始飞向那道光柱，令晴朗的天空多了一层奇异的蓝色光晕，场上的一切似乎都变得不真实了。

菲尔杰克逊刚刚发出的是水系净化类群体禁咒——水神涤心，它的作用是净化生命，只要被其笼罩的生命无法抵挡住它的威力，那么，被其笼罩的生命就将永远消失。

当初，叶音竹第一次使用超神器枯木龙吟琴的时候，用的是水系单体禁咒水木年华，而且是用来吓格拉西斯的。此时，菲尔杰克逊利用灵魂之力发出的可不是单体禁咒，而是群体禁咒。

这两者对魔法力的消耗的差距无疑是巨大的，更何况，菲尔杰克逊通过枯木龙吟琴弹出的这个禁咒可不是摆设，这个禁咒里面有很多水元素，一旦被释放，威力无比巨大。幻象是绝对无法欺瞒一名人类次神级强者的。

一名神音师居然发出了水系禁咒，这是一个多么不可思议的情景啊！但是，这还只是刚刚开始。感受到枯木龙吟琴上强大的能量波动，观战的人几乎同时色变。

对强者来说，一个禁咒或许要不了他们的命，但是对于普通战士来说，禁咒就是死亡的代名词。

"嗡！"

又是一声轻鸣，第二根火红色的琴弦微微地颤动着。火红色的光芒从天而降，化为一道红色光柱，悬于半空之中。

一蓝一红，两道光柱看上去是如此的绚丽。

"火系群体禁咒——炎阳地狱。"菲尔杰克逊淡淡地说道。

判断禁咒其实很简单,即使是战士也能轻易辨别。魔法师会根据彩虹等级来判断魔法力的强弱,当魔法师施展出禁咒的时候,禁咒本身的颜色就会超出彩虹等级的限制,现出元素本体之色。

九阶上位魔兽之所以大多有属于自己的颜色,是因为它们的攻击力已经超越了禁咒。

"嗡!嗡!嗡!嗡!嗡!"

接连五声龙吟般的嗡鸣响起来,土系、风系、金属系、银龙系以及暗魔系五个群体禁咒横空出世,但是一个都没有落下来。

七个群体禁咒带着灭世一般的气势,悬于半空之中。

每一次琴弦的嗡鸣声传出来,妮娜就感觉自己的心弦被狠狠地撞击了一次,自身的精神烙印开始震颤。

每多一个禁咒,天空中就会多一种颜色,当七个禁咒全部悬于半空中时,七个禁咒的颜色竟然同时消失了。

就在这七个禁咒形成的同时,龙崎努斯大陆各地的强者都将目光投向了北方,就连法蓝七塔塔顶处的宝石也开始颤抖,似乎在诉说着什么。

超神器果然不同凡响啊!

菲尔杰克逊内心由衷地赞叹着,它知道,就算是还处在巅峰状态的自己,也不可能像枯木龙吟琴这样释放出融合禁咒。

菲尔杰克逊很清楚,不同属性的禁咒相生相克,但是,当出现的是全系禁咒时,相生相克的禁咒就会产生一种异变,令禁咒的威力呈几何倍数增加。

枯木龙吟琴在吸收了菲尔杰克逊强大的灵魂之力后,第一次展现出这样的威力。

"你,叶音竹,你竟然要……"

妮娜终于有些害怕了,她深切地感受到,就算是自己,在这个融合禁咒面前也不可能全身而退，最后可能会身受重创。

融合禁咒一旦落下来，不仅妮娜背后的米兰帝国大军要死，琴城的人也跑不掉，甚至龙崎努斯大陆整个北方都要被毁掉。这样的禁咒实在太可怕了，就算是法蓝那些老家伙释放的最强魔法也不会比这样的禁咒强多少。

菲尔杰克逊淡淡地道："最后一次机会，你应该知道，以我的实力，我很难控制这个融合禁咒，可能时间一长，融合禁咒就会落下去。你认输还是不认输？我可不是吓唬你，我想，我最多还能坚持十秒，十……"

所有人的心都被提到了嗓子眼，琴城一方的人知道，融合禁咒要是从空中落下来，不但对方要被毁灭，整个琴城也会被夷为平地。

在他们看来，叶音竹这是孤注一掷，他们又哪里知道，控制着这个融合禁咒的并不是叶音竹，而是和琴城一点关系也没有的菲尔杰克逊。

"九……"

马尔蒂尼的脸色变了，马特拉奇的脸色也变了，每一名米兰帝国的战士脸色都变得极为难看。

但是，在融合禁咒带来的大压力面前，他们现在连移动都很困难。所有的驯龙全部匍匐在地，大部分都失去了知觉。如此强大的威压，根本不是它们所能承受的。

"八……"

妮娜的双拳骤然攥紧，叶音竹手上的这件超神器完全超出了她的预料，现在她根本阻挡不了叶音竹。

"七……"

失去三十万大军和输了六道之决，究竟哪一个更严重？作为帝国长公主，妮娜第一时间在脑海中权衡起了利害关系。

"六……"

菲尔杰克逊的声音依旧很平静，它不是叶音竹，并不在乎琴城和米兰帝国的损失。

在菲尔杰克逊看来,眼前的这些人类只不过是再普通不过的生物,不用为他们太过费心。要不是为了叶音竹的未来,菲尔杰克逊说不定已经让禁咒落下去了。

"五……"

下方的人感觉压力变得越来越大了,禁咒上方的天空似乎都在扭曲,实力差一些的米兰帝国战士已经跪倒在地,大口大口地喘息着,空气仿佛随时都要凝固。

"四……"

此时,菲尔杰克逊也变得紧张起来,因为,它感觉自己要控制不住融合禁咒了。

它毕竟没有魂珠,这具身体又不是它的,它的灵魂之力只能在叶音竹的精神之海中游荡。不论是催动超神器还是控制眼前这些禁咒,都会消耗它很多灵魂之力。

"我认输!"

妮娜咬着牙,不甘心地说出了这三个字。她不得不这样做。六年内不攻打琴城对米兰帝国来说根本没有什么坏处,布伦纳山脉对于米兰帝国来说只是阻挡兽人大军的屏障而已,要是琴城的人一直待在这里,对米兰帝国还是有好处的,那样兽人就更难攻入普利亚平原了。

按照六道之决的契约,法蓝也无法为难米兰帝国,毕竟米兰帝国在这场六道之决中已经尽力了。

妮娜最心痛的是米兰帝国要割让六座城市给琴城,靠近琴城的六座米兰帝国的城市都在普利亚平原北方,普利亚平原土地肥沃,每一座城市都有巨大的财富。

如果法蓝没有封闭,龙崎努斯大陆上的局势就不会产生那么大的变化,米兰帝国不会这么被动，妮娜也一定不会认输。可是，此时的米兰帝国正处于生死存亡的时候，正如菲尔杰克逊所说的那样，一旦这三十万大军被禁咒毁灭，米兰帝国拿什么来抵抗随时有可能来犯的兽人？

在"我认输"三个字响起的同时，两道金光同时照在了叶音竹和妮娜的身上。

与此同时，菲尔杰克逊控制着叶音竹的手指在琴弦上扫过，半空中的融合禁咒随即消失。

或许是因为融合禁咒的威力实在太大了，菲尔杰克逊驱散融合禁咒的时候，已经无法令融合禁咒中凝聚的元素之力彻底散去了。

无奈之下，菲尔杰克逊只得在驱散融合禁咒的同时将融合禁咒抛向了高空，融合禁咒朝空中飘去，其中一部分元素之力在此时坠落，涌入了叶音竹体内。

菲尔杰克逊可不是因为疏忽才让这些元素之力涌入叶音竹体内的，它是故意的。它不怕这些元素之力毁了叶音竹，因为它对魔法元素的控制力比法蓝七塔的塔主更强，此时的叶音竹需要这些元素之力。

叶音竹用雷神之锤轰击心脏，成功引出了沉睡在心脏中的超神器——枯木龙吟琴。他是赌赢了，可是他忽略了使用雷神之锤以及枯木龙吟琴对经脉造成的伤害。

叶音竹用雷神之锤直接轰击心脏，伤害到了自己的身体，幸好枯木龙吟琴护住了心脏处的经脉，其他地方的经脉就没这么幸运了。

叶音竹之所以感到痛苦，就是因为枯木龙吟琴释放出的能量在驱除雷神之锤释放的雷电之力时，刺激到了那些受损的经脉。

枯木龙吟琴和雷神之锤的力量是何等霸道，就算叶音竹的身体经过紫晶血脉改造也承受不起。如果不是枯木龙吟琴护住了叶音竹的心脉，恐怕叶音竹早就死了。

菲尔杰克逊之所以敢让那些元素之力涌入叶音竹体内，是因为叶音竹穿着神源魔法袍。有了神源魔法袍，它完全不用担心叶音竹吸收不了那些元素之力。

菲尔杰克逊只需要引导那些元素之力，让那些元素之力融进叶音竹体内的紫晶血脉之中，紫晶血脉的自疗能力就会生效。

叶音竹的心脏处又亮起了七彩光芒，只不过这一次那些七彩光芒都慢慢回到了他体内，枯木龙吟琴身上的暗金色光芒瞬间暗淡了，紧接着，枯木龙吟琴便化为一道淡金色的光芒融入了叶音竹的心脏之中。

天空中落下的两道金光正是六道之决的神之契约之光，这两道金光的出现预示着六道之决的结束。

叶音竹的额头上多了一个淡金色的六芒星，这个淡金色的六芒星的每一个角上都有一个复杂而奇异的符号。

仔细研究过上古神谕的菲尔杰克逊知道，那六个符号所代表的，正是叶音竹之前完成的六场对决。

这个六芒星将永远印在叶音竹的身上，这是英雄的印记，也是龙崎努斯大陆上人类战士的最高荣誉。这个六芒星还能带给拥有者一个好处，那就是可以每个月施展一次神之庇佑。

神之庇佑是一个极为特殊的魔法，它没有防御力，却可以在一瞬间驱除其笼罩范围内的一切魔法的负面效果。

总的来说，神之庇佑可以算是暗魔系魔法的克星，因为暗魔系大多数高级魔法都拥有负面效果。有了神之庇佑，叶音竹完全可以在战斗时无视暗魔系魔法师。

叶音竹缓缓地从空中落下，谁也没有注意到他的眼睛已经恢复正常。

叶音竹一落地就闭上了双眼，彻底陷入昏迷之中。他真的太累了，现在对他来说，最重要的事情就是休息。

在叶音竹下落的过程中，融合禁咒在他身后化为了一道彩虹，绚丽的光芒在观战的人心中留下了难以磨灭的印记，人们不会忘记叶音竹是怎样完成六道之决的。

"琴帝万岁，琴帝万岁……"

巨浪一般的欢呼声在琴城一方响起，安雅、鲁特滋以及东龙八宗的强者都冲了出来，朝叶音竹欢呼着，就连那几位太上长老此时也无法抑制住内心的激动，拍起手来。

叶音竹赢了也就是琴城赢了，接下来整整六年，他们不会遭到敌人的攻击，只要米兰帝国还在，琴城就是安全的。

叶音竹为他们赢得了六年的时间，六年可以发生很多事。此时，叶音竹已经成了东龙八宗人心中真正的英雄。

不知道多少人眼中流下了泪水，第一个哭泣的是安雅。如果说谁最担心琴城被破，那个人就是安雅。

安雅不知道耗费了多少心力，才让精灵有了新家，远古之树已经开始发挥作用了，精灵族的根深深地扎在了琴城，如果叶音竹输了，她就算想带着精灵族从这里撤走也不是一件容易的事。她没有告诉叶音竹这些，因为她不想带给叶音竹更多的压力。

琴城的人都冲上来围在叶音竹身边，却没有一个人触碰叶音竹，他们不知道叶音竹的情况到底怎么样，也不敢乱动叶音竹的身体。

紫不知道什么时候睁开了疲倦的双眼，和战争巨兽格拉西斯一起守护在叶音竹身边。

眼看着众人围过来，紫立刻命令三个黄金比蒙和两只冰极魔猿负责保护叶音竹。

在叶音竹落地之前，菲尔杰克逊模仿叶音竹的语气，通过叶音竹与紫的灵魂联系告诉紫，在他自动醒来之前，谁也不要移动他的身体，这段时间对他来说非常重要。

妮娜呆呆地站在那里，看着在不远处欢呼的琴城人和东龙八宗人，不禁有些失神。

她竟然输了。

这么多年以来，她第一次输了，而且还是输给了自己最疼爱的孙子。这简直无法想象，可她确实输了。

妮娜隐约感觉，今日一战之后，叶音竹会更加不凡，他的未来注定不可估量。

作为米兰帝国长公主，在输了六道之决后，妮娜并没有沉浸在失败之中，而是一直在想失败之后米兰帝国会怎么样。她知道米兰帝国输了六道之决并不是一件坏事。

首先，米兰帝国大军来到琴城与叶音竹进行六道之决的这些天，其他国家都不能对米兰帝国出兵，也算是给了米兰帝国一些准备时间。

其次，六道之决解决了米兰帝国大军与东龙八宗人之间的问题。虽然米兰帝国这次来了三十万人，但是双方要是真的展开大战，这三十万人有多少人能活着回去？

就算妮娜不怕格拉西斯，米兰帝国的战士也不可能不怕。要是格拉西斯和比蒙巨兽一同发起冲锋，米兰帝国大军拿什么抵挡？

不论妮娜多强大，紫、叶音竹和山岭巨人也足以将她困住一段时间。就算米兰帝国大军打败了东龙八宗人，也必然是险胜，能够活着回到边境战场上的人绝对不多。

叶音竹提出六道之决，正好将双方从困局中解救出来。虽然妮娜输了，米兰帝国三十万大军的士气受到了打击，但是至少这三十万人还活着，接下来可以奔赴北方战场。这可是整整三十万人啊,只要他们在,兽人就没那么容易攻入米兰帝国。

想到这些,妮娜的心情逐渐放松下来。按理说,米兰帝国要赔给琴城六座城市,但是,以自己和叶音竹的关系,她觉得他们可以商谈一下,未必没有转圜的余地。

以琴城的现状来说,叶音竹要六座城市根本没有什么意义,他们没那么多人手来接管六座城市。如果可以用其他东西来代替的话,那就最好了。作为六道之决的挑战者,也是最后的胜利者,按照规则,叶音竹有权挑选自己的战利品。

虽然米兰帝国输了,但那也算完成了法蓝交代的任务。现在,米兰帝国能否和琴城合作呢?

叶音竹身边有那么多强者,实力绝对不容忽视。如果他肯和米兰帝国合作,那么,米兰帝国就再也不用怕兽人攻破北方战线了。

"长公主殿下。"马尔蒂尼和马特拉奇来到妮娜身后,恭敬地说道。

在妮娜亮出身份之前,马尔蒂尼和马特拉奇也不知道白衣人竟然是长公主妮娜。

妮娜来的时候,手中拿着米兰红十字盾徽以及米兰帝国皇帝西尔维奥·贝鲁斯科尼的手令。

西尔维奥命令马尔蒂尼听从自己派来的这个人的指挥,因为这个人是实力跟法蓝七塔塔主差不多的强者。

只是这一点,就使扮成白衣人的妮娜得到了马尔蒂尼的信任和尊敬。

就算妮娜输了也没有人会小看她。她所释放出的乳白色的斗气完全凌驾于紫色的斗气之上,就像叶音竹所想的那样,米兰帝国第一高手应该是妮娜才对啊!

"长公主殿下,我们可以趁……"马尔蒂尼的话还没说完,就被妮娜打断了。

"输了就是输了,我们不能违背神之契约。"

妮娜明白马尔蒂尼的意思。马尔蒂尼是想趁琴城的人庆祝的时候,率领大军突袭,一举攻破琴城。

可是,妮娜根本不敢违背神之契约,达到了次神级的她和真正的神之间还有巨大的差距。

"那我们现在……"

马尔蒂尼的目光有些黯然,说话的声音越来越小。他作为米兰帝国一代名帅,率领整整三十万大军来到琴城,最后却得到了一个割让六座城市给对方的结果,对他来说,这实在太难以接受了。

关键时刻,妮娜做了决定,她沉声道:"马尔蒂尼元帅,我命令你和马特拉奇大魔导师立刻带着北方军团用最短的时间返回圣心城,防备兽人进攻。至于这边的一切,我会全权处理,一切问题我会自行向陛下汇报。"

"是,长公主殿下。"

马尔蒂尼知道这是目前最好的办法了,一旦米兰帝国输掉六道之决的消息传到其他国家,恐怕蓝迪亚斯帝国会立刻展开对米兰帝国的攻击。大战一触即发,龙崎努斯大陆上的国家都被牵扯了进来。

马尔蒂尼兄弟回到军营调遣军队,准备撤离。

妮娜依旧站在那里,只不过此时她面前多了一个人。

"妮娜,我们有多长时间没见了?"

秦殇抑制着自己激动的情绪,看着妮娜,无法掩盖眼中的痛苦之色。

妮娜看着他,慢慢地道:"很多很多年。"

秦殇全身一颤,妮娜的眼神说明了什么?

"妮娜。"

秦殇发现自己已经说不出话来,他就这样看着妮娜,他的视线变模糊了,泪水不受控制地流下来。

"秦殇，你这个老浑蛋。我等了你大半辈子，你都没有来找过我。你知道我这些年是怎么挺过来的吗？"

妮娜浑身闪烁着乳白色光芒，以她的身体为中心，脚下的地面寸寸龟裂。即便是在如此激动的情况下，那龟裂的地面也只是向妮娜身后蔓延，并没有对秦殇造成任何威胁。

"我是浑蛋。你这个傻瓜，这么多年过去了，为什么你还是忘不了我？你完全可以找一个比我更爱你的人啊！"

秦殇看着妮娜，眼神复杂。

妮娜深吸一口气，让自己激动的心情渐渐平静下来，道："就为了你那自尊心，或者说是虚荣心，我等了你大半辈子。秦殇，你记着，你欠了我整个青春，我倒要看看，你究竟准备怎么还。"

秦殇苦笑道："恐怕我这一生也无法还给你了。我已经老了，如今只是一个风烛残年的老人，一个无法违背自然规律的老人。或许，我还能活二十年，最多三十年。

"可你不一样，你早就达到了次神级，你可以活到五百岁。我们本就不是同一阶层的人，只要你愿意，你随时可以让自己变回二十岁的样子，我却不行。你让我如何能够和你在一起？

"难道你让我用最后二十年来补偿你吗？不，我做不到。我宁愿留在你心中的是年轻时的我。

"妮娜，我们经历过太多事情，现在的我只希望能把自己的弟子培养得更加强大，让东龙帝国在龙崎努斯大陆上重新崛起。我老了，已经没有谈论感情的资格了。"

听完他的话，妮娜再次激动起来，她道："没有谈论感情的资格？应该是你自己想要放弃我们的感情才对吧。别以为我不知道，多年前，你曾经进入法蓝的魂塔，也就是幻塔修炼，并且在那里修炼到了紫级。

"以你的天赋，如果一直留在那里修炼，就算你现在还没达到次神级，也应该离次神级不远了。只要你肯接受我的帮助，进入次神级并不难，是你自己放弃了这一切。"

"是的，是我放弃的。因为我做不到。在我看来，是法蓝带领着那些卑鄙的西龙帝国人夺走了原本属于我的族人的一切，我怎么可能在法蓝继续待下去？

"虽然我渴望达到和你一样的境界，但是我绝对不会卑躬屈膝地在法蓝生活。我的体内流淌着东龙帝国的血脉。实力相差过大并不是我们之间最大的阻碍，观念不同才是我们之间最大的阻碍。你也算是法蓝的人，根本理解不了我的心情。

"没有我们的先祖，现在的龙崎努斯大陆会是这样吗？法蓝以及当初的西龙帝国人是怎么对我们的？我们现在就连祭拜一下先祖也无法做到。"

秦殇的情绪同样激动起来，此时此刻，两人仿佛回到了他们分手的那个夜晚，那时，他们也像这样争吵过，最后不欢而散。

"对不起，妮娜，我不是故意要和你争吵的。"

秦殇的情绪缓缓平复下来，他看着妮娜鬓角处的华发，不禁心软了下来。他对妮娜的爱从来都没有变过。

妮娜摇了摇头，道："不要说对不起。没想到，这么多年过去了，你还是一点都没变。我好恨我自己！你知道吗？虽然过去了那么多年，但你一直都在我心中，时间根本无法冲淡你在我心中刻下的印记。"

秦殇真的很想冲过去抱住妮娜，但他知道自己不能那样做，现在两人的立场不同，如果他那样做了，只会害了妮娜。

"你走吧，我知道你是不会改变主意的，那是你的性格。我会在这里等音竹醒来。放心，我不会害音竹。即便你不要我这个妻子，音竹还是一直要我这个奶奶的。"妮娜看着秦殇冷淡地说道。

此时的妮娜表情冷傲，看上去十分孤独。她甚至希望自己没见到秦殇，想不到两人再次相见，自己却变得更加伤心了。

秦殇叹息一声，转过身，迈着蹒跚的步伐，一步步朝叶音竹那边走去。他知道，要是再留下去，自己会更加痛苦。

第一百六十一章
我已等了太久

"呜——"

一声悲凉的箫音带着些许愤懑和无尽的思念破空响起，令人闻声呜咽。

秦殇猛地回头，只见轻轻地吹着紫玉箫的妮娜早已泪流满面。她的眼中不见半分冰冷，全是柔情与绝望。

就在这一瞬间，秦殇觉得自己体内的血液在沸腾，双眼已经变得通红。

这个女人等了自己半辈子啊！自己原本以为时间可以冲淡一切，没想到，时间对她来说根本没有任何作用，恐怕就算自己死了，她也永远不会忘记当初发生的一切。

一张古琴悄然落入秦殇的怀抱之中，此时此刻，他再也没有任何顾忌，几十年的相思之情就在这一刻爆发了。

琴音鸣，泪滴洒。虽然秦殇拿着的不是两人的定情信物海月清辉琴，但此时此刻，秦殇内心的情感已经完全爆发。在琴音响起的同时，他迈开步子，一步步朝妮娜走去。

妮娜站在那里，她在等待，她突然发现自己很害怕，怕秦殇走到一半停下来。作为次神级六阶的强者，现在的她竟然有些忐忑不安，那积蓄了几十年的情感正在一点一点地向外释放。

秦殇开始慢慢加快步伐，两人之间的距离本就不远，终于，当那两道身影重合时，积蓄了几十年的情感伴随着他们手中消失的琴箫瞬间迸发。

两位老人紧紧地拥抱在一起，这一刻，这个世界上再也没有什么力量能将他们分开。

这一刻，他们抛开了身上背负的一切，抛开了所有的利益，他们的眼中只有彼此……

经常有人说，孩子是夫妻双方爱情的桥梁，叶音竹就充当了秦殇和妮娜之间爱情的桥梁。

从叶音竹来到米兰魔武学院见到妮娜开始，两位老人之间熄灭多年的爱情之火就被重新点燃了。

期待多年的重逢终于来临，他们紧紧地相拥，此时的他们仿佛已经成了一个整体。

原本围在叶音竹身边欢呼的人渐渐静了下来，当琴箫声响起的时候，这边的两位老人就吸引了他们的目光。即便是东龙八宗人，也很少有人知道妮娜和秦殇之间的关系。

看到两人在那琴箫声中拥抱在一起，最激动的莫过于叶离。叶离当然知道秦殇这些年过得有多么孤独，如果不是后来教导叶音竹占了秦殇大部分心力，恐怕秦殇会变得比现在更加苍老。

几十年的感情啊，终于在这一刻圆满了！叶离激动地看着自己的老兄弟，心中满是祝福。

叶离毫不犹豫地开始鼓掌，在他之后，叶重夫妻、兰如雪也开始鼓掌。虽然大部分人都不知道现在到底是什么情况，但鼓掌的人变得越来越多，所有人都注视着刚才还是敌人，现在却被秦殇抱着的妮娜。

阳光变得更明媚了，对于琴城来说，正像此时的天气一样，所有的阴霾都一扫而光，剩余的只有明媚的阳光。

天空中，七色彩光同时出现，即便现在是白天，那如同烟花一般的七色彩光也令整个天际出现了巨大的变化，一圈圈能量气息混合着那绚丽的七色彩光散发出去，就像是在祝福秦殇和妮娜。而这些，正是之前被菲尔杰克逊控制着飞向空中的七个禁咒所致。

这时，一道黑色身影正从南方风驰电掣地赶来……

七天后。

东龙八宗八位宗主、琴城四大异族首领、叶音竹的父母、海洋和妮娜等人静静地围成一圈，站在那里。每个人心里都很着急，他们在等待。

整整七天过去了，叶音竹依旧保持着战斗结束时的样子，盘膝坐在那里，通体焦黑。幸亏这七天天气很好，他才没有淋雨。

这些人一直这样静静地守护在叶音竹身边，就连吃饭也是轮流去，始终有至少六位强者守护着叶音竹。

在妮娜的命令之下，香鸾被马尔蒂尼派人送回了米兰城，她本不想走，甚至还拿出了米兰红十字盾徽，可是她的米兰红十字盾徽对妮娜来说根本没有任何作用。

当妮娜在东龙八宗一方见到海洋时，她就知道香鸾已经没机会和叶音竹在一起了。毕竟，香鸾是帝国公主，受到各种限制，更别提米兰帝国现在和琴城的关系了。

如果让香鸾再加深对叶音竹的感情，只会让她更加痛苦，与其如此，不如让她远离叶音竹。长痛不如短痛，经历过那么多事情，妮娜比任何人都明白这个道理。

众人中唯一不着急的是紫，因为只有他才能真正感知到叶音竹的身体状态。虽然叶音竹看上去气息微弱，但他能感觉到叶音竹的生命力每天都在快速增加着,叶音竹体内的能量不但没有减少,反而增多了。

因为紫说过,不要动叶音竹,所以这些围绕在叶音竹身边的强者才没有试图救治叶音竹。

"都七天了,音竹怎么还不醒?"

这七天以来,海洋明显瘦了一圈,她的嗓子都有些沙哑了。她可没有战士那样强壮的体魄,这七天别说休息,她甚至很少吃饭喝水。

"海洋,冷静一点。我能感觉到,音竹就快醒过来了,别着急。"

紫低沉的声音在海洋耳中响起。

"可是已经七天了,紫,音竹他真的没事吗?"

海洋自然知道叶音竹对紫有多重要,如果是平时,她绝对不会多此一问,但正所谓关心则乱。

正在这时,紫眼中精光一闪,他低喝一声,道:"他要突破了!"

众人一看,发现叶音竹的身体微微地颤动了一下,紧接着,奇异的一幕出现了,叶音竹变成焦炭的头发开始脱落,脸上的焦炭也出现了丝丝裂痕,一丝丝紫光从他身上焦炭龟裂的缝隙中透了出来。看到这一幕,在场每个人的心都提到了嗓子眼。

开始时,焦炭龟裂得非常缓慢,但随着紫光变得越来越耀眼,焦炭龟裂的声音越来越大,一块块焦炭从叶音竹身上剥落下来,看上去十分怪异。与此同时,叶音竹全身的骨骼开始发出一阵阵响声,似乎在彼此摩擦着。

受到叶音竹身体变化的影响,紫身上也开始出现变化,一团紫雾从紫身上喷薄而出,将紫整个人都笼罩在内。紫显然很享受这个过程,低吼一声,立刻盘膝坐在地上,通过灵魂感应接收叶音竹突破带来的好处。

终于,叶音竹脸上的焦炭全部剥落了,众人看到他脸上的皮肤变得比以前更好了,由于焦炭刚脱落,所以整个脸看上去带着淡淡的粉色。

他全身上下都被一层紫光笼罩着,紫光的颜色明显比以前深了几分,等待多时的众人终于放下心来，他们知道，经过这七天，叶音竹缓过来了。

"音竹。"

一声低呼响起，一道纤瘦的身影快速出现在叶音竹身边，关切地看着叶音竹。

"苏拉，别打扰他。"

海洋赶忙上前一步，示意苏拉噤声。

苏拉点了点头，略微少了几分焦急。七天前，六道之决结束的时候，苏拉恰好赶到，当他看到叶音竹的样子时，哭得不成人形。

整整七天，他一直不吃不喝地守在叶音竹身边，如果不是因为最后一战叶音竹的对手是妮娜，恐怕他早已经出手了。

这七天，他的心情一点也不比海洋轻松，他恨自己没有早些来到琴城，如果早些来到琴城，就算无法和叶音竹一同御敌，至少也可以守在叶音竹身边。

紫光逐渐收敛，从叶音竹毛孔处回到他体内，一层紫晶出现在他皮肤表面，就像他身上发出的紫光一样，这一次紫晶的颜色也加深了许多。

与此同时，紫的身体也被紫晶覆盖了，从他的气息就能看出，叶音竹实力的提升给他带来了不少好处，这是平等本命契约最大的好处。

这七天的时间，叶音竹看上去什么动静都没有，就像一直在沉睡，其实他承受了无尽的痛苦。

那天，菲尔杰克逊传入他精神之海中的灵魂之力并不能帮他减轻痛苦，只是让他时刻保持着清醒。他能清楚地感受到自己身体的每一丝变化。

当他通过精神力的感应，"看到"那七个强大的禁咒随时有可能落下来时，心中焦急万分。可惜，那时候他什么都做不了。直到妮娜认输，他才算放下心来。

后来，他"看到"秦殇和妮娜终于走到了一起，他由衷地为他们高兴。他"看到"苏拉到来，心头满是感动。但是，这些都无法帮他减轻痛苦。

他承受着深入骨髓的痛，而被菲尔杰克逊控制着涌入他体内的无元素，一进入他体内就开始修复受损的经脉。

之前超神器枯木龙吟琴出世，驱除雷神之锤的雷电轰击时已经带给了叶音竹无法忍受的痛苦，而无元素的涌入，令这痛苦增强了几倍。

要知道，人体内的每一道经脉都连接着无数神经末梢，那无法忍受的痛苦不断刺激着叶音竹的精神烙印。

如果没有菲尔杰克逊的灵魂之力守护，就算叶音竹的心志再坚定，在这种痛苦面前也不可能坚持下来。

虽然精神烙印被护住了，但身体上的痛苦还是令他痛得死去活来。在这个过程中，叶音竹突然发现，神志清醒居然是如此恐怖的一件事。

他就这样在极痛的情况下坚持了三天，三天后，他体内的经脉已经完全变成了紫色。紫晶血脉的强大修复能力帮他修复了破损的经脉，而这三天的磨炼也令他的精神力有了新的突破。

这样强烈的刺激，别说是他，就算是次神级高手也不可能承受得住。经过这样的刺激，他的精神力受到了很好的锻炼，就像在高温中锻造的钢铁一样，现在他的精神之海异常稳固。如果现在让他面对弗格森的精神系魔法的攻击，他绝对不会被影响。

这也是菲尔杰克逊让他保持清醒的目的，菲尔杰克逊对精神力的修炼方法再熟悉不过，要知道，菲尔杰克逊的这种方法虽然霸道，但绝对不是揠苗助长式的方法，挺过这三天，叶音竹会得到莫大的好处。

从第四天开始，那些激发紫晶血脉的纯净无元素开始在叶音竹体内游走，雷神之锤和超神器枯木龙吟琴苏醒时带来的能量也开始慢慢地和叶音竹本源的力量融为一体。

叶音竹从接管死神五百，带领死神五百进入极北荒原历练，到后来参加七国七龙排位战，排位战结束后遭到偷袭受重伤，以及参加六道之决挑战，这一连串的事情早已透支了他的身体。

就算这次他没有被重创，以后也必然会大病一场，他体内的暗伤还会对他今后的修炼产生极大的影响。

菲尔杰克逊作为一个半神，又一直隐藏在叶音竹的龙魂戒中，对叶音竹身体情况的了解比叶音竹自己还多，也只有菲尔杰克逊才能想出这种另辟蹊径的方法帮叶音竹修复暗伤。

终于，又经过了整整四天，所有身体上的疲倦终于消失，体内的暗伤也都在叶音竹脱胎换骨之后荡然无存。

尽管表面看上去，他还是以前的叶音竹，但实际上他已脱胎换骨。菲尔杰克逊用特殊的方法，给叶音竹铺好了通往次神级的道路。

叶音竹缓缓地睁开双眼，目光平静，令众人安心不少。而他的斗气和魔法力也在这次的痛苦经历中不退反进，双双达到了紫级二阶。紫微琴心带来的杀意也不会再影响到他的情绪。

"我没事。"

一丝微笑出现在叶音竹英俊的脸上，看到他的笑，所有人都大大地松了一口气。

紫几乎和叶音竹同时睁开眼睛，他看着叶音竹，笑着道："音竹，你这形象可不怎么好啊！还是先去清理一下吧。"

"呃……"

叶音竹低头看了一下，发现地上满是焦炭，神源魔法袍内也有不少焦炭，这才觉得实在有些难受，于是赶忙向众人告罪一声，起身就跑，化为一道紫光在众人面前消失了。

看着叶音竹那狼狈的样子，畅快的笑声顿时传遍了方圆百米……

两个小时后，琴城领主府。

整理好自己的叶音竹，重新站在众人面前。现在的他看上去实在有些怪异，虽然容貌比以前更加英俊了，但他成了个大光头，稍微有阳光照在头顶，都会产生反射。

黄金比蒙狄斯一个劲地说："没想到琴帝大人变得和我一样了。"

"音竹，你这头发不会长不出来了吧？"梅英担心地问道。

叶音竹摸了摸自己的光头，也有点不适应，尴尬地道："应该不会，妈，您别担心，过段时间就好了。"

他的回答无疑引来一阵哄笑。

此时，琴城四大异族以及东龙八宗的强者都在领主府的大厅之中。自从东龙八宗来到这里之后，这里的气氛还是第一次如此和谐。

未明上前几步，道："音竹，我收回上次的命令，你依旧是琴、竹两宗宗主，同时，我提议你成为第四太上长老。之前我已经和其他人商议过了，大家都没有异议。

"你用自己的实力和行动证明了你对东龙帝国的忠诚。在这里，我代表东龙帝国向你以及琴城的朋友们致以深切的歉意。我们东龙帝国愿意与琴城的朋友们和平相处，互不侵犯。"

看来，六道之决不仅解决了外部问题，同时也解决了内部问题。

海洋站在一旁，轻叹一声，道："东龙帝国真的还有成立的必要吗？"

闻言，未明愣了一下，道："女皇陛下，我们刚刚获得了六道之决的胜利，马上就可以拥有六座城市，这将是一个很好的开始。"

海洋摇了摇头，道："不，未明太上长老，那六座城市对我们来说根本没有任何意义。试问，以我们现在的人手，我们要怎么才能控制这六座城市，又要怎么才能让这六座城市的人听从我们的命令？

"他们原本是米兰帝国人，过着安逸的生活，就算他们因为六道之决而成了我们的人，他们的心会属于我们吗？就算要成立东龙帝国，也只有在布伦纳山脉之中，在琴城内先站稳脚跟，才有发展的机会。

"更何况，法蓝已经下令让各国围剿我们，难道你们认为面临各国围剿的我们还能有什么作为？虽然龙崎努斯大陆即将大乱是一个很好的契机，但是我们还是太弱小了。

"挑起战争只能带来更多的杀戮，难道我们真的要让龙崎努斯大陆上的杀戮变得更多吗？

"你们也看到了法蓝的法令，接下来六年，如果我们一直待在布伦纳山脉内，应该不会有什么危险，可是我们扩张之后就不好说了，到时候我们的敌人会是龙崎努斯大陆上的所有国家。对于现在的大陆各国来说，我们算是异类。"

叶音竹惊讶地看着海洋，没想到海洋会说出这样的话来，不禁点了点头，道："我同意海洋的说法，我们可以成立东龙帝国，但最好不要控制另外六座城市，与其耗费大量的时间和精力去试图控制六座原本属于米兰帝国的城市，倒不如全力建设琴城。十年后法蓝就会重新开启，我们先建设好防御工事，积蓄力量才最重要。"

未明皱眉道："我们就这样放弃那六座城市了吗？"

叶音竹看了一眼站在秦殇身边的妮娜，想了想，道："我想应该是有变通之法的。我需要和妮娜奶奶仔细商量后才能决定。"

"到手的六座城市都不要？你怎么能肯定我们无法控制那六座城市？你别忘了，在任何一座城市中，都有和我们血脉相同的族人。"菊宗宗主未聆风不甘心地说道，毕竟六座城市的吸引力是巨大的。

"闭嘴！"未明毫不客气地呵斥了未聆风一句，沉声道，"这件事就由叶宗主来决定吧。这是叶宗主拼了命才得到的战利品，不论叶宗主怎么处置我们都没二话，至于大典……"

说到这里，未明犹豫了一下。

海洋坚决地道："虽然这次的危机已经解除，但对于东龙帝国来说，一切刚刚开始，还办什么大典？那只不过是一个形式。难道有了这个大典，别人就会认可我们吗？"

未明缓缓地点了点头，道："好吧，暂时不办大典，对于东龙帝国今后如何发展，我们还要商量一下。女皇陛下，您有什么提议吗？东龙帝国是您的，我们也都是您的子民。您放心，只要您有足够的能力统治东龙帝国了，我们这些长老立刻就还政于您。"

海洋淡然一笑，慢慢地走到大厅中央，道："不，我从没想过要统治一个国家，也从来没想当什么女皇，是你们将我推到现在这个位置的。既然你们承认我是东龙帝国的女皇，那么，我现在就下达一条命令，也是唯一一条命令。虽然我没有统治一个国家的能力，但是我相信有一个人有这个能力。"

说到这里，海洋转过身，看向坐在主位上的叶音竹，露出淡淡的微笑，道："我的这一条命令就是，从现在开始，册封叶音竹为东龙帝国的摄政王，今后东龙帝国的一切事务都由叶音竹接管，叶音竹的想法就是我的想法，叶音竹的命令就是我的命令。

"我想，大家应该认可叶音竹的能力吧？一年多以前，琴城还是一个荒凉的小城，现在琴城却拥有了可以跟米兰帝国大军抗衡的实力，这一点又岂是常人可以做到的？"

"这怎么可以？"

未明愣了一下，尽管叶音竹凭借六道之决挽救了整个东龙帝国，可思想保守的未明还是无法接受这一切。

海洋的目光重新落在未明的身上，她问道："为什么不可以？在你们出现之前，我就对音竹说过，无论未来如何变化，我都站在他这边。反正我永远都会支持他，难道不能把我的权力给他吗？

"你们既然承认我这个女皇，就不要违背我的命令。退一步说，就算他不是摄政王，他只要通过我来下达命令，不是一样可以达成他的目的吗？与其这样，还不如让他直接领导东龙帝国，或者说是领导琴城。如果我们内部都不能做到团结，不能凝聚在一起，未来我们还怎么和法蓝抗衡？

"虽然很多东西我都不懂，但我知道，在这琴城之中，没有一个人比叶音竹更适合当摄政王。只有他成了东龙帝国的摄政王，重新掌管整个琴城，他那些朋友才会放心地留下来。"

海洋用目光制止了想要说话的叶音竹，她这些话说得斩钉截铁，没有任何转圜的余地。

一直以来，她都认为自己帮不了叶音竹什么。在她看来，成为叶音竹的伴侣远比做女皇快活得多。

海洋是个聪明的女人，她明白手中掌握的权力越大，身上背负的责任就越大，她不认为自己能够扛起这一切，所以她宁可将这一切交给叶音竹，让叶音竹变得更强大，让叶音竹成为真正的统治者。

听了海洋的话，众人都沉默了。这一次，连最喜欢提出反对意见的未聆风都没有吭声。

海洋没说错，她的心完全在叶音竹身上，因此，叶音竹就算没有被册封为摄政王，在东龙帝国也跟摄政王差不多。

海洋一步步朝叶音竹走了过去，她的目光重新变得温柔起来，她轻声道："谁人为我神针走脉复容颜？谁人替我横琴竖剑挡强梁？谁人慰我宽阔胸怀遮风雨？谁人助我六道倾城拒强敌？

"音竹，不要拒绝，我还是那句话，无论未来如何变化，我都站在你这边。在我心中，你早已是我最亲的人。"

叶音竹从没想过海洋会当着这么多人的面向自己表白。她的四句话概括了他和她在一起的最重要的时刻，表面上看去她是在说服东龙八宗的强者，实际上，她是在说服叶音竹。如果叶音竹不答应做这个摄政王，她说什么也没用。

未明轻叹一声，道："既然如此，就让我们举手表决吧。"

未明知道海洋的这个决定没有错，或者说这个决定极为明智，正像海洋所说的那样，只有叶音竹成为琴城真正的统治者，琴城现有的力量才会真的凝聚在一起。

秦殇和叶离毫不犹豫地举起了手，虽然他们已经不是宗主，但叶音竹在六道之决中的表现让他们重新拥有了一定的地位。

兰如雪也举起了自己的手，原本以为必死的她，在经过了这次的波折之后，对一切都看淡了很多。

她后悔了，后悔自己当初那么倔强，离开了叶离。所以，她此时毫不避嫌地举起了手，支持自己唯一的孙子。

兰宗宗主兰清一向很听姐姐的话，一见到兰如雪举起手，他也立刻表示支持。

此时，八位宗主和三位太上长老中已经有四人表示支持叶音竹成为摄政王。

"我也支持我外孙，女皇陛下说得没错，如果不是音竹，恐怕现在我们已经死了。音竹是我见过最有潜力的年轻人，我相信，在不久的将来，音竹一定能让东龙帝国崛起于龙崎努斯大陆之上。"

听到梅宗宗主梅如剑的话，其他几位宗主面面相觑，都有些犹豫，不过，接着举起手的人令他们吃了一惊。

此时，已经有五人表示支持叶音竹，这第六个人就变得格外重要，他举手之后，一共有六个人支持叶音竹，叶音竹成为摄政王的这件事差不多就确定了。第六个举手的人是一直以来对叶音竹都不太友善的未聆风。

看到未聆风举手，所有人都愣了一下。未聆风没有看叶音竹和海洋，他的目光一直落在兰如雪身上。他叹息一声，道："我只是希望大家明白，我所做的事情都是为了东龙帝国而不是因为个人恩怨。我承认,我不喜欢叶音竹是因为他是叶离的孙子。

"但是,我也要承认他是一个出色的年轻人,我同意梅宗主的话,东龙帝国在他的领导下肯定会变得越来越好。我们大家都老了,是时候让年轻人上台了。

"如雪,你说我不像个男人,我承认,在很多方面我确实比不上叶离,恭喜你们夫妻和好,我想开了,或许我应该专心于修炼武技。"

兰如雪看着未聆风,眼神复杂,如果说她对未聆风一点感情都没有,那是不可能的,毕竟未聆风追了她那么多年,也算是陪了她那么多年,但是,此时她什么都没有说,只是握住了叶离的大手。

"未兄弟,其实我从来都没有恨过你,当年,你和我同时爱上如雪,只能证明如雪很出色。对于东龙帝国,我们的目标都是一样的,就是希望东龙帝国变得更好。"

叶离此时的心情只能用一个"爽"字来形容。他和未聆风明争暗斗了这么多年,今天终于彻底获得了胜利。他紧紧地握着兰如雪的手,笑得格外开心。

未聆风向未明道:"长老,我已经表过态了。菊宗的事情暂时请您定夺吧,我有些累,想去休息一下。"

未明没有阻拦未聆风,他完全可以理解未聆风此时的心情,他知道未聆风为兰如雪付出了多少。看到未聆风那个样子,他只能无奈地叹息一声,让未聆风离开了。

随着未聆风的离去,其他各宗宗主都举起了自己的手,梅清也举起了手,表示支持叶音竹。

未明道:"十一人参与投票,十人同意,就剩我这最后一票了。作为首席太上长老,我拥有一票否决权,可以推翻现在的结果。女皇陛下,我可以遵从您的命令，但是，我有个条件。"

　　海洋眉头微皱，问道："长老，您这是在要挟我吗？"

　　未明脸上露出一丝淡淡的微笑，道："不，当然不是。请您先听完我的条件好吗？我的条件就是东龙帝国未来的皇位继承人必须是女皇陛下和摄政王的孩子。"

第一百六十二章
六个条件

"啊？"

海洋没想到未明会说出这样的话，顿时羞得俏脸通红，即使有白色光带遮挡，众人也能感觉到她的脸有多红。

她之前鼓足勇气，当着众人的面表达了对叶音竹的真心，此时，脸皮薄的她再也坚持不住，跑着离开了大厅。

笑声顿时在大厅中传开，气氛也变得轻松起来，叶音竹一脸尴尬地看着未明，没想到未明会开出这样一个条件。

此时，东龙八宗的强者都在点头，他们觉得还是首席太上长老想得周到，这样既解决了眼前的问题，还保证了皇室血统的纯正。

"女皇陛下这算是答应了吗？"未明好笑地问道。

叶离哈哈一笑，道："当然算答应。女皇陛下都说了，她会一直站在我们家音竹这边，以后他们生十几个孩子，太上长老可以从中随便挑个继承人。我现在最后悔的就是只生了叶重这一个孩子，当初要不是和如雪闹别扭，我肯定要生十几个孩子！"

兰如雪站在一旁，满脸通红地捏了叶离一下，小声道："你当我和女皇陛下是母猪吗？还十几个孩子。"

虽然她的声音很轻，但是在场的人都听到了，顿时响起一片哄笑，就连妮娜都挽着秦殇的手臂笑了起来。

现在还有一个人不开心，那就是苏拉。看着面带微笑的众人，苏拉突然觉得自己就像一个外人，他紧握着双手，看着坐在主位上的叶音竹，心中一阵绞痛。

苏拉心中暗想，不，我不应该这样的，音竹和海洋在一起才能幸福，我应该祝福他们才对。可是，为什么我的心会这么疼？为什么我会在离开蓝迪亚斯帝国之后不知不觉地走向琴城，为什么我会又一次来到音竹的身边？难道是我舍不得音竹，不愿意放弃跟音竹在一起的最后一年吗？

不知不觉中，苏拉手上的指甲已经深深地刺入了他的掌心之中，但手上的痛远远比不上内心的痛。

未明微笑着道："好了，来，让我们一起拜见摄政王。"

"参见摄政王。"

除了未聆风以外，在场的宗主加上三位太上长老同时拜倒在叶音竹面前。

叶音竹赶忙跳到一旁，苦笑道："大家千万别这样，我会折寿的。大家都是我的长辈，这怎么可以？"

叶离站起身，道："你现在已经是摄政王了，只要下达一道以后我们见到你不用行礼的命令就可以了。反正我们东龙帝国的法律也要重新制定，就从这一条开始吧。"

叶音竹赶忙点了点头，按照叶离的话下达了太上长老和八宗宗主不需行礼的命令。

未明微微一笑，道："这么多年了，我从没有像今天这样放松过。摄政王，以后东龙帝国的一切就都交给您了，是您将东龙帝国从灭亡的边缘拉了回来，未来东龙帝国如何发展，就看您的了，我们这些老家伙随时听您差遣。好了，我想您和米兰帝国的使者还有事情要谈，我们就先走了，您完全可以代表东龙帝国。"

说完这句话，未明向叶音竹鞠躬行礼后，朝外面走去。

除了秦殇和妮娜之外，其他几宗宗主都向外走去。现在这些宗主的表情变得轻松了许多，对他们来说，要做到放下并不容易，可一旦放下了，就会得到真正的解脱。

叶音竹不仅拯救了琴城和东龙帝国，同时也拯救了他们那颗心。现在他们将一切都交给了叶音竹，肩头的重担终于卸下来了，每个人都感觉自己轻松了许多。

看到他们走了，叶音竹不禁无奈地摇了摇头，站在一旁的安雅微笑着道："这无疑是最好的结果。看来，我们精灵族可以继续在这里生活了。古鲁长老，你们还准备搬家吗？"

古鲁老脸一红，问道："搬家干什么？琴帝大人实力这么强，保住了琴城，我们没有理由要搬家，没有一个地方比琴城更适合我们生活。我们一直都很支持琴帝大人。"

鲁特滋在旁边坏笑了一下，道："古鲁长老，我记得当初您可不是这么说的。"

听到鲁特滋的话，古鲁觉得有些丢脸，便恶狠狠地道："鲁特滋，你这臭小子，别想再从我这里骗酒喝。"

"长老，我错了，原谅我这鲁莽的年轻人吧。"

"你多大了？还好意思说自己年轻。"

紫笑道："好了，我们也出去吧。我想，音竹和米兰帝国的使者有事要谈。未明说得没错，那些战利品属于音竹，理应由他处置，不论他做出什么样的决定，我们都无权干涉。"

安雅点了点头，道："正好我要为我们新上任的摄政王准备一件礼物。姐夫，你也跟我一起去吧。"

"你们都走啊？"叶音竹喊道。

看着他们一个个向外走去，叶音竹心里想着，你们倒是轻松了，把一切都丢在我一个人身上。

安雅边走边道："音竹，琴城本来就是你的。在你回来之前，我已经帮你管理了很长时间，现在是时候让你自己管理了。

"经过这次的六道之决，我想大家都看到了你的实力，应该不会有人违抗你的命令。你是琴城的英雄，同时也是琴城真正的主人。我们精灵族随时听候你的调遣。我们是朋友，也是姐弟。"

众人先后离去，领主府大厅显得有些空旷，现在只剩下叶音竹、秦殇、妮娜和站在角落的苏拉了。

苏拉淡淡地道："音竹，你们有事情商量，我也先出去了。"

"苏拉，你这是干什么？难道我还有什么要隐瞒你吗？他们都走了，你就留下来陪我吧。"

看着叶音竹殷切的眼神，苏拉心中一软，轻轻地点了点头，走到了叶音竹身边。

秦殇看了一眼身边的妮娜，柔声问道："我用不用避嫌？"

妮娜没好气地瞪了他一眼，道："避什么嫌！你欠了我那么多年，现在我要你每时每刻都待在我身边，慢慢补偿我。"

秦殇呵呵一笑，道："好啊！"

看到两位老人这么开心，叶音竹由衷地为他们感到高兴，他开口道："秦爷爷，您终于可以和奶奶在一起了，我还没来得及恭喜你们。"

秦殇道："我们都已经老了，我现在只希望接下来的日子可以多陪陪妮娜。妮娜说得对，我欠她的实在太多了。如果当初我能够放下一切，不顾一切地和她在一起，或许我们的孙子都有你这么大了吧。"

妮娜脸一红，道："你这老不正经的，说什么呢。好了，音竹，我们来谈谈正事吧，你应该知道我留下来的目的。"她一边说着，一边松开挽住秦殇的手，缓步走到叶音竹身边坐了下来。

这位米兰帝国真正的第一高手，先前还羞涩得像个小姑娘，现在眼里已经充满了睿智的光芒。她是米兰帝国的长公主，为了米兰帝国，她必须尽可能地争取利益。

叶音竹微微一笑，道："奶奶，首先我要澄清一点，我可从来都没说过不要赢来的那六座城市。"

他当然知道妮娜留下来的目的。如果妮娜打算将六座城市交给叶音竹，她根本就不需要留下来亲自处理这件事，只需要吩咐下面的人就行。

妮娜留下更多的是因为秦殇，当然，她还有一些其他的目的，叶音竹也能隐约猜到一些。

随着实力的增强，叶音竹的眼界开阔了许多，心思也变得更加缜密了，众多艰难的经历造就了现在的琴帝，也正是从六道之决开始，琴帝之名才真正地在龙崎努斯大陆上开始传扬。

妮娜没好气地道："好小子，一上来就要堵住我的嘴吗？你刚才没听海洋说吗？拿米兰帝国的六座城市对你们来说并没有什么好处。"

叶音竹嘿嘿一笑，道："我听到了。可是大家不也说赢来的战利品由我来做主吗？"

妮娜哼了一声，道："你真的想要六座城市？"

叶音竹微笑着问道："如果我说要，奶奶您给不给？"

妮娜瞪了他一眼，道："你敢要我就掐死你秦爷爷。"

秦殇在一旁一脸无辜地问道："是他要你们米兰帝国的城市，又不是我要，关我什么事？"

妮娜道:"谁让你把音竹教得这么厉害?我不掐你掐谁?我又舍不得掐音竹。"

听到妮娜的话,秦殇感到很无奈,叶音竹却感觉很温暖。

叶音竹真诚地向妮娜道:"奶奶,我可舍不得让您掐秦爷爷。您说得对,是秦爷爷教我琴魔法的,没有秦爷爷就没有今天的我。同时,在米兰魔武学院中,如果没有您的照顾和您送的那些宝物,恐怕我早就不在人间了。您放心,我不会在米兰帝国遇到危机的时候趁火打劫的。您应该也明白,虽然大家都说了让我做主,但不论是对东龙帝国人,还是对现在住在琴城的其他族类,我都必须有个交代。"

叶音竹的意思已经很明显了,他的意思就是自己可以少要一点,但不要是不可能的。

妮娜轻叹一声,道:"我明白你的难处,说吧,你想要什么?你也知道,距离琴城最近的那些城市都是米兰帝国的粮仓,是普利亚平原上很重要的几座大城市。如果是小城市,我也不会舍不得,肯定直接就给你了。现在各国即将展开大战,米兰帝国大军的粮草必须有保障。你提条件吧,只要不太过分,我都可以做主。"

叶音竹沉吟片刻,道:"奶奶,您也知道,我从没有要让米兰帝国为难的意思,米兰帝国应该也不会在意我这小小的琴城。当初离开碧空海之后,我就去了米兰魔武学院,对我来说,米兰魔武学院就是我的第二个家。"

妮娜莞尔一笑,道:"要是以前,米兰帝国确实不会在意你这小小的琴城,地形复杂的布伦纳山脉开发困难,对于米兰帝国来说本就是鸡肋一般的存在。

"但现在不一样了,你在这么短的时间内积蓄了如此强大的力量,精灵、矮人、地精还有比蒙巨兽都在琴城。谁知道六年后,你会将这里发展成什么样子?虽然你的族人人数不多,但是你的族人实力强大,聚集起来也是一股不可忽视的力量。等你将这些力量整合在一起之后，琴城就足以威胁到整个米兰帝国了。你这次赢得了六道之决，恐怕已经吸引了龙崎努斯大陆上的人的注意。说吧，你究竟想要什么？"

叶音竹苦笑道："我认为我这次获得胜利，更多的是靠运气。奶奶，我也不和您兜圈子了，我既不要那六座城市，也不会在这个时候插米兰帝国一刀。和蓝迪亚斯帝国相比，我对米兰帝国的好感更多。只要您答应我六个条件，我可以不要那六座城市。"

"啊？哪六个条件？"妮娜正色问道。

此时，她和叶音竹是双方的谈判官，这次的谈判决定着双方未来的关系。

叶音竹道："第一个条件，我希望能和米兰帝国合作，在六道之决契约作用下的这六年之内，米兰帝国不能从任何方面限制琴城的发展。"

妮娜道："合作是从双方的角度出发的，不限制琴城的发展并不难，但首先你要保证你们不会向琴城之外的地方扩张。而且，我想知道，与琴城合作对我们米兰帝国有什么好处。"

叶音竹微微一笑，抛出了一个令妮娜无法拒绝的好处。

"我们帮米兰帝国拖住佛罗王国大军如何？"

妮娜心中一惊，她瞪着叶音竹，问道："你说什么？"

叶音竹道："在七国七龙排位战中，佛罗王国突然背叛米兰帝国，致使我方损失惨重。我永远也忘不了那些牺牲自己的魔法师，他们用自己的生命给我们带来了胜利，也用自己的生命捍卫了死神五百的尊严。此仇不报，誓不为人。不让佛罗王国付出代价，我怎么对得起那些死去的兄弟？

"佛罗王国将永远是琴城的敌人。琴城自然无法和一个国家抗衡，但您也看到了，琴城中的各族战士都是精锐，我愿带领一支精锐队伍潜入佛罗王国境内。

"就算我无法与佛罗王国的军队正面抗衡，但我想，拖住他们应该不困难。只要我能拖住佛罗王国大军，我想米兰帝国北方军团的压力就会减轻很多。"

妮娜果断地道："好，如果你们能帮米兰帝国拖住佛罗王国大军，米兰帝国愿意在这六年中与琴城合作。"

佛罗王国的背叛令米兰帝国的处境变得很危险，对于米兰帝国来说，佛罗王国就像一颗潜藏在体内的巨大毒瘤。如果没有蓝迪亚斯帝国，米兰帝国可以从容地将这颗毒瘤铲除，佛罗王国不可能是米兰帝国的对手。

现在龙崎努斯大陆即将陷入混战，米兰帝国的形势不容乐观。妮娜亲眼看到了琴城的实力，她知道叶音竹没有夸张，虽然琴城不足以与一个国家抗衡，但琴城可以凭借现有的力量拖住佛罗王国大军。这样的好事，妮娜没有拒绝的理由。

叶音竹微笑着道："报复佛罗王国是琴城向米兰帝国表示合作的诚意。在与佛罗王国大军战斗的时候，我希望米兰帝国能够给琴城的前线战士提供补给。同时，我还需要一支后勤部队，因为琴城人手不足，这支后勤部队可以把我们从佛罗王国带回来的战利品运回琴城，这一点我想米兰帝国应该愿意帮助我们吧？"

妮娜颔首道："这没问题。你要多少人？我可以直接从北方军团中调人。"

叶音竹伸出一根手指，道："我要十万人。一个月后，当我带人出现在米兰帝国与佛罗王国的边境时，我希望看到这支后勤部队。"

"十万人？"妮娜吃惊地看着叶音竹，她明显没想到叶音竹会一下子要这么多人，"你难道准备把琴城所有的战士都带出去攻击佛罗王国吗？即便如此，你也用不着十万人吧。"

叶音竹道："奶奶，您放心，我肯定需要这么多人。我这么做自有用意。至于为什么要这么多人，我先向奶奶卖个关子。您要记住我刚才提出的要求，我们在合作的时候，凡是我从佛罗王国带回来的战利品，全部属于琴城。"

妮娜想了想，失笑道："你这小子难道是要去佛罗王国当盗贼吗？"

听到妮娜的话，叶音竹眼中寒光一闪，他咬着牙道："佛罗王国必须为自己当初所做的一切付出代价。既然佛罗王国对米兰帝国来说是一颗毒瘤，那么，就让我们琴城替米兰帝国解决这颗毒瘤好了。"

妮娜点了点头，道："好，你说的这些我都答应你。既然我们之间是合作关系，我总要显示一些诚意。你们从佛罗王国带回来的战利品就算是你们这次出征的报酬好了。我会让金色管理这支后勤部队，把你弄回来的所有战利品都送回琴城。"

叶音竹笑了笑，道："和奶奶合作真是一件令人感到开心的事。那我这第一个条件就这么说定了。"

妮娜微笑着道："说第二个吧。从你这第一个条件来看，你果然是为奶奶着想的。"

叶音竹道："按照第一个条件，我们琴城将与米兰帝国合作，既然是合作，我希望米兰帝国能帮我一个忙。虽然布伦纳山脉地处偏远，但是占地面积不小，甚至相当于一个王国三分之一的面积了。现在我这边的人手实在太少了，各族战士加上琴城的原住民也不过四万人。米兰帝国对布伦纳山脉没有开发的兴趣，我有兴趣。我可以答应米兰帝国，在六年的契约期内绝对不向布伦纳山脉之外扩张半步，只是我想请奶奶做主，将我应得的六座城市中所有黑发黑眸、拥有东龙血脉的人迁徙到琴城来。我可以向他们承诺，三年之内，免收任何赋税。"

听了叶音竹的话，秦殇眼睛一亮，轻轻地点了点头。

妮娜的脸色却变了，她道："音竹，这个条件我可不能答应你。你知道六座城市中有多少拥有东龙血脉的人吗？那可是上百万人啊。难道你想让米兰帝国帮你壮大东龙帝国不成？"

叶音竹并不着急，微微一笑，道："奶奶，那您想想，如果我按照六道之决契约要了这六座城市，这些拥有东龙血脉的人不一样是属于我们琴城的吗？"

妮娜猛地一拍桌子，问道："你是在威胁我吗？"

叶音竹摇了摇头，道："孙儿怎么敢威胁奶奶？我只是陈述一个事实。六道之决险象环生，难道我不应该得到一些回报吗？就算我不要求和六座城市等价的物品，至少也不能相差得太多，不是吗？

"建设琴城需要人手，从我们的角度出发，拥有东龙血脉的人显然是首选。如果奶奶不愿意的话，那我就按照原本契约规定的那样，向您要六座城市了。

"虽然我们自己管理六座城市比较困难，但我想，大家只要尽力的话，应该还是能做好的。在六年之内，我可以将所有东龙帝国的后裔迁入琴城。只是那样的话，我可能就没有时间帮助米兰帝国抵御外敌了。"

妮娜目光冷厉地注视着叶音竹，叶音竹也不惊慌，就像平时弹琴一样优雅地坐在那里，微笑地看着妮娜，没有一点要退让的意思。

苏拉站在一旁，听着叶音竹的话，不禁暗暗点头。

突然，妮娜笑了，道："好，好你个音竹。难怪你会先说要帮助米兰帝国抵御佛罗王国，原来是先给我一个甜枣吃，然后再提出真正的要求，让我不好拒绝，是不是？"

叶音竹笑着道："奶奶，我刚当上摄政王，总要为东龙帝国做点事，不然，那些人怎么会支持我呢？正所谓两害相权取其轻，两利相权取其重。对您来说，我提出的条件比失去六座城市划算得多。"

妮娜反问道："那我是不是应该给那些拥有东龙血脉的人配上武器装备，将其组成一支百万雄师，然后再送给你呢？"

叶音竹笑道："当然不用，我怎么会提那么让您为难的条件呢？您也知道，训练一支军队可没那么容易，更何况，我并不是只要青壮年，从一岁到一百岁的东龙帝国后裔，只要米兰帝国给我们送过来，我们全都接受。我不会要求米兰帝国给我们任何武器装备，只需要米兰帝国帮我养活这些新来的居民就足够了。有普利亚平原这个大粮仓，米兰帝国根本不缺粮食，不是吗？这就算是我的第三个条件吧。"

妮娜深吸一口气，勉强平复着自己的心情，道："你确实长大了，三个条件丝丝入扣。免除三年的赋税？好人你当了，却让米兰帝国帮你养活这上百万人，真是不错的打算啊！我能不答应吗？好，我就答应帮你迁徙六座城市的东龙帝国后裔。不过音竹，我希望你后面提出的三个条件不要触及我的底线，否则，我们今日就一拍两散。就算我把六座城市给你，米兰帝国之后也会封锁琴城。"

叶音竹道："奶奶，您放心吧，我想后面的条件您还是乐意接受的。"

听到妮娜答应了自己的第二个条件和第三个条件，叶音竹暗暗松了一口气。

妮娜淡然道："接着说吧。"

叶音竹微笑着道："我的第四个条件很简单，既然我们双方合作，那么，我希望在这六年内，米兰帝国能给琴城公平的交易环境。也就是说，不论我们琴城和米兰帝国进行什么样的贸易，都请米兰帝国不要限制我们，不要加税，一切按照市价公平交易。这个条件并不过分吧？"

妮娜的脸色略微缓和了一点，她道："你想得很周到，我没有理由拒绝这个条件。我可以允许琴城人在米兰帝国境内进行任何交易，不受限制，但你也知道，法蓝有法令，我们不能官方宣布这个决定，只能暗中允许你们交易，也请你们琴城人在进行交易的时候不要太过明目张胆。"

叶音竹道："可以。当初死神五百随我出生入死，为米兰帝国夺得了七国七龙城的冠军，损失惨重。我不能抛下这些兄弟，他们也都是东龙帝国后裔。

我的第五个条件就是想请奶奶把他们送到琴城，让他们跟随我参加这次对佛罗王国的军事行动。我想，有他们在，我这次的行动也会事半功倍。"

妮娜皱眉道："这可不是三百人那么简单，他们每一个人都是精锐，放在军队里就是合格的将领。虽然他们只有三百人，却胜过普通的一千人，你让我把这样的精锐给你，我怎么向西尔维奥交代？"

叶音竹道："西尔维奥叔叔好像很听您的话，原来我还有些奇怪，现在才知道，原来奶奶才是米兰帝国第一高手，我想，您恐怕才是掌握米兰帝国经济命脉的人。"

"你怎么知道的？"妮娜吃惊地看着叶音竹。

叶音竹狡黠地笑了笑，道："我说我猜的，奶奶信不信？"

"好小子，你诈我。"妮娜这才明白过来，"你个小滑头。好了，那三百人给你就是了。说吧，最后一个条件是什么？"

叶音竹嘿嘿一笑，道："六座城市的东龙帝国后裔迁徙到琴城是件大事，我不放心别人来办。这第六个条件，就是我希望奶奶您能亲自办这件事，并且我要派一个琴城人监督您。当然，您也可以从米兰帝国派一个人来监督我们，这样对我们双方来说都算公平。奥利维拉怎么样？他是米兰帝国年轻一代军人中的翘楚，来监督我们正合适。"

和前面的条件相比，这最后一个条件并不算什么，妮娜笑骂道："好小子，连奶奶也信不过吗？还要派人来监督我。"

叶音竹正色道："当然要监督。不过，我想您应该很愿意被监督才对。秦爷爷，这个光荣的任务就交给您了，请您务必贴身监督奶奶，以免奶奶做事不认真。"

叶音竹在说到"贴身"二字的时候刻意提高了声音，说到最后，他忍不住先笑了。

妮娜这才明白过来，脸上顿时多了一片红云，她抬手在叶音竹头上敲了一下，笑道："好小子，你竟敢取笑奶奶，讨打。"

秦殇哈哈一笑，道："是，摄政王，保证完成任务。我一定像蚊子一样，每天都围着她打转。"

妮娜没好气地瞪了秦殇一眼，道："你这个老浑蛋，教出了这样的小浑蛋。音竹想把奥利维拉弄走，还不是想利用奥利维拉吗？不过算了，就依音竹吧，谁让我是音竹的奶奶。"

听完叶音竹的六个条件，妮娜也暗暗放松下来。坦白说，叶音竹提出的这六个条件并不算过分，虽然要迁移上百万人困难了一些，但和六座城市的财富比起来，米兰帝国还是赚了，更何况，琴城会帮米兰帝国抵抗佛罗王国，还是挺划算的。

米兰帝国可是粮食大国，养活那些人不成问题。最关键的是叶音竹没有要任何财物和装备。正如叶音竹所说的那样，组建一支军队并不容易，战士的装备会花很多钱，就算东龙帝国有钱，妮娜还是不相信叶音竹能够在短时间内培养出一支大军。

叶音竹只要妮娜提供十万人，这在妮娜看来还是可以接受的。虽然她表面上有些不满，但实际上对叶音竹提的要求还是满意的，她感觉叶音竹给足了自己面子。

"好了，你的条件也提完了，双方合作就要互惠互利、开诚布公。你提出了六个条件，我只提一个。我的条件就是未来二十年内，除非米兰帝国主动向琴城用兵，不然，琴城不得以任何形式向米兰帝国发动攻击。"

"妮娜，你的意思是我们只能被动挨打吗？"秦殇皱眉道。

叶音竹抬手阻止自己的秦爷爷说下去，他郑重地点了点头，道："奶奶，我说过，我当米兰帝国是我的第二家园，我从未想过要对米兰帝国出兵，也没有统一龙崎努斯大陆的野心，这一点我可以向您保证。我答应您这个条件，二十年内，只要米兰帝国不主动攻击琴城，琴城就不会向米兰帝国发兵。在条件允许的情况下，琴城甚至可以帮助米兰帝国抵御外敌。您完全可以把琴城想象成米兰帝国的附属城市，只不过琴城是高度自治的城市。"

所谓背靠大树好乘凉，虽然米兰帝国无法和法蓝相比，但是米兰帝国好歹是龙崎努斯大陆第一帝国，法蓝封闭十年，琴城就算得到了六座城市，也会被彻底孤立，这对琴城的发展太不利了。叶音竹有他自己的想法，琴城现在绝对不能和米兰帝国作对。

第一百六十三章
法蓝监察官

听叶音竹如此痛快地答应了自己的条件，妮娜立马笑了，道："音竹，现在我相信你的诚意了。你就努力建设琴城吧，在某些方面，只要米兰帝国有余力，我甚至可以偷偷帮助你。现在对你来说，最重要的是准备十年之后对付法蓝。

"六道之决的契约可以让琴城维持六年的和平，六年后你甚至可以再来一次六道之决，但是法蓝封闭期结束后，法蓝的人是不会放过东龙帝国的。十年后，你们能否与法蓝抗衡就要看你们自己的了。从我的角度来看，我倒希望米兰帝国永远与琴城结盟。"

听到"法蓝"这两个字，叶音竹的眼神明显变得冷厉起来。他知道，恐怕没有人看好琴城的未来。虽然十年的时间不短，但是这十年内，琴城真的能够拥有与法蓝抗衡的力量吗？这是不可能的。法蓝 七塔的塔主都达到了次神级啊！法蓝十二圣骑士军团更是一支可以横扫龙崎努斯大陆的军队。

叶音竹不服，他知道，自己并不是完全没有机会的。他慢慢控制情绪，脸上重新出现一丝微笑，主动握住妮娜的手，道："奶奶，现在正事谈完了，您是不是也该坦白了？您瞒得我好惨啊！"

妮娜笑道："你是说我的实力吗？别说你不知道，就连秦殇也不知道我真正的实力。要不是这六道之决，恐怕我会继续隐瞒下去。"

叶音竹道："不仅是您的实力，我还要听您和秦爷爷的故事。你们既然相爱，当初为什么要分开呢？"

妮娜叹息一声，道："有很多事情是身不由己的，并不是相爱就一定能在一起，在爱的同时，还有许多我们无法控制的事，就算实力再强，我们也躲不开这些事情。"

站在一旁的苏拉轻轻地点了点头，似乎在赞同妮娜的话，只不过现在叶音竹和秦殇的目光都集中在妮娜身上，两人都没有注意到苏拉的表情。

妮娜仿佛陷入了回忆之中，她缓缓地道："今年我六十九岁，你秦爷爷七十六岁。故事要从六十年前说起。在说这个故事之前，我先告诉你我的另外一个身份吧，到了现在，也没什么好隐瞒的了。

"法蓝有七塔，在外界看来，法蓝七塔塔主就是主宰法蓝的人，世人并不知道，法蓝真正的统治者是八个人。除了七塔塔主之外，还有一名与七位塔主地位相等的监察官。而这位监察官还有另一个头衔，那就是法蓝十二圣骑士团团长，名义上掌握着法蓝除魔法师外的所有武装力量。我就是这一代的法蓝监察官。"

"什么？"

叶音竹看着妮娜，目瞪口呆，就连一旁的苏拉也惊呆了，只有秦殇还能暂时保持平静。

原本叶音竹在知道妮娜的实力之后，还以为妮娜是法蓝之外的次神级强者，此时看来，连妮娜也出身于法蓝，而且还是地位崇高的监察官，一时间，无数疑问出现在他大脑之中。

"什么都不用问，我慢慢告诉你。我在很小的时候就遇到了我的老师，也就是法蓝上一任监察官大人、法蓝十二圣骑士团团长。老师他老人家对我非常好，本来我只是一个无忧无虑的公主，是老师让我了解了武技的奥义。

"在我九岁那年，老师认为我根基稳固，就带我回了法蓝，我在那里闭关修炼了十年。你也去过法蓝，应该知道在法蓝修炼对魔法师有事半功倍的效果，同样的，在法蓝一些特殊的地方修炼，对武士有极大的好处。十年转眼就过去了，当我离开法蓝的时候，已经十九岁。老师命我在外面历练，那时候的我远远没有现在这样的实力，根本比不上现在的你，你才是真正的天才。"

叶音竹心中微动，他看看妮娜，再看看秦殇，问道："您就是在那时候遇到秦爷爷的吧？"

妮娜脸色微红，瞥了身边的秦殇一眼，道："可不就是在那时候遇到了他？那时，他像一个吟游诗人，穿着一身白衣，抱着一张古琴……"

说到这里，她明显羞涩得说不下去了。

秦殇嘿嘿一笑，道："你秦爷爷我年轻的时候还是很帅的，我们如何在一起的故事你就不用听了，反正我俩情投意合，看上了对方。那时候，我们不知道彼此的身份。"

听着秦殇的话，妮娜仿佛又回到了当初，她喃喃地道："那是我有生以来最快乐的一段时间。大约一年后，秦殇陪我回了米兰城，我并没有告诉他我是米兰帝国的公主。他每天都会弹琴给我听，而我也因为他真心喜欢上了音乐，之后便开始学习吹箫。

"我们每日琴箫合奏，看那日出日落，我们游遍了米兰城周围的景点，我发现，我爱他爱得无法自拔了。终于，有一天我忍不住告诉了他我在米兰帝国的身份，他知道我的身份后与我大吵了一架，第二天他就走了，只给我留下一封信。"

妮娜恶狠狠地瞪了秦殇一眼，右手用力地掐了秦殇一下，秦殇的神色顿时变得古怪起来，但在叶音竹和苏拉面前，秦殇要维护自己的面子，于是强忍着没有叫出来。

"这老浑蛋在信中说，他只是一介平民，而我却是米兰帝国的公主，他虽然心中爱我，但是高攀不起，我们并不是同一个世界的人。当时我险些被他的信气死。我爱他难道还会在乎他的身份吗？我对他的爱会因为我们身份的差距而改变吗？"

说完，妮娜狠狠地瞪着秦殇，眼中寒光闪烁。

秦殇苦笑道："你现在应该知道，当初我说的身份差距只不过是个借口而已。我是东龙八宗人，而你是米兰帝国公主，再怎么说，米兰帝国也是西龙帝国分裂之后的产物，如果我和你在一起，作为琴宗宗主，我怎么向其他各宗宗主和太上长老们交代？我也是没办法，你以为当初我选择离开的时候心里好受吗？"

妮娜的脸色略微缓和了一些，她道："如果那一次你离开之后，再也没有出现在我面前，说不定，我们之间的一切就那么过去了。毕竟，时间可以冲淡很多东西，至少那时候我们之间的爱还算不上刻骨铭心。"

秦殇颔首道："是啊！我正是因为这一点，才下定决心离开。长痛不如短痛，可谁知道后来又发生了那么多事。"

叶音竹忍不住追问道："后来又发生了什么呢？"

妮娜道："随着时间的过去，距离我和老师约定返回法蓝的时间越来越近。于是我决定到大陆各国去游历一番，一方面是想增长见识，另一方面也是想让自己尽快忘记他。于是，我从米兰城出发，去了阿斯科利王国。或许真的是命运将我们拴在了一起吧，我到阿斯科利王国才三天，就又见到了他。"

"啊？"

叶音竹愣了一下，看着秦殇和妮娜，一时间说不出话来。这两人之间的关系，还真是复杂。

秦殇低着头不吭声，似乎知道自己对不起妮娜。

妮娜继续道："这一次我见到的是受了重伤的秦殇。原本在遇到他之前，我想过许多报复他的方法，也发誓放弃爱他。像他这样一个胆小如鼠，面对困难就选择放弃的人，根本就不值得我去爱。我的个性一向很刚强。可是，当我看到他在别人的围攻下倒在血泊之中，看着他濒死时的眼神，看着折断的古琴时，我心软了。"

"妮娜，是我对不起你。"

秦殇深深地叹息了一声，他的声音有些哽咽。

妮娜看着秦殇，轻轻地摇了摇头，道："我提起这些并不是想责怪你，现在一切都过去了，我们好不容易才抛下一切，重新在一起。我告诉你这些，是要告诉你一个秘密。音竹也继续听下去吧。"

秦殇有些茫然地点了点头。

妮娜对着叶音竹道："我救了你秦爷爷之后，就在阿斯科利首都附近的一座小村庄中暂时租了一间民房，跟他住了下来。那次，他伤的真的很重，就算是最好的光明系魔法师也无法治好他的伤，他只能自己硬扛，等身体慢慢恢复。

"他从昏迷中清醒过来的时候，已经是十天之后了。那时，他看到救他的人是我，竟然拒绝治疗。我还在那里劝他，好像当初不辞而别的人是我一样。要不是看他伤得那么严重，我早就一走了之了。"

秦殇偷偷看了妮娜一眼，道："可你还是舍不得我。"

妮娜没好气地道："是，我是舍不得你，谁让我……不许再插话，否则我就把你轰出去。"

"好，好，我闭嘴。"

妮娜道："他养了整整三个月才完全恢复过来，我们就在那民居中住了三个月。从最初的尴尬，到恢复以前的相处模式，再到后来刻骨铭心的爱恋。终于，在一个雷雨交加的夜晚，我们在喝了一些村民赠送的米酒之后，偷吃了禁果。"

站在一旁的苏拉好奇地问道："妮娜主任，禁果是什么果？"

妮娜被苏拉问得脸都红了，不好意思地道："你回头问音竹去。"

叶音竹挠了挠头，道："我也不知道。奶奶，禁果是什么果？我也没吃过。"

妮娜实在有些无奈，只能扭头看向秦殇，发现秦殇正憋着笑，便怒道："你解释给他们听好了。"

秦殇嘿嘿一笑，道："所谓禁果，指的就是……"

看着秦殇那似笑非笑的样子，叶音竹和苏拉立马明白过来，两人对视一眼，叶音竹有些尴尬，苏拉的脸上已是一片通红。

妮娜毕竟年纪大了，虽然有些害羞，但并没有年轻人那么明显，她接着问道："可你们知道后来发生了什么吗？我第二天一早醒来的时候，发现秦殇这个老浑蛋又走了，而且又给我留下了一封书信。这一次，他连为何走都没有说，只是让我自己多保重。"

"啊？"

这一次，叶音竹都觉得自己的秦爷爷有些过分了。

秦殇轻叹一声，道："你以为我想走吗？虽然我那时候已经深深地爱上了你，但我一直都在提醒自己，不能和你在一起，可是，那天晚上喝醉了，一切都发生了。就在我打算放弃一切，不管族人，甚至放弃琴宗宗主之位和你在一起的时候，你却在睡梦中说了一句让我怎么也接受不了的话。"

妮娜愣了一下，问道："我说了什么？"

秦殇道："你在梦里说，要带着我一起回法蓝，见你在法蓝的老师，让他为我们主婚。"

"什么？"

妮娜震惊地看着秦殇，她终于明白秦殇为什么会突然选择离开了。他不可能接受跟法蓝有关系的自己啊！东龙八宗真正的目标是法蓝，怎么说秦殇身上也流淌着东龙帝国的血液。

"原来是这样，原来你竟然是因为我说的这句话才离去。我那时还以为你真的是一个无情的人，那一次，你也伤透了我的心。我根本不知道自己说了这样一句话，当时的我心如死灰，我回到了米兰城，那时距离和老师约定的返回法蓝的时间还有整整一年。秦殇，你知道我要告诉你的秘密是什么吗？就在我返回米兰城不久，我发现自己怀孕了。"

听到最后一句话，秦殇猛地站了起来，难以置信地看着妮娜，追问道："你、你说什么？"

妮娜似笑非笑地看着秦殇，反问道："你说我在说什么？本来我不打算将这件事告诉你，因为我没想到我们还能走到一起。现在，我可以将这个秘密告诉你。音竹，苏拉，你们要记住，这件事无论如何也不能说出去。因为这是米兰帝国皇室的秘密，关系到米兰帝国皇室的声誉。"

听到妮娜的话，秦殇突然如同泄了气的皮球一般坐了回去，苦笑道："是我害了你，难怪你终身不嫁，原来竟然出了这样的事。我可以想象你的父皇发现你未婚先孕后有多生气。你一定受尽了屈辱和折磨。妮娜，我对不起你，也对不起我们的孩子，是我没有保护好你们，才让你受苦，让孩子在出生之前就夭折。"

秦殇看着妮娜，流露出悔恨的目光，脸上老泪纵横，他的双手此时颤抖得如同筛糠一般。

"秦殇，别这样，谁告诉你我们的孩子没有来到这个世界？更何况，我也没有受过什么屈辱和折磨。"

妮娜看着秦殇悲伤的样子，又高兴又心疼，高兴的是他如此在乎自己，心疼的是他如此悲伤。妮娜从怀中拿出一块手帕，温柔地替他擦去脸上的泪水。

"你、你说什么？难道你将我们的孩子生下来了吗？不，这不可能。你父皇怎么会允许这么一个孩子出生？对米兰帝国皇室来说，这简直就是奇耻大辱。"

秦殇呆呆地看着妮娜，他嘴上虽然这么说，心中却抱着万分之一的希望。毕竟，他已经七十多岁了，怎会不希望有一个自己的孩子？

妮娜轻叹一声，道："是的，在回法蓝之前，我将那个孩子生下来了。我从未对你说过米兰帝国皇室的事。我的父亲一生只爱我母亲一人，父亲只有三个孩子，就是我和两个姐姐。就在我怀了你的骨肉的那一年，御医检查了父亲的身体，并且告诉父亲，他再也无法生育。

"也就是那年，父亲对外宣布母亲怀孕了。这件事，恐怕你并没有注意。十个月之后，父亲对外宣布，米兰帝国皇室终于有了继承人。西尔维奥刚出世就被立为太子，我就此踏上了返回法蓝的路。"

秦殇有些不明白妮娜的意思，于是问道："你刚才说生下了我们的孩子，又说返回法蓝？难道你带着他去了法蓝吗？"

妮娜哭笑不得地看着秦殇，道："你这个傻瓜。正所谓关心则乱，难道你还不明白，非要我直接将米兰帝国皇室的秘密说出来吗？"

一旁的苏拉突然用极其震惊的口气说道："妮娜主任，难道、难道西尔维奥大帝并不是您的弟弟，而是您的……"

这一下，秦殇和叶音竹同时惊呆了，他们简直不敢相信这是真的。如果真如苏拉所说，那这件事真的是米兰帝国皇室最大的丑闻了。

妮娜叹息一声，道："幸好西尔维奥像我，他的头发和眼珠的颜色跟我一样，如果像你的话，他就真的无法活下来了。当初，我回到皇宫发现怀孕时，父亲很快就得到了消息。父亲并没有生气，只是问我孩子的父亲是谁。我没有说，因为我根本不想提起你的名字。

"父亲后来给了我两个选择，一个是立刻打掉这个孩子。我当然不同意，虽然我恨你，但孩子是无辜的，那是我人生中第一个或许也是最后一个和我爱的男人的结晶。

"父亲给出的第二个选择是我完全没想到的。父亲坦白地告诉我他膝下无子，在我们三姐妹中，我的两个姐姐根本没有任何能力，而我因为进入了法蓝，所以不可能继承他的皇位。于是父亲就说，我生下这个孩子之后，必须立刻离开皇宫回法蓝去，这个孩子不是我的儿子，而是我的弟弟，也就是未来米兰帝国的继承人。毕竟，他身上流淌着我的血。"

叶音竹失声道："难怪我叫西尔维奥叔叔，又叫您奶奶，您从来都没有反驳过，原来我这样称呼你们并没有错。那么这么说，香鸾是您和秦爷爷的亲孙女，费斯切拉是你们的亲孙子？"

妮娜苦笑着点了点头，道："是的。秦殇，我们有个孩子，他是米兰帝国的皇帝，他身上有着米兰帝国皇室的血，同样有着你们东龙帝国的血脉。退一步讲，现在的米兰帝国可以说是半个东龙帝国人在掌权。"

秦殇木然道："西尔维奥，他、他知道自己的身世吗？"

妮娜点了点头，道："父亲将皇位传给他的那天，也是我重回米兰帝国的那天，父亲将一切告诉了西尔维奥，并且告诉他，不论什么时候，都要听我的话，我从法蓝归来，将是米兰帝国永远的支柱。

"西尔维奥继位之后，在我的全力帮助下，将父亲那些野心勃勃的兄弟子侄全部整治了。西尔维奥没有让我和父亲失望，这么多年以来，他励精图治，使得米兰帝国蒸蒸日上。就算这次米兰帝国遇到了危机，我也相信米兰帝国一定能撑过去。"

听了妮娜的话，叶音竹彻底明白了现在米兰帝国皇室高层的关系，西尔维奥是帝王，眼前的妮娜可以说是太上皇。

难怪她说她可以直接做主答应自己刚才提出的六个条件。没想到，自己身边的人的身份竟然如此复杂。海洋成了东龙帝国皇室的唯一继承人、东龙帝国的女皇，香鸾又成了秦爷爷的亲孙女，这还真是有些让人难以接受呢。

泪水再次从秦殇脸上滑落，秦殇道："原来我不是孤单一人，原来我也有亲人。我有为我生下儿子的妻子，有成了一代帝王的儿子，还有孙子、孙女。人生如此，夫复何求？妮娜，你给了我太多，请受我一拜。"

说完，秦殇站起身，固执地向妮娜拜了下去。

妮娜很明白秦殇的脾气，所以并没有阻止他，眼看他这一拜结束才将他扶了起来。

"傻瓜，你只要以后不消失，我就满足了。这次我回米兰城的时候，你和我一起走吧，我带你去看看我们的儿子。西尔维奥不知道问过我多少次自己的父亲是谁，我都没有告诉他。现在也是时候让他见见你了。"

秦殇苦笑道："我不配做他的父亲，我……"

妮娜皱眉道："行了，不要说了，让音竹看笑话吗？你并不知道西尔维奥的存在，这也不能怪你。"

秦殇道："那后来呢？后来你回了法蓝之后发生了什么？我记得，我们再见面的时候已经是十多年后了。"

妮娜道："你应该能想象得到我回到法蓝时是什么心情。怀着西尔维奥的时候，我的心情就没好过，或许，这对西尔维奥也有影响吧。西尔维奥的身体状况并不好，刚生下来的时候甚至长得一点也不好看。

"当我生下他离开米兰城，回法蓝的时候，我的身体已经非常虚弱了，甚至比一个普通人的身体还不如。回到法蓝，老师看到我的样子时非常心痛，他说怎么也没想到这几年的历练会让我变成如此模样。

"老师并没有责怪我，在他的精心照料和开导下，我的身体慢慢恢复了。那时，老师已经四百多岁，马上就要走到生命的尽头了。老师说，监察官这个职位必须要有人继承，而我是他唯一的传人，但是因为我生过孩子，身体虚弱，元气有所损伤，已经错过了凭借自己的力量修炼成长的最好时机。就在我以为老师会放弃我再寻找一个弟子的时候，老师他却……"

说到这里，妮娜的眼睛红了起来。

"老师用一种特殊的方法将自己的斗气全部传入我体内，他的斗气在我体内凝聚成一团，帮我重塑筋骨，他却因为失去斗气而离开了这个世界。是老师给了我第二次生命和强大的力量。十五年，我用了整整十五年的时间才将老师传入我体内的斗气全部吸收，当我再次回到米兰城的时候，已经四十岁了。回到米兰城后，我过了几年平静的生活。我本以为自己早就忘记了你，可谁知道，当我再次遇到你的时候，我发现，我从来没有忘记过你的样子。"

秦殇道："那次，我去米兰城只是想找个机会偷偷看你一眼。那么多年过去了，我想，你或许早就将我忘了，应该也嫁人了。可谁知道，你竟然还是单身。"

妮娜道："你知道吗？那次我再见你时，甚至想将你杀了，或许只有那样才能将你从我心中抹去。可是，我实在下不去手。那是我们最后一次见面吧？正是从那时开始，我进入米兰魔武学院当了神音系的老师。也是从那时候开始，西尔维奥逐渐成长起来，在我的帮助下渐渐成了米兰帝国的好皇帝。"

秦殇哽咽着道："如果那时候我再多一些勇气，在看到你的时候就放下心中所有的包袱，或许我早就知道儿子的存在了。这一切都是我的错，都是我的错。"

妮娜抓住秦殇的手，道："过去的都已经过去了，现在，我们终于能够在一起了。秦殇，你要是再敢不辞而别……"

"不，不会的。这次就算你赶我走我也不走了。虽然我无法像你那样活五百年，但是我会在自己人生最后的几十年一直守在你身边，偿还我当初欠你的一切。我想通了，只要你不嫌弃我，我甚至愿意为你脱离东龙帝国，永远守护在你身边。"

妮娜眼含热泪地笑了，她知道，自己终于得到了这个男人。虽然错过了大半辈子，但是，他们终于走到了一起。

叶音竹和苏拉在一旁没有开口，因为他们不想破坏眼前的气氛。叶音竹面露微笑，静静地为两位老人祝福着，苏拉心中却满是酸涩，他觉得自己和当初的妮娜很像，他甚至比不上妮娜，至少妮娜和秦殇是彼此相爱的，而他呢？在叶音竹眼中，他们两个只是好朋友，叶音竹甚至还不知道自己的真实身份。妮娜主任，您知道吗？其实您是幸运的，至少您还有一位为您付出了生命的老师，而我的老师却……

苏拉想到这里，不知不觉泪流满面。叶音竹虽然看到了苏拉在流泪，但他认为苏拉是被妮娜和秦殇的故事感动了，并没有多想。

二老不胜唏嘘，良久，他们的情绪才逐渐平静下来。

"好了，我们之间的故事已经说完了。音竹，就在三天前，蓝迪亚斯帝国、波庞王国、波利王国已经正式向米兰帝国宣战。佛罗王国态度暧昧，虽然并未跟那三个国家一同宣战，但佛罗王国的军队有异动。

"同时，兽人三大部落开始发动攻击。不同的是，这次佛罗王国没有成为被攻击的目标，战神要塞的兽人与雷神之锤要塞的兽人联手，同时攻击我们的北方军团，现在双方已经进入僵持状态。马尔蒂尼带领北方军团坚守不出。

"不用问，这场战争是蓝迪亚斯帝国早就预谋好的，我甚至可以断定，蓝迪亚斯帝国人和兽人有勾结，否则兽人又怎么会在这个时候发动攻击，而且还放过了比米兰帝国弱小得多的佛罗王国呢？"

叶音竹点了点头，道："奶奶，这场战争持续的时间恐怕不会短。不过，您既然是法蓝的监察官，这次法蓝封闭，您为什么没有回到法蓝呢？而且，法蓝倾向于蓝迪亚斯帝国，这您应该早就知道啊？"

妮娜叹息一声，道："我这监察官说白了就是监督法蓝七塔塔主有没有按照法蓝的法则做事的。表面上我是十二圣骑士团团长，但实际上我根本无法调动圣骑士团的一兵一卒。是否调动圣骑士团的兵力，必须由七塔塔主和我一同投票决定。

"虽然我作为监察官，一票可以当成两票，但七塔塔主有七个人，那七个老家伙从来就没把我看在眼里过。当然，他们也不知道我来自米兰帝国，更不知道我是米兰帝国的公主。这次事发突然，我没想到那些老家伙竟然会支持蓝迪亚斯帝国，这一点我有些想不通。

"不过，只要有我在，蓝迪亚斯帝国就别想越雷池一步。稍后我要先去北方军团前线一趟，兽人太猖狂了，我必须给它们点教训，然后再去完成你所提出的六个条件。佛罗王国那边我会派兵暂时拖住他们，你刚才说一个月是吧？一个月后，就看你的了。"

叶音竹颔首道："奶奶，一个月后，我一定会带领人手出现在米兰帝国与佛罗王国边境。您放心吧，也请您尽快开始迁移六座城市的东龙帝国后裔。"

秦殇和妮娜走了，他们显然有很多话要说，毕竟过去了这么多年，明天他们就会离开这里。秦殇已经向叶音竹表示不会再管东龙帝国的事情，琴宗本就只有他们师徒两人，一切由叶音竹全权做主就可以了。

秦殇好不容易得到了幸福，叶音竹自然全力支持他，于是将一切责任都扛在了自己肩上。

第一百六十四章 琴城会议

人都走了,领主府大厅内只剩下叶音竹和苏拉两人,两人也终于有了说话的时间。

"苏拉,这些日子你到什么地方去了?我回米兰城找你,却发现你早就已经走了。"

不知道为什么,看到苏拉归来,叶音竹有一种特别安心的感觉,之前所经历的一切就像从来没发生过一样。

看着叶音竹殷切的眼神,苏拉低下头,道:"我有点想家,虽然那里也不算是家,但我还是想回去看看。没想到这段时间发生了这么多事。既然你已经决定不回米兰城了,那我也不回去了,我想在琴城生活一段时间,可以吗?"

叶音竹微笑着道:"当然可以。苏拉,你实话告诉我,你和法蓝究竟有什么关系?"

"法蓝?我不明白你在说什么。"

苏拉只觉得自己的心跳都似乎漏了一拍,他强行压抑着自己的情绪,不让叶音竹看出自己的惊慌。

叶音竹道:"上次在七国七龙排位战中,我遇到了蓝迪亚斯帝国的黑凤凰,承蒙她两次关照,我才能代表米兰帝国获得最后的胜利。那时她告诉我,她是你的师姐,是因为你才会放过我。我有准确消息,黑凤凰就来自法蓝,而且有可能是暗塔塔主的弟子。既然她是你的师姐,那你……"

"不,我不明白你在说什么。不错,黑凤凰是我的师姐,但我和她只是碰巧遇到了同一个老师,那个老师并不是暗塔塔主。你想想,如果我和黑凤凰一样出自法蓝,那么,我会是现在这样的实力吗?"

叶音竹疑惑地看着苏拉,道:"可是,我真的觉得你和她有很多地方都非常像。虽然你们不论身高还是相貌都没有一点相似的地方,但当我看到她的第一眼的时候,我就感觉她非常熟悉而且亲切。我知道你们俩的关系之后,更觉得你们相像了。"

苏拉怒道:"这么说,你是在怀疑我了?既然你不相信我,那我走好了。"

说着,苏拉转身向外走去,表面上的愤怒和心中的悲伤形成了鲜明的对比,苏拉心中暗叹:没想到连最后这一年都不能守在音竹身边。音竹果然聪明,只是,他究竟是如何知道自己出自暗塔的呢?

苏拉怎么也想不到,在叶音竹身上还隐藏着一个大秘密,那就是暗塔前任塔主菲尔杰克逊的灵魂隐藏在龙魂戒之中。

"苏拉,别这样,我不是不相信你。"

叶音竹看苏拉生气了,一个箭步就冲了出去,一把拉住苏拉的手。

冰凉的手被叶音竹握着,苏拉感觉心跳又漏了一拍,转过头不敢看叶音竹。

"苏拉,别生我气好吗?我不是故意怀疑你的,只是随便问问而已。你要不喜欢,以后我不问就是了。我们兄弟好不容易又见面了,我还指望着你和我一起打败佛罗王国的军队呢。"

苏拉缓缓地回过头,看着叶音竹,道:"那你以后不许再怀疑我。"

叶音竹赶忙保证："一定。苏拉，我好怀念你做的饭啊！好久没吃过了，你看，是不是……"

苏拉侧着头看叶音竹，问道："你不会是想让我给你做饭吃才让我留下的吧？"

叶音竹赶忙赔笑道："不是的，我怎么会这样呢？我们是好兄弟。不过，说实话，或许是习惯了和你在一起，没有你在身边我总会觉得缺了些什么。在宿舍的时候，你总能把一切都收拾得井井有条。

"那时每天我上课最期盼的就是能赶快回宿舍去，因为我知道你一定给我准备好了饭菜。说实话，我对权力真的没什么欲望，如果能够选择的话，我更希望我们能回到以前的生活。"

苏拉叹息一声，他又何尝不希望回到以前的生活呢？只是现在一切都已经不可能了。

"人总是身不由己的。你现在背负的责任使得你根本无法轻易放下。"

叶音竹深有感触地道："正是因为如此，你更应该站在我身边支持我，对不对？你不是我的好兄弟吗？留下来吧，以后我们又可以天天在一起了，我很久都没有这么开心了。"

苏拉轻轻地点了点头，道："还不放手！"

叶音竹这才发现自己一直拉着苏拉的手，他突然觉得，苏拉的手很柔软，自己竟然有些舍不得放开，不禁暗想：自己这是怎么了？当初在米兰帝国的时候，自己就不止一次出现过这种感觉。不，不可能，自己怎么会对一个男人有这样的感觉呢？就连海洋都没给过自己这种感觉。

叶音竹放开苏拉的手，由衷地道："苏拉，如果你是一个女孩子就好了。"

苏拉闻言，吓得一愣，心跳顿时加速。难道他发现了？

"好什么好！"

叶音竹道:"如果你是女孩子,我说什么也要把你娶来做老婆啊!你看你,知道勤俭持家,做饭又那么好吃。"

苏拉怒道:"吃,你就知道吃,我看你不应该叫叶音竹,应该叫叶音猪才对!"

叶音竹哈哈一笑,道:"当初你可是答应要给我做一辈子饭的。你不能反悔,就算你以后娶了老婆,我们兄弟也要在一起。"

苏拉被叶音竹的话弄得有些慌乱,不由得问道:"你都有了海洋,还想着要娶其他女人吗?"

叶音竹愣了一下,神色古怪地道:"苏拉,坦白说,以前我一直都不知道自己对海洋究竟有没有感情,直到她被族人劫走后,我才发现,她在我心中是不可或缺的。不论我做什么,她总是站在我身边,总是支持着我。她是一个可怜的女孩子,可是,我始终都不敢接受她的感情。"

听到前面的话,苏拉的脸色苍白了几分,当叶音竹说到最后一句时,他下意识地问道:"为什么不能接受?"

叶音竹苦笑道:"因为在我心中还有一道身影,可我不敢确定这是真的,因为我和她只有几面之缘而已。我真的无法相信,在我心中她竟然比海洋还要重要。"

苏拉吃惊地看着他,感觉难以置信。还有一个,在他心中竟然还有一个女人!

此时,苏拉的脸上已经没有了一点血色,他问道:"是香鸾吗?香鸾确实很美。不过,你和她见过那么多次,怎么会说才几面之缘?她也喜欢你吗?"

"不,你误会了。我说的不是香鸾。说出来或许你都不信,占了我心中更重要的位置的那个人竟然是你的师姐——黑凤凰。只是在我心中,她的样子有些模糊,除了她本身以外,似乎还缠着一些其他东西。苏拉,难道这个世界上真有一见钟情这种事吗?我们是好兄弟,你坦白告诉我,我这算不算是单相思？"

如果说刚才苏拉的心沉入谷底，那么，叶音竹刚刚说的话又让苏拉的心飞到了天上。苏拉突然发现，自己的心脏有些受不了这样的刺激了。他用右手压在心口处，怪异地看着叶音竹，道："你、你说的是真的？你真的对我的师姐一见钟情？"

叶音竹挠了挠头，道："好像是的。我也不知道这是为什么。你还没回答我的问题呢，这到底算不算是单相思啊？这种感觉怪怪的。只是这段时间，我经常会想起她，还会想起她看我的眼神。她看着我的样子就像我们已经认识了很久似的。对她，我有一种莫名的信任，就跟信任你一样。就算我跟她是敌人，遇到她的时候，我也一点都不想跟她动手。"

"不！这当然不是单相思！"苏拉大声说道。

叶音竹被苏拉惊到了，他不太明白苏拉为什么会这么激动，苏拉也立刻意识到自己失口了，于是赶忙补救道："我的意思是，说不定我师姐她对你也很有好感。她生性孤僻，不容易与人亲近，既然她几次对你手下留情，应该不全是因为我。"

叶音竹挠了挠头，道："不知道还有没有机会见到她，不过我现在没时间考虑这些。苏拉，既然你也来了琴城，干脆帮我组建一支侦察部队如何？你说得对，在战争中，侦察是极为重要的。"

苏拉摇了摇头，道："不，我不愿意。"

叶音竹没料到苏拉会拒绝，愣了一下，问道："为什么？"

苏拉淡然一笑，道："不愿意就是不愿意，让我留在你身边给你做饭吧，或者就当你的一个小护卫也行。"

苏拉总不能告诉叶音竹，说自己不想离开他，希望在这最后一年的时间中能每时每刻都和他在一起吧。

叶音竹微微一笑，道："那好吧，组建侦察部队的事我请别人做，你就跟我在一起好了。一说到做饭，我现在都有点饿了。"

苏拉白了他一眼，道："你这个贪吃鬼！厨房在什么地方？"

叶音竹笑着指了指厨房，心中暗想：太好了，今天又可以吃好吃的了。

苏拉做的菜肴或许不是极品，但叶音竹的胃最认他做的菜的味道，或许这就是天生的默契吧。

苏拉去厨房做饭了，领主大厅内只剩下叶音竹一个人。这些天他经历了不少危险的事情，现在暂时平静下来了，他需要将思路理顺，仔细思考今后该怎么做。

简单来说，目前叶音竹的终极目标就是将琴城建设成为一座至少能够抵御法蓝的进攻的超级要塞。而现在，琴城只有十年的建设时间，十年看上去很长，但深知法蓝实力的叶音竹知道，十年对琴城来说还是太短了。

法蓝得天独厚的条件令它几乎拥有了所有魔法师的支持，再加上强大的法蓝圣骑士，别说是一个小小的琴城，就算是大陆各国也没有一个能与之对抗的。

还好，叶音竹的目的只是防御，他心想："哼哼，法蓝，你们不是强吗？十年之内，自己一定会将琴城建设成为刀枪不入的铁桶。"

想要建设好琴城，人力、财力一样都缺不了。与妮娜谈妥的六个条件首先解决了人力的问题，而且琴城六年内不用担心粮食问题，这就给自己节省了不少时间。琴城的农业是必须要发展的，这点就让安雅去忙吧，毕竟精灵族是最亲近大自然的族类，自然有办法处理这些事情。

再来就是财力，虽然布伦纳山脉内有各种资源，但毕竟是有限的，而且琴城的建设刚刚步入正轨，还缺少许多资源，购买这些资源都需要钱。

叶音竹对于资源的渴望是极为强烈的。琴城想要与法蓝抗衡，就必须储备大量的资源，同时拥有足够的武装力量。武装力量是保卫领土完整必不可少的元素。战士们的装备从何而来？矮人族的铸造大师手艺再好，如果没有足够的材料，他们也造不出来东西。

虽然红灵可以发现稀有金属，但稀有金属太少了，目前恐怕很难被用来打造装备，更不用说大规模运用到军队上。所以，琴城需要更多稀有金属，而且矮人族的铸造大师也不多，不能大规模地生产装备。

想要补充财力，第一步就是朝佛罗王国下手。佛罗啊佛罗，等着吧，我那些兄弟的仇，一定会让你们百倍千倍地偿还。

渐渐地，叶音竹的思路清晰起来，他对未来有了一个简单的规划。当然，在这规划之中，他充当的角色就是一个指挥者。虽然现在琴城人不多，但可谓人才济济，四大异族能力都很强，东龙帝国也是强者如林，这些都是他未来的资本。

突然，叶音竹想起了待在龙魂戒中的菲尔杰克逊，当他试图通过精神联系与菲尔杰克逊沟通的时候，却发现自己失去了与菲尔杰克逊之间的联系。

那天，菲尔杰克逊帮叶音竹操纵超神器枯木龙吟琴逼妮娜认输，因为没有魂珠，就算菲尔杰克逊的灵魂之力很强大，也受不住超神器的消耗，消耗了大量的灵魂之力之后，菲尔杰克逊直接陷入了沉睡。

幸好有龙魂戒和叶音竹本身强大的精神力做辅助，菲尔杰克逊沉睡的时间应该不会很长，当然，叶音竹并不知道菲尔杰克逊会沉睡多久。

一天后，叶音竹再次在领主府内召集琴城各族首领议事。首先，他将自己昨日与妮娜谈妥的六个条件告诉了众人，并将自己的想法简单地说了一下。

紫道："音竹，说说细节吧。你具体想要怎么做？"

叶音竹道："建设琴城需要人力、财力，在我看来，现在对我们来说最重要的就是人。我已经请妮娜将那六座城市中拥有东龙血脉的人类迁移到我们琴城之中，这个问题就算迎刃而解了。等那些人来了之后，我们就有了足够的人手，又有六年时间，我们可以放心大胆地建设琴城。

"按照我们原定的计划，这片布伦纳山脉都会成为我们防御力量的一部分，它会将琴城围起来。我们马上要有百万居民迁移到布伦纳山脉之中，虽然他们的食物暂时会由米兰帝国供应，但我们也必须自己想好后路。精灵族擅长与大自然沟通，安雅姐姐，你有什么建议吗？"

安雅微微一笑，道："只要有足够的人手，食物不成问题。我仔细研究过布伦纳山脉内的山，虽然有不少山的山势比较陡峭，但也有山势平缓的。在这些平缓的山上，我们完全可以开垦梯田。

"只要有足够的人手劳作，想要自给自足绝对没问题。我们精灵族与大自然的关系一向很亲密，在未来一年的时间内，我可以保证各种瓜果蔬菜开始丰收，只要同时放养一些家畜，就足以维持琴城未来的正常运转了，这方面就交给我吧。"

叶音竹点了点头，脸上的笑容不禁更加灿烂了，安雅总是不会令他失望。

他把目光转向矮人族族长鲁特滋和矮人族第一长老鲁西诺，道："鲁西诺长老，未来我们琴城必须拥有足以保护自己的武装力量，矮人族的铸造大师们虽然很厉害，但我觉得人手还是少了一些。像您这样的大师，已经完全不需要自己动手了。等我们的人手足够后，我派一部分人类工匠给您，您来指挥他们如何？"

鲁西诺哈哈一笑，道："那真是太好了。确实，除了特殊材料以外，铸造普通材料已经很难引起我的兴趣。不过有一点我要事先说明，你派来的工匠只能按照我们的要求进行铸造，我们不会把矮人族的铸造秘法传授给他们，这是矮人族的规矩。"

叶音竹点了点头，道："这是当然。我只是希望琴城的人能够更快地拥有武器装备而已。"

说到这里，他望向了地精部落的古鲁，道："古鲁长老，地精部落的地精撕裂者确实不错，但数量实在少了点。我想，在未来琴城的建设中，需要地精撕裂者的地方还非常多，不知您能否将各种地精撕裂者的制造图纸提供给矮人族？目前我们还不需要大规模地制造武器装备，我想最好还是第一时间制造出一些地精撕裂者，这样不论是对开矿，还是建设琴城，都有着不小的帮助，所谓工欲善其事，必先利其器，您愿意帮助我吗？"

古鲁痛快地点了点头，道："这个没问题。不过，这地精撕裂者只能由我们地精部落的人来操作，因为它本来就是按照我们地精的身体大小来设计的。"

叶音竹笑着道："只要地精撕裂者的数量不超过地精部落的地精数量就不会有问题，所有材料都由我们琴城提供。鲁西诺长老，鲁特滋兄弟，最近就要麻烦你们优先铸造出地精撕裂者了。请你们尽量快一点，一个月内，我需要大批的地精撕裂者。只有这样，我才能给你们带回来更多的资源。"

鲁西诺点了点头，道："我们尽力而为。"

叶音竹的目光再次转向安雅，他道："安雅姐姐，琴城的总建设就交给你了，还要麻烦你辛苦一些。明天我就会离开琴城，而且今后很长一段时间内，我恐怕没有精力来管理琴城内部的事情。"

安雅惊讶地问道："明天就走？你不是和妮娜约定一个月后才向佛罗王国发动攻击吗？"

叶音竹道："去佛罗王国之前，我还要去另一个地方一趟。这次我带的人不会太多，只带紫、明和苏拉三人就足够了，琴城就交给你来管理了。"

"音竹……"

正在这时，一直在旁边听着的海洋着急了，与做东龙女皇相比，她更希望每时每刻都待在叶音竹身边。

叶音竹无奈地看向海洋，海洋自然明白叶音竹的意思。现在她的身份不一样了，各位宗主和太上长老们一直看着海洋，叶音竹怎么可能带她走呢？各位宗主和太上长老一定不会让她这个女皇以身犯险。

看到海洋难过地低下了头，叶音竹不禁有些心疼，柔声道："海洋，你也有重要的事情要做，这关系到我们琴城的未来。我想，大家都看到了神音系魔法在战争中的作用。我已经决定了，我要将修炼神音系魔法的十一位蓝精灵姑娘收入琴宗之中，让她们成为琴宗弟子，由你统一指导。海洋，你很清楚合奏的效果，我希望你能和烟罗她们组成一支特殊的魔法队伍。只要你们的魔法实力能够达到一定境界，那么，不久的将来，你们就是琴城真正的王牌。"

听了叶音竹的话，海洋的眼睛登时亮了起来，她最怕的就是帮不上叶音竹的忙，此时听他这么一说，心里顿时舒服了不少，有事做总比无事做好得多。

"音竹，你放心吧，我一定会和烟罗她们努力修炼神音系魔法的。"

叶音竹微微一笑，打趣道："那以后由女皇陛下您带领的这支神音师魔法队伍，就叫女皇十二乐坊如何？"

海洋坚决地摇了摇头，道："不，我们应该叫琴帝十二乐坊才对。别忘了，在烟罗她们眼中，你才是她们的主人，不是我。而我也早就说过……"

说到这里，她俏脸一红，没有接着说下去。在场众人都明白，她想说的还是那句，她会一直站在他身边。

叶音竹摸了摸鼻子，尴尬地咳嗽一声，赶忙转移话题。他的目光从海洋身上转移到东龙八宗宗主和太上长老身上，明显能看出来他们脸上有怒气。

显然，他刚才在交代琴城未来的时候，连提都没提一句东龙帝国，这已经让众人有些不满了。毕竟，他才刚刚当上摄政王而已，众人虽然认可了他的战斗实力，但对他的统治能力还有些怀疑。

"未明太上长老。"

"臣在，请摄政王吩咐。"

未明走了出来，东龙帝国毕竟在形式上已经成立了，他没有像安雅他们那样和叶音竹随意地说话。

叶音竹道："长老，我们东龙帝国文化源远流长。刚才我也说过了，在未来一段时间，我可能不会留在琴城，我要为琴城寻找财物，并将它们带回来。

在琴城的建设方面，我请安雅姐姐负责。我还有更重要的任务，要交给您和各位长辈。"

"更重要的任务？"

未明愣了一下，看着叶音竹的目光亮了几分。

叶音竹正色道："对于我们来说，更重要的自然就是拥有足够与法蓝对抗的实力，但这不可能一蹴而就，我们需要不断努力，才能积蓄力量。想要与法蓝对抗，首先我们要做到的就是万众一心。所以，我要交给您和各位长辈两个重要的任务。根据我和妮娜公主的协定，不久之后，附近六座城市中拥有东龙血脉的居民就会迁移到布伦纳山脉中来。我请安雅姐姐负责安排他们的衣食住行，我希望您负责教化他们。"

未明心中一动，问道："你是说……"

叶音竹知道他已经明白了，便道："不错，我现在完全可以想象，那些人中肯定有不少不愿意迁移到琴城来。所以，我们必须让他们知道琴城的实力以及琴城能给他们带来的好处。我免了他们三年的赋税，但这还不够，没有人比您更清楚我们东龙帝国的历史，我希望您能将东龙帝国过去的故事告诉这些新来的居民，让他们从根本上明白自己身上有着东龙帝国的血脉。他们都是我们的族人。只有这样，我们才能抓住他们的心。也只有这样，他们未来建设琴城的时候，才会心甘情愿地使出全力。"

"对，这确实非常重要，只有让他们真正承认东龙帝国，让他们认可自己是东龙帝国人，我们东龙帝国才能建设起来。现在我终于明白你为什么不要那六座城市，而要这些人了。"

未明眼中满是激动之色，多少年的期盼啊！现在终于有机会实现愿望了，作为东龙八宗首席太上长老，他又怎么可能不兴奋呢？

叶音竹微微一笑，道："这方面就要辛苦太上长老了。您来负责教化他们时的人手分配和教化方法的制定。这就是我要请您和各位长辈完成的第一个任务。"

未明突然单膝跪地，道："谨遵摄政王令，臣定不负所托。"

叶音竹赶忙道："太上长老快快请起。还有一个任务，也是最重要的一个任务也要麻烦您。"

听到叶音竹和未明的对话，其他各宗宗主的脸色都已经缓和下来，和未明一样，他们仿佛已经看到了东龙帝国崛起的那天，对于叶音竹的高瞻远瞩，不禁暗暗敬佩起来。

"摄政王，请吩咐。"未明还是十分注重礼仪。

叶音竹道："我要将练兵的事情交给您。"

未明一愣，紧接着再次激动起来，问道："摄政王要将兵权交给我？摄政王不把兵权掌握在自己手中吗？"

叶音竹失笑道："您是我的长辈，族中的长辈很多都是我的亲人，我们血脉相通，难道我连自己的族人都信不过吗？我要交给您的是所有人类战士的兵权，琴城四大异族的战士不算在内。

"我要再次声明一点，不论是教化新民还是训练新兵，我们都不能影响到琴城四大异族的生活，并且要在他们建设琴城的时候给予全力支持。他们本身也是我们琴城的一分子。"

未明看到叶音竹眼中闪动着睿智的光芒，其实这位太上长老内心深处对于琴城四大异族始终不太认可，毕竟，那种"非我族类，其心必异"的思想早已深入他的骨子之中，但此时叶音竹强调这一点，令他大为赞同。

叶音竹说得对，不论怎么说，叶音竹都是东龙帝国的一员，身上流淌着东龙帝国的血脉。这些异族既然愿意帮助他们建设琴城，也就是帮助他们建设东龙帝国的地盘，他们有什么理由不全力支持呢？

未明点了点头，道："摄政王请放心，我们一定全力支持兄弟各族建设琴城。我们与各族是平等的关系。"

叶音竹微微一笑，道："这样我就放心了。我们东龙帝国的武技天下无双，新的居民来到琴城之后，请安雅姐姐挑出各方面的人才，工匠就派去矮人族，年老和年幼的人以及妇女尽可能从事生产。

"由未明太上长老和各位长辈在青壮年中挑出适合参加军队的人进行统一训练。同时，在练兵的过程中，我希望各位长辈不要敝帚自珍，也请你们将我们东龙帝国的武技传授给精灵族和矮人族的伙伴，以增强琴城的实力。十年后抵御法蓝是我们共同的目标。"

听到叶音竹要将东龙帝国的武技传授给自己的族人，安雅、鲁特滋和鲁西诺眼睛顿时一亮。他们亲眼看到过东龙帝国武技的强大之处，当然知道学习东龙帝国的武技对于己方有多大的好处。

未明皱了皱眉，脸上露出几分为难之色，就连周围的各宗宗主神色也都变得不自然了。正在这时，未明耳边响起一丝若有若无的声音："长老不必为难，这个问题很好解决。我既然提出了，自然不会让您为难。我们把武技传授给矮人族和精灵族并没有什么问题。他们毕竟不是人类，不可能完全学会我们的武技。

"难道您和各位宗主就不能在传授的过程中将我们最精华的武技保留下来吗？我想，对于精灵族和矮人族来说，只要学到我们的一部分武技，实力就会有不小的提升了。现在我们处于同一战线，这是让琴城四大异族更好地接受我们的方法。相互融合是极其重要的，只有这样，琴城各族才能真正融合在一起，才会拥有更强的凝聚力。"

未明抬头看向叶音竹，只见叶音竹朝自己轻轻地点了点头，刚才这番话正是叶音竹秘密传音给未明的。

一丝微笑出现在未明嘴角，同时他也在心中暗暗叹息："看来上天还是眷顾我们的，音竹确实比自己深谋远虑得多。"

未明当机立断，沉声道："好，我就答应摄政王，将我们武技四宗特有的武技同时传授给矮人族和精灵族，正所谓有教无类，更何况我们都是琴城的人，是最亲密的战友。"

"太上长老！"

兰宗和梅宗两位宗主以及另外两位太上长老同时开口，想要阻止未明。

第一百六十五章
强大的德鲁伊

未明抬起手,阻止他们继续说下去。

"这件事情我已经决定了,不容更改,回去后我再向你们解释。"

无奈之下,兰宗和梅宗两位宗主以及另外两位太上长老只得退后,这件事就这么定了下来。

叶音竹见未明如此配合自己,不由得松了一口气,他说得没错,想让双方彼此认可,最重要的一点就是相互融合,只有互相帮助,他们才能结下真正的兄弟民族情谊。

"至于练兵的数量,太上长老有什么建议吗?琴城原本有一支不到五千人的人类军队,也交给太上长老统一训练。"叶音竹向未明询问道。

未明想了想,道:"兵贵精而不在多。既然我们有武技四宗,那就练四个军团。每一个军团都以四宗之名命名。基层武将由我们东龙帝国的战士来担任。他们想要晋升的话,只能靠实力,不能靠关系。同时,进入基层之后,他们会统一传授武技给新兵。我想,刚开始的时候每个军团收入一万人,加上我们自己的一万人,一共是五万人。将我们自己的一万人平均分配到四个军团中,一个军团会有一万二千到一万三千人,这样,一名东龙帝国战士只需要教导几名新兵。我想,这并不困难,也不会给琴城带来太大的负担。"

叶音竹缓缓点了点头,道:"我想长老说的这四个军团的战士都是步兵吧。"

未明颔首道:"是的,从我们多年的经验来看,只有步兵才能真正发挥出我们的武技水平,而且,步兵是最为灵活的兵种。我们东龙帝国的战士凭借斗气,在短时间内,速度一点也不比骑兵差。

"我们东龙帝国的战士还有特殊的合击技能,可以将五百人以内的同源力量融合在一起发动强力攻击。所以,我们的武技四宗一直以来训练战士都是以步兵为主。

"我们主要训练一种特殊的轻甲步兵。但我们对轻甲和武器的要求非常高,轻甲必须是软甲,不仅要防御力强,还要轻,尽可能地减少战士的负担。武器一直是我们最大的问题,想要铸造一柄好剑并不是容易的事,当然,现在有矮人族的朋友的帮助,这显然已经不是问题了。"

叶音竹点了点头,道:"多谢太上长老指点。既然如此,就依太上长老的意思吧。不过一万人我觉得少了一点。不如每一个军团多收两千五百人,这样梅、兰、竹、菊四军总共六万人,每个军团都是一万五千人。

"光有步兵显然是不够的,我们还需要一个骑兵军团和一个远程攻击军团。我对这两个军团已经有了一些设想,等到死神三百赶来之后,这两个军团就分别由叶鸿雁和佩贾负责训练。骑兵就以轻骑兵为主,至于骑兵的坐骑,我打算向米兰帝国购买埃里克敏龙,骑兵的数量暂时定为一万人吧,佩贾训练的弓箭手也暂时定为一万人。这样,当这批新兵训练结束,我们琴城就会拥有八万士兵。"

在叶音竹看来,骑兵速度快,耐力强,持续作战能力高,可以南北转战,攻敌的时候十分有用,但他也考虑到,骑兵对物资的消耗无疑是巨大的。整个米兰帝国也才有一个埃里克敏龙轻骑兵军团而已。叶音竹需要仔细研究坐骑的问题。

　　骑兵虽然消耗大，但是战斗力强，因此不能没有骑兵，只是叶音竹还没想好到底怎么发展骑兵，一切都要从坐骑和装备出发。

　　琴城现在拥有的财富是远远不够的。练兵刻不容缓，装备一时半会儿却还不太着急，琴城必须有弓箭手。魔法师虽然好，但数量少，而且如果魔法师没有达到蓝级，其攻击范围还不如弓箭手的攻击范围大。

　　叶音竹准备让佩贾培养的这支远程攻击军队，不仅要有弓箭手，还要有弩手。佩贾当初在波利王国就训练过神射手，因此由他来负责训练这支军队完全没有任何问题。

　　未明点了点头，问道："那我们如何进行人员配置？军队的编制怎样计算？还有就是魔法四宗的魔法师们如何安排？"

　　未明明显轻松了很多，把一连串的问题都抛给了叶音竹。他觉得叶音竹当摄政王也很不错，至少自己能够轻松很多，可以少动很多脑筋，叶音竹考虑得比自己全面得多。

　　叶音竹道："魔法师单成一军，现在琴、棋、书、画四宗的魔法师有四百多人，但成立魔法军团之后，我要求达到了黄级四阶的魔法师才可以加入军团之中，没有达到黄级四阶的人继续修炼。"

　　东龙八宗的黄级可不是彩虹等级的黄级，这个黄级四阶代表的是彩虹等级中的青级初阶啊！叶音竹相当于把魔法军团的准入等级限制在了初级魔导士这一水准。

　　未明道："这个简单，各宗宗主不算在内，魔法四宗中达到黄级四阶以上的魔法师一共七十六人，就由他们组成琴城的第一支魔法队伍吧。"

　　七十六人确实少了点，但在大陆上，魔法师本来就少，更何况是达到了彩虹等级青级的魔法师，跟阿卡迪亚王国相比，琴城拥有七十多名青级以上的魔法师已经很不错了。毕竟，就算是米兰帝国，紫级魔法师的数量也不超过十人。而在琴城,至少魔法四宗宗主和叶音竹都达到了紫级。

"至于军队的编制,我们就以简单为主,直接按照米兰帝国的基础编制进行吧。十人为一小队,百人为一中队,五百人为一大队,一千五百人为一联队。梅、兰、竹、菊四军,各由十个联队组成,每个联队的名称以本军名称排序。

"比如竹宗的十个联队就分别是竹军第一联队、第二联队,以此类推。竹军这个名字不太好,不如这样吧,我们以武技四宗的专属武技命名这四个军团,分别是寒梅军团、君兰军团、傲竹军团和冥菊军团。骑兵和弓箭手以两个大队为一联队,两个军团分别由十个联队组成。"

未明将叶音竹所说的仔细地记下来,在军事方面,未明并不是行家,毕竟东龙八宗一直以来注重的都是武技修炼。

说完这些,叶音竹突然发现,管理琴城比面对强敌还要辛苦,还好昨晚想得还算周全。目前来看,只能先这样,今后再逐步完善琴城的体制。

正在这时,安雅突然道:"音竹,你将未来的人类军团规划得很好,那我们精灵族的战士呢?你准备让他们直接加入人类军队之中还是独立成军?"

叶音竹愣了一下,道:"比蒙巨兽、精灵、矮人都是我的伙伴,并不是我的下属。我想,你们就不用加入琴城的战斗序列了吧?"

安雅皱眉道:"这怎么行?你刚才也说了,我们也是琴城的一分子,怎么能不为琴城的未来出力呢?这次米兰帝国派来的三十万大军,可以说是你一个人阻挡下来的,如果我们不能让琴城的未来变得更好,我们又怎么算是琴城的伙伴?至少,我们精灵族的战士一定要加入琴城大军之中,你可以统一调遣。"

鲁特滋道:"安雅小姐说得没错,我们矮人族的战士也愿意和琴城战士共同作战。"

叶音竹微笑着道:"那真是太好了,恭敬不如从命。鲁特滋族长,你们矮人族最擅长的并不是战斗，而是铸造。我看你们还是以铸造为主，除非琴城到了生死存亡的关头，否则矮人族不需要参战。至于比蒙族，现在琴城大概有一百个比蒙巨兽，它们会成为琴城的比蒙重装军团。而精灵族，不知道安雅姐姐能调遣多少战士加入军队？"

安雅想了想，道："我必须留下足够的人手帮我打理琴城事务。以后我会从人类中挑选更多的人才，让他们参与管理琴城。至于军队，我想，我可以提供一个特殊军团加入琴城的战斗序列之中。"

听安雅这么一说，叶音竹吃了一惊，问道："精灵族哪有那么多战士啊？"

安雅微微一笑，道："这一万人的特殊军团也是我最近才组成的，以后我就把他们交给你了。可惜，今后我恐怕很难再找到这么多精灵战士了。音竹，等这次会议结束，我还有一个惊喜给你。"

叶音竹虽然心中惊讶，但也知道现在不是问的时候，于是他开口道："那就这么定了。琴城的建设就要靠大家了，十年，我们只有十年的时间。"

众人自然明白叶音竹说的十年是什么意思，神色都变得凝重起来。十年后，他们将要面对龙崎努斯大陆上最强大的势力——法蓝。

叶音竹的目光转向紫，紫也正好在看着他，两人默契地点了一下头。

"好了，今天的会议就到这里。明天我会暂时离开琴城，争取在十天之内赶回来。在我回来之前，未明太上长老，麻烦您从武技四宗中挑选出五百名精锐，等我回来后交给我。鲁西诺长老，麻烦您尽可能地铸造出更多的地精撕裂者。上次我请您铸造的铠甲和武器应该完成了吧？"

鲁西诺点了点头，道："已经完成了，你随时可以拿去使用。"

叶音竹道："那太好了，现在散会吧。安雅姐姐、苏拉、紫、明，麻烦你们留一下。"

散会后，各宗宗主在未明的带领下离开了，其他人也分别离去。大厅内只剩下叶音竹、苏拉、安雅、紫和明。

叶音竹看着安雅笑了笑，道："安雅姐姐，现在你可以告诉我惊喜是什么了吧？"

安雅微微一笑，道："当然可以。音竹，首先请你原谅我对你的隐瞒。本来你回到琴城以后我就想告诉你了，但后来发生了很多事，东龙八宗的到来，米兰帝国大军的围剿，令我不得不有所保留，我必须为族人的未来着想。"

叶音竹颔首道："安雅姐姐，我能理解你。你认为我会因为这个事生气吗？"

安雅笑道："我们精灵族所能提供的战士并不都是精灵，你们随我来吧。我带你们去看看。"

当下，在安雅的带领下，一行五人离开领主府，朝精灵族居住的那座山而去。

安雅为精灵族选择的居住地山势平缓，当叶音竹四人跟随安雅靠近这座大山时，不禁都有些吃惊，因为他们看到这座山上的植物一点也没有变黄。

要知道，现在已经是冬季，布伦纳山脉又地处龙崎努斯大陆北方，靠近极北荒原，其他山上的树木的叶子早就落了，这里的树木的叶子却没有落，整座山上都郁郁葱葱的。

安雅一边走，一边道："还记得我们精灵族的生命古树吗？生命古树是我们精灵族的根本。它进化成远古之树以后，会给我的族人提供了很多生命能量。

"正因为远古之树在这里，所以我们精灵族的领地才能保持四季如春的景象。我选择这座山为精灵族新的家园并不是因为这里山势平缓，而是因为这里的树木的树龄最长。我还特意从其他山中找了一些树龄超过千年的古树，用我们精灵族的秘法，将那些古树挪了过来。我们才用了半年时间，就将这里建设得有模有样了。"

叶音竹他们很快就进入了山中，出现在他们面前的是一棵棵参天古树。这些古树上都建有精灵居住的树屋。山中的空气比外界的空气清新得多，一行人深吸了几口气，只觉得心情都变舒畅了，满眼的绿色植物让他们几乎忘记了现在是冬天。

"见过陛下。"

十多名精灵从树上跳下来，围在安雅身边，恭敬地说道。

安雅道："去请几位长老过来。"

"是。"

叶音竹道："安雅姐姐，你终于成为新任精灵女王了吗？"

安雅轻叹一声，道："是的，因为我本身就有精灵王室的血脉，又让远古之树重新释放出生命能量，让精灵族有了新的家园，所以我得到了族人的认可，现在来这里定居的族人已经奉我为王。音竹，你应该明白，这并不是一件值得高兴的事，我肩头的责任同样重大。不论什么时候，我都必须先为我的族人着想。"

一旁的紫神情变得冷峻了几分，叶音竹知道他在想什么，遂拍了拍他的肩膀，道："她总有一天会出现的，别担心。"

紫看看安雅，轻叹一声，道："等一切结束之后，如果她还没有出现，不论她身在何方，我都会去找她。"

看到安雅成了新任精灵女王，紫自然而然就想到了安雅的亲姐姐安琪。紫晶比蒙其实并不容易喜欢上一个人，可一旦喜欢了就不会改变。

安雅带着众人来到一棵树面前，除远古之树外，就数这棵树最粗，树上有一间树屋，树屋的面积足有上百平方米，就算几十个人站在里面也不会觉得拥挤。

精灵为他们送上了特有的百草酿饮料。

安雅向叶音竹道："音竹，在你看来，我们精灵族的兵种都有哪些？"

叶音竹道:"应该是精灵魔法师、精灵弓箭手和精灵战士吧。其中又以精灵战士数量最多,精灵魔法师最少,对吗?"

安雅点了点头,道:"可以这么说。其实精灵弓箭手和精灵战士可以算是一体的。因为我们精灵族的战士都是出色的射手。可惜,精灵魔法师实在太少了。我们精灵一族现在只有十二名精灵女祭司,她们的魔法实力都达到了青级,如果在树林中战斗,精灵女祭司甚至比大魔导师还厉害。普通的精灵魔法师现在也才百人,我实在无法将他们调配给你,因为我需要他们来建设琴城。种植也好,开发也好,都需要他们的精灵魔法的帮助。"

叶音竹点了点头,道:"这我能理解。这次对佛罗王国的行动我不打算麻烦精灵族了。"

安雅微微一笑,道:"不,我不是这个意思。坦白说,我一直为这次六道之决没帮上你什么忙而感到遗憾。我的顾虑实在太多了。可是,你凭借一己之力保住了琴城,也保住了我们精灵族的家园。从现在开始,精灵族会帮助你。除了有精灵战士、精灵魔法师和普通精灵以外,我们精灵族还有守护者。这你可能从未听说过。"

叶音竹一愣,守护者?真是闻所未闻。

一旁的紫仿佛想到了什么,惊讶地道:"安雅,难道你说的是德鲁伊?"

安雅微微一笑,道:"姐夫不愧是紫晶比蒙,连这都知道。不错,我说的就是我们精灵的守护者——德鲁伊。在远古之树气息的感召下,音竹回到琴城之前,德鲁伊也陆续迁移到了这片精灵森林之中。所以我今天才会向音竹说,我们精灵族可以提供一个特殊军团。"

德鲁伊?

叶音竹感觉这个名字有些熟悉,他想起自己在书上看过关于德鲁伊的介绍,德鲁伊好像是一种亲近大自然的族类,介乎于人与精灵之间,还保存着一些动物的特性。书上并没有详细说明,只是说德鲁伊是一个强大的族类,依靠精灵族的自然之力生存,并永远守护精灵族。

安雅道:"德鲁伊是我们精灵族最好的伙伴,我们的远古之树可以提供给德鲁伊巨大的自然之力,供德鲁伊生存、修炼。而受到远古之树气息影响的几种特殊古树是德鲁伊最喜欢的地方。德鲁伊的种类有很多,但每一种都有着特殊的能力。你们马上要看到的就是德鲁伊一族的几位长老,也称为大德鲁伊。"

说话间,树屋的门被推开,从外面走进来四个生物。当然,那四个生物看上去并不是纯粹的人,因为那四个生物的样貌非常奇特。

最先走进来的是一名身高两米多的壮汉,壮汉的肌肉极为结实,一头棕色的短发如同钢针一般竖立在头上,双臂上有一层棕色毛发。壮汉看上去就像有用不完的力量一样。

跟在壮汉身后的一人和壮汉形成了鲜明的对比,那人个子很矮,只比矮人略高一点,长得像人类,看上去五六十岁,手中拿着一根长长的木杖,走来路来有些摇晃。

前两个生物外表还像人类,后面两个生物就完全不像人类了。第三个走进来的生物上半身和人类很像,上半身肌肉同样发达,只是没有第一个走进来的壮汉的肌肉夸张,一头绿色的长发披在身后。下半身有四条腿,像极了传说中的半人马。但叶音竹可以肯定,这不是半人马,因为它头顶上还长着两个有分叉的角,而且它的皮肤是淡绿色的。

最后一个进来的生物是一只超过一米五高的大鸟,大鸟收拢了双翼,一双锐利的红色眼睛寒光四射,身上的羽毛是深蓝色的,头顶上有七根彩色的羽毛,喙有一尺多长,像短剑一般。

看到走进来的四个生物,尤其是最后面的那只怪鸟,不知道为什么,叶音竹心中生出一种极为熟悉的感觉。

安雅站起身,对着那四个生物微笑着道:"来,我给你们介绍一下。四位族长,这位就是我跟你们说过的,凭借六道之决逼退米兰帝国三十万大军的琴城领主叶音竹。这三位分别是他的朋友苏拉,兽人族四大神兽中的紫晶比蒙紫帝大人和山岭巨人明帝大人。"

四位族长微微地向叶音竹四人躬身行礼,并没有多说什么。安雅似乎已经习惯了他们这样,不好意思地向叶音竹四人道:"族长们虽然很少开口,但绝对是我们精灵族最好的伙伴。精灵族与德鲁伊一族之间的联系甚至比矮人族与地精部落之间的联系还紧密。"

说着安雅走到第一个走进树屋的德鲁伊面前,向叶音竹四人道:"这位就是第一长老,也是利爪德鲁伊一族的族长哈维。"

叶音竹向哈维点了点头,道:"您好。"

哈维表情严肃地向叶音竹点了一下头,算是打过招呼了。

安雅开始按照四位族长进来的顺序介绍:"这位是第二长老,也是猛禽德鲁伊一族的族长恩里。这位是第三长老,也是树妖德鲁伊一族的族长妖木,最后一位是第四长老,也是角鹰德鲁伊一族的族长哈根达斯。"

别说叶音竹,就连紫和明也是第一次见到这四种德鲁伊。

安雅看出三人有些疑惑,于是笑着道:"这四位代表的是德鲁伊一族最强大的力量。利爪德鲁伊,可以变身成巨熊进行战斗,利爪德鲁伊的力量远远超过熊人的力量。利爪德鲁伊不仅是强大的战士,同时是强大的魔法师。

"利爪德鲁伊拥有两个天赋魔法:一个名为咆哮,在它们的咆哮声作用下,一定时间内,己方战士的战斗力会增强,就像你的琴魔法的增幅作用一样;另一个魔法名为返老还童,是一个单体魔法,施展返老还童后,己方战士的伤势可以在短时间内得到治愈。当然,利爪德鲁伊在人形的时候才能施展魔法,变成巨熊战士之后,就只能进行物理攻击了。"

德鲁伊对叶音竹来说确实陌生,可以变身成熊,而且还拥有魔法实力,叶音竹有些理解为什么安雅在提到德鲁伊的时候那么自豪了。

叶音竹有些好奇地问道："那另外几位长老的能力又是什么呢？"

安雅道："猛禽德鲁伊可以变身成大鸟在天空中自由翱翔，是最好的侦察兵，而且猛禽德鲁伊本身极为亲近大自然，在自然环境中，相当于紫级的高手，可以将大自然的风变成龙卷风，借此攻击敌人。

"猛禽德鲁伊的弱点在于自身防御力较弱，虽然龙卷风的攻击力并不强，但龙卷风与普通风系魔法不同，不会受任何魔法的影响，也就是说，一旦龙卷风被释放出去，那么，不管敌人是多么强大的魔法师都会中招，暂时失去攻击能力。"

和利爪德鲁伊相比，猛禽德鲁伊似乎弱了一些，但叶音竹更看重猛禽德鲁伊的侦察能力。有了猛禽德鲁伊在，他就不需要再去训练一支侦察部队了。

安雅继续道："树妖德鲁伊是德鲁伊一族中最好的远程攻击手。普通弓箭手的射程在五百步到七百步之间，我们精灵族的弓箭手的射程在八百步左右。树妖德鲁伊并不是弓箭手，而是掷矛手。它们不需要补给，因为它们身上每天都会生出十根特殊的木质投枪，也就是掷矛，它们的攻击范围可以达到六百步，命中率极高，是其他投掷部队无法相比的。而且它们一旦命中敌人，它们掷出去的矛就会在敌人体内产生类似于暗魔系魔法的效果，令对手行动迟缓，无法逃脱。

"角鹰德鲁伊是空中的强者，它们虽然没有巨龙那样强大的攻击力，也不会魔法，但它们的速度比巨龙快，并且有一定的攻击力，总体来说，它们的力量绝不会比当初你在琴城用琴魔法干掉的鹰隼龙的力量弱。骑着角鹰德鲁伊的骑兵绝对是大陆上速度最快的空军。"

角鹰？

叶音竹感觉豁然开朗，他终于明白为什么自己看到四位族长之后会感到如此熟悉了。当初，在七国七龙排位战的巨木领域之中遇到的那些魔兽，不正是利爪德鲁伊和角鹰德鲁伊吗？好像也有猛禽德鲁伊在，只不过猛禽德鲁伊的攻击力并不强，所以没有引起自己的注意，原来那巨木领域就是类似于精灵森林的存在。

通过安雅的介绍，叶音竹对德鲁伊有了初步的认识。从战斗力来说，利爪德鲁伊无疑是最强的，猛禽德鲁伊似乎最弱，但考虑到猛禽德鲁伊的侦察能力，以及不受魔法防御影响的龙卷风，如果应用得当，猛禽德鲁伊应该是一支很实用的队伍。

树妖德鲁伊就不用说了，这么厉害还不需要补给的远程攻击手，在叶音竹看来一点也不比利爪德鲁伊弱。

至于最后的角鹰德鲁伊，叶音竹只需要想想马尔蒂尼失去鹰隼龙之后有多心痛，就知道由角鹰德鲁伊组成的空军有多珍贵了。速度最快的空军，能够做的事绝对不少。

"四位族长先请回吧，以后还要请你们多多帮助。"安雅客气地向四位族长说道。

为首的利爪德鲁伊族长哈维向安雅点了点头，道："女王陛下不必客气，我们本就是精灵族的守护者，我们都期待着精灵族的崛起，更期待着远古之树早日进化成永恒之树。我们先告辞了。"

四位族长相继离开。

听了哈维族长的话，叶音竹明白精灵族并不只是德鲁伊的伙伴，同时也是德鲁伊的领导者。也就是说，精灵族拥有调遣德鲁伊战士的能力。

看到叶音竹两眼放光的样子，安雅不禁扑哧一笑，道："音竹，这算不算是一个惊喜呢？"

"算，当然算了。安雅姐姐，不知道德鲁伊有多少名战士？"

安雅道："利爪德鲁伊大约有五百名战士，配合利爪德鲁伊的最佳伙伴是树妖德鲁伊，树妖德鲁伊的数量比较多，大约有两千名战士。猛禽德鲁伊的数量介于利爪德鲁伊和树妖德鲁伊之间，有一千名战士。千万不要小看猛禽德鲁伊，能够排在树妖德鲁伊之前，猛禽德鲁伊自然有强大的力量。简单地说，就算是紫级强者，面对猛禽德鲁伊，也会觉得很无奈，因为猛禽德鲁伊的龙卷风实在是太厉害了。角鹰德鲁伊的数量最多，大约有三千。

"我这里有六千五百名德鲁伊，再加上一些精灵战士，一共一万人，今后我就把他们都交给你了，你自己看着安排吧。

"这次你不是要去攻击佛罗王国吗？带一部分德鲁伊过去吧。只有经过磨炼，德鲁伊才会成长。你要记住一点，德鲁伊和我们精灵一样，是爱好和平的族类，尤其是利爪德鲁伊和猛禽德鲁伊，它们最不喜欢杀人，角鹰德鲁伊倒没那么敏感。"

第一百六十六章
诉说心事

叶音竹点了点头,道:"这真是太好了,有了这些德鲁伊的帮助,琴城未来会发展得更好。"

安雅道:"其实,这四种德鲁伊并不算是我们精灵族的终极守护者。等远古之树进化成永恒之树,我们精灵族的两大终极守护者就会被永恒之树的气息吸引来。"

一旁的明道:"精灵族的终极守护者,安雅小姐,你指的应该是精灵龙和双头奇美拉吧?"

安雅颔首道:"正是。精灵龙本身的攻击力不强,魔法实力也很一般,更没有龙族那样强大的肉搏能力。但是,精灵龙之所以被称为龙族杀手,就是因为它那不受任何限制的禁魔领域。在精灵龙的禁魔领域内,任何魔法都将无法施展出来,尤其是龙族,龙族一旦进入精灵龙的禁魔领域,不仅施展不了魔法,而且会变得很虚弱。

"精灵龙又称为魔法师杀手。魔法师遇到精灵龙,只能等死。可惜,精灵龙的防御力太弱了,必须配合其他族类的战士才能发挥出最大威力。就算是精灵女王也无法指挥精灵龙战斗,精灵龙只接受猛禽德鲁伊的命令。"

叶音竹看着安雅，觉得很吃惊。原本他以为精灵族、矮人族和地精部落差不多，只是各自的能力不同而已，但今天出现的这些德鲁伊来看，恐怕精灵族的真正实力远在其他两族之上，难怪当初安琪一定要得到生命之种。只有得到生命之种，安琪才能得到德鲁伊的支持。

安雅道："可惜，精灵龙的数量很少，就算远古之树进化成永恒之树，召唤来的精灵龙也不会太多。

"在我看来，作用更大的反倒是双头奇美拉。就像猛禽德鲁伊和精灵龙是亲密伙伴一样，双头奇美拉与角鹰德鲁伊是亲密伙伴。其实可以将双头奇美拉理解成双头龙，它们的战斗力足以和八阶巨龙的战斗力相比。虽然双头奇美拉不会魔法，但它们的双头可以发出雷电之力，在战场上的攻击力极其惊人。

"如果我们琴城的空军是由一百只双头奇美拉和角鹰德鲁伊组成的，那么，我敢说，除非是七龙城的龙都来了，否则我们琴城的空军就是无敌的存在。

"双头奇美拉受到大自然的眷顾，根本不惧怕任何威压。就算是神圣巨龙，在面对大量的双头奇美拉的时候，也会选择放弃。"

永恒之树，又是永恒之树。

"安雅姐姐，那远古之树究竟什么时候才能进化成永恒之树呢？"

安雅轻叹一声，道："坦白说，我也不知道。生命古树积累了多年的能量，才进化成现在的远古之树。想让远古之树进化成永恒之树显然更为困难。坦白告诉你吧，我们精灵族已经有上千年没有出现过永恒之树了。

"永恒之树需要生命之水的浇灌才能持续生长，但我现在根本就不知道生命之水在什么地方。给永恒之树浇一次生命之水只能维持一个月，也就是说一个月后，如果没有接着给永恒之树浇生命之水，永恒之树就会退化成远古之树。"

叶音竹皱眉道:"难道就没有解决方法吗?"

安雅道:"有是有,但那实在太困难了。除非将生命之水的源泉中的生命之石放到远古之树内部。远古之树会不断吸收生命之石的能量,然后再释放出来,跟生命之石形成一个循环,这样就不会退化。只是,我现在连生命之水都找不到,更别提拿到生命之石了。就算找到了生命之水,想拿到生命之石也非常难。"

叶音竹心中一动,道:"我听说凡是宝物都会有强大的魔兽守护着,难道这生命之水也是吗?"

安雅点了点头,道:"是的。生命之水是以生命之石为核心的一种泉水,龙崎努斯大陆上只有一个生命之泉。

"奇怪的是,这生命之泉似乎随时都在移动,根本没有人能掌握它的准确位置。我的先祖也只是在千年前见过生命之泉,从中取到一点生命之水让远古之树暂时进化成永恒之树而已。后来再去寻找生命之泉的时候,它已经消失了。生命之泉有自己的守护者。那是一种被称为龙神的强大生物,绝对不是我们所能对抗的。"

听到"龙神"二字,紫和明的脸色都变得极为难看,眼中也满是骇然之色。

"龙神?难道比神圣巨龙还要强大吗?"叶音竹问道。

安雅道:"根据我们先祖的记载来看,神圣巨龙在龙神面前,就是只蝼蚁而已。龙神是我们这个大陆上最强大的存在。只不过它永远都不会离开生命之泉,也不会主动攻击任何生物。

"生命之泉是真正的宝物。传说中,就算是人死了,只要灵魂还在,三滴生命之水就可以令其死而复生。这样的宝物又岂是常人所能得到的呢?更不用说生命之石了。

"现在我只希望能够得到哪怕一滴生命之水,让远古之树进化成永恒之树,这也是历代精灵王最大的心愿。至少在那一个月的时间内,我们能够召唤出精灵龙和双头奇美拉,哪怕数量少,也能大大增强我们琴城的力量。"

听了安雅的话,叶音竹陷入了思考之中。十阶的神圣巨龙在龙神面前都是蝼蚁,那么龙神会强大到什么地步?

难道龙神是能够超越次神级,神一般的存在吗?如果是那样的话,龙神完全可以与自己的先祖神龙王媲美了。

安雅深吸一口气,将自己的心神拉了回来。

"好了,先别想这么多了。音竹,说说你的计划吧。你明天要带姐夫和明出去干什么?"

叶音竹道:"我要先去一次极北荒原的冰森,给我的死神三百寻找坐骑。"

安雅一愣,问道:"这么说,你已经有目标了?"

叶音竹点了点头,道:"有紫和明在,我相信此行不会有什么危险。死神三百是我的得力帮手,经过磨炼之后,他们的战斗力甚至在东龙八宗战士的战斗力之上,现在,他们只是缺少真正强大的坐骑。

"此次前往佛罗王国,必定会遇到危险,没有足够的力量怎么行?安雅姐姐,你就调给我两百名利爪德鲁伊战士,三百名猛禽德鲁伊战士,五百名树妖德鲁伊战士和一千名角鹰德鲁伊战士吧。

"再加上紫的比蒙军团,和我手中的死神三百以及五百名东龙帝国战士。人数虽然不多,但力量强大。有一千名角鹰德鲁伊战士,我们随时可以南北转战,在敌人最薄弱的地方给他们狠狠的一击。"

安雅赞许道:"我赞成你这种想法,这样既可以尽可能地减少我们的损伤,也可以更有效地打击敌人。这样吧,你把精灵女祭司也带去。只要在森林里面作战,她们必定会给你很大的帮助。这样一支队伍,虽然无法正面与佛罗王国大军对抗,但也绝对会弄得他们头痛不已。"

叶音竹嘴角处露出一丝淡淡的笑容，报仇的时刻就要来临了。生命之水，你又在什么地方呢？

当安雅说三滴生命之水就可以复活灵魂还在的人时，叶音竹立马就想到了死去的那四十三名魔法师。他们的灵魂还在大圣遗音琴之中。如果能够找到生命之水的话，自己就有机会将他们复活。可惜，普通战士的灵魂太弱小了，当初死去的一些战士已经没有复活的希望了。

叶音竹现在对琴城更有信心了，回到领主府后，他又和未明商议了一下，除了这次带走的一千名角鹰德鲁伊战士以外，他让未明先挑选出数千名东龙帝国战士与精灵族的德鲁伊一起训练。

德鲁伊四大族类中，角鹰德鲁伊是可以骑乘的，利爪德鲁伊化身成巨熊后也可以骑乘。这算是解决了一部分骑兵的坐骑问题。这些特种骑兵就是他的王牌。

忙的时候，时间总是过得很快，当夜幕降临，叶音竹终于可以在领主府内休息了，他感觉很疲惫，恨不得立马开始修炼。

一股淡淡的香气从外面传来，叶音竹吸了吸鼻子，喊道："苏拉，快来，我要饿死了。"

苏拉拿着一个托盘走进来，将托盘放到叶音竹身边，道："你是饿死鬼投胎吗？总是这么着急。"

叶音竹呵呵一笑，道："你当我是饿死鬼投胎的也没什么。我现在还在长身体啊！不多吃点怎么行？"

苏拉一愣，呆呆地看着叶音竹，突然想起叶音竹今年才十八岁，但是，他身上已经背负了太多太多的东西。虽然叶音竹跟苏拉初见他时没多大变化，但是苏拉知道，他已经变了很多，现在的他是琴城领主，带领各族强者，逼退了米兰帝国三十万大军。实际上，现在的他很疲倦。虽然他的眼睛依旧清澈，但在那清澈中多了几分沧桑。

磨难能让人更快地成长，但苏拉想，叶音竹承受的磨难是不是太多了？

想到这些，苏拉就有些心痛，他甚至希望自己能够和叶音竹一起，放下一切，找一个渺无人烟的地方过无忧无虑的生活，但这显然不现实。

不论是叶音竹还是他，都有太多的东西放不下。更何况，他的生命和灵魂都已经……

"苏拉，你怎么不吃？很好吃啊！"

叶音竹的话将苏拉从思绪中拉了回来。

他勉强一笑，道："你喜欢吃就好，我不饿，你多吃一点。"

说完，他夹起一块叶音竹最喜欢的糖醋排骨放到叶音竹的碗中。

"音竹。"

这时，海洋突然从门外走了进来，正好看到苏拉给叶音竹夹排骨，那一刻她觉得自己有些眼花，因为她从苏拉眼中看到了太多的温柔。她心中升起一丝不安，于是快步走到叶音竹和苏拉面前。

"海洋，你吃饭了吗？来，一起吃吧。"叶音竹热情地招呼着海洋。

海洋摇了摇头，道："不了，你吃吧。苏拉的手艺还是那么好。我想到了一个和烟罗她们一起修炼的更好的方法，想和你商量一下。"

叶音竹一边吃着美味的饭菜，一边微笑着道："那你说吧。"

海洋深吸一口气，收起刚才心中那一丝不安，道："音竹，我们打算和新兵在一起训练。我们主要通过弹奏《培源静心曲》来提升自己的魔法力。这样一来，我们的乐曲也能使战士有更好的训练效果。"

叶音竹眼睛一亮，连忙赞同道："这真是个好主意，这样战士们能更快地适应神音系魔法，以后配合起来也更好。不错，我赞成。"

海洋得到叶音竹的赞许，心中明显舒服了许多，于是伸手拉过一张椅子在叶音竹身边坐了下来。

苏拉看了海洋一眼，心中暗叹：他毕竟还是她的，自己终究只是一个过客而已。苏拉站起身,道:"你们先吃吧。我去收拾一下东西,明天好出发。"

叶音竹奇怪地道:"你有什么好收拾的?我不记得你有什么行李啊!"

苏拉有些尴尬地看了海洋一眼,没说什么,还是走了出去,叶音竹这才明白过来,苏拉似乎是不想打扰自己和海洋。

"苏拉好像有点怪。"苏拉走出去后,海洋低声向叶音竹说道。

听海洋这么说,叶音竹感觉很不解,问道:"你指什么?"

海洋摇了摇头,道:"我也说不好。只是觉得他好像跟以前不一样了。刚才我看到他看你的眼神,觉得有点奇怪,那不像看普通朋友的眼神。他似乎很关心你,甚至……"

说到这里,她停了下来,她当然相信叶音竹,她怕的是苏拉……

叶音竹立马明白了她话语中的意思,笑着用筷子在她头上轻轻地敲了一下,道:"你想什么呢?我和苏拉是好兄弟。"

海洋扑哧一笑,道:"我什么都没想,是你自己在乱想。明天你真的要亲自去吗?"

叶音竹点了点头,道:"没有人比我更熟悉死神三百,只有我知道他们需要什么样的坐骑,不亲自去一趟我不放心。"

海洋想说什么,又忍住了。她低下头,靠在叶音竹肩膀上,道:"一路小心。音竹,我……"

叶音竹似乎意识到了她要说什么,便道:"海洋,时间也不早了,你先去休息吧。我吃完饭就要修炼了,上次强行使用超神器枯木龙吟琴,使我的精神本源受了一些伤,需要一段时间才能恢复。"

海洋抬起头,看向叶音竹,叶音竹也正看着她。两人刚有眼神接触,叶音竹就立刻转移了视线,重新吃起饭来。

海洋心中暗叹:音竹,难道你真的对苏拉……

海洋不敢想下去,但心中的不安加深了几分。她抬手摘掉脸上的白色光带，然后转过了头。

当叶音竹感受到那淡淡的香气时，只觉得脸颊上微微一凉，海洋就已经像受惊的小兔子一般跑开了，她的声音传了过来："音竹，明天我不送你了，我怕我会忍不住想跟你去。"

叶音竹摸着脸上刚才被海洋亲吻的地方，心中一阵迷茫。没有人不喜欢温柔的女孩子，他也不例外。对于海洋，他始终有一种莫名的感情，他不知道那到底是怜惜或者是其他什么感情，他知道自己是在乎海洋的，但他不清楚到底有多在乎。

"对不起，海洋，我还没准备好，我还不能真正地接受你的感情。或许，我还需要一些时间让自己想清楚。"

想到这里，叶音竹感觉更加亏欠海洋了，他不明白自己为什么会这样，在感情方面，自己似乎一直在等待着什么，或者说是心里多了什么。可自己始终抓不住那种感觉。而遇到黑凤凰之后，那种感觉就变得越发强烈起来，只是和黑凤凰在一起的时间太短了，自己无法弄清楚那是什么感觉。

"苏拉？"

叶音竹抬头时，正好看到苏拉站在大厅门口。

苏拉正呆呆地看着叶音竹，脸色略微有些苍白。

"我打扰你们了吗？"苏拉轻声道。

"不，当然没有。"

叶音竹吃掉了最后几口饭菜。

苏拉走到叶音竹身边坐下来，问道："为什么不接受海洋呢？她是一个好女孩儿，我看得出来，她的心早已拴在了你的身上。"

叶音竹苦笑道："我也不知道为什么，我始终觉得还有一个更重要的人在我内心最深处。我说不出这是为什么。那个人真的是黑凤凰吗？可是，在七国七龙排位战之前，我都没见过她。"

苏拉突然抬起头，注视着叶音竹，严肃地问道："音竹，你真的喜欢我师姐吗？如果是真的的话，我想，我可以帮你。"

"啊？"叶音竹愣住了，"不，苏拉，我不知道。黑凤凰是蓝迪亚斯帝国的公主，她怎么可能和我在一起？更何况，她还是法蓝的人。她不会选择我的。我甚至不知道还能不能再见到她。"

苏拉激动地道："这些都不是问题，我只是问你，你是不是真的喜欢黑凤凰，喜欢我那位师姐？"

叶音竹低下头，他突然发现自己的心跳加快了，他道："我想，我是喜欢她的，我对她一见钟情。"

苏拉生气地道："男人总是这样，见到美女就喜欢。"

叶音竹摇了摇头，道："不，不是的。喜欢分很多种。香鸾学姐很漂亮，我对香鸾学姐的喜欢是纯粹的欣赏。安雅姐姐也很漂亮，我对安雅姐姐的喜欢是像对亲人一样的喜欢。

"而我对海洋和黑凤凰的喜欢则不一样。我只能说，海洋像水，慢慢地浸透我的心；黑凤凰像烈火，燃烧着我的一切。"

苏拉咬了咬牙，问道："音竹，如果让你在师姐和海洋之间选一个的话，你会选谁？"

叶音竹苦笑道："我不知道。或许我会选择海洋，我绝对不能伤害海洋，我会用一切力量去保护她。我不知道黑凤凰对我是什么感觉，说不定我只是单相思。"

苏拉叹息一声，不知道该说什么。她知道，叶音竹说的都是实话，也知道这是叶音竹能给的最好的回答。

如果叶音竹为了黑凤凰放弃海洋，那他就不是叶音竹了。一个男人，如果一点责任感都没有，那还是一个男人吗？

苏拉想了一会儿，开口道："音竹，师姐也喜欢你，但是你的选择是正确的，你应该选择海洋。师姐身上背负了太多东西，她无法和你在一起，她的生命和灵魂早已不属于自己。"

"什么叫生命和灵魂不属于自己？"

叶音竹愣了一下，想起了黑凤凰眼中的冰冷和偶尔流露出的伤感，突然感觉自己的心很疼。

苏拉摇了摇头，道："别问了，有些事情你还是不知道为好。"

叶音竹突然道："苏拉，替我和你师姐做媒吧。"

"你、你说什么？"苏拉吃惊地看着叶音竹，"你刚才不是还说选择海洋吗？"

叶音竹的表情很坚定，他道："唉，你骂我吧。你一定很看不起我，但是，有几句话我不得不说，黑凤凰对我真的很重要。虽然我只见过她几次，但是我放不下她。如果我试图忘记她，和海洋在一起，对海洋来说反而更不公平。遇到黑凤凰之后，我的心就分成了两半。"

叶音竹是在知道黑凤凰喜欢自己之后才做的这个决定。他从苏拉的话中感受到了黑凤凰的无奈。

叶音竹深信自己的第一感觉不会错，他真的很喜欢黑凤凰。

听到叶音竹说的这些，苏拉感到无比震惊，半晌才恢复了平静。他看着叶音竹，讽刺道："现在是两个，那你以后再遇到第三个女人的时候，会不会又喜欢上第三个女人？"

叶音竹摇了摇头："我的心已经封闭了。苏拉，你知道吗？每当我想起这方面的事情时，我就有种很特殊的感觉。我想尝试着去爱，可是，我真的没时间去爱啊！

"难道你认为，现在的我，还有精力去拈花惹草吗？今天我对你说的这些，只是我自己的一些想法，或许是我有些冲动了。现在我还年轻，海洋和黑凤凰的年纪也都不大。或许，再过些年我们之间的关系会有一些变化。现在说这些都还太早了。"

苏拉低下头，没有说话。他的心有些茫然。自己给自己做媒吗？只要能和叶音竹在一起，自己还有必要计较那么多吗？可是，自己根本就没有机会啊！音竹，音竹，你可知道我比你痛苦十倍吗？

叶音竹回到自己的房间中修炼，苏拉就住在他隔壁，或许是因为两人曾为室友，叶音竹一直十分信任苏拉。

叶音竹盘膝坐在自己的床上，嘴角露出一丝苦笑，心中一直在想：今天这是怎么了，竟然说了那么多奇怪的话，这是不是太可笑了？在感情方面，每个人都是自私的，自己又能如何选择？算了，不想了，现在想这些有什么意义？或许，等自己再见到黑凤凰的时候，这些问题就会迎刃而解吧。

叶音竹不知道的是，下一次他见到黑凤凰的时候，这些问题变得更加复杂和混乱了。

清晨，紫和明来到领主府后，叶音竹没有通知任何人，立刻启动了当初刻画在这里的传送魔法阵。

淡淡的紫色光芒悬在领主府大厅半空之中，将叶音竹、苏拉、紫和明四人笼罩在内。叶音竹自从达到了紫微琴心二阶之后，使用传送魔法阵同时进行多人传送就一点也不觉得吃力了。紫色光芒闪烁，下一刻，他们消失在领主府内。

"杀！"

西多夫长剑一挥，米兰帝国大军就快速地朝蓝迪亚斯帝国大军扑去。

或许是因为双方积怨太深，战争一开始就已经白热化。随着米兰帝国和蓝迪亚斯帝国开战，龙崎努斯大陆上的每一个国家都加入了战争之中，就连阿卡迪亚王国也在蓝迪亚斯帝国的要求下派出了自己的军队，加入到了蓝迪亚斯帝国的阵营之中。

谁都知道，这场战争会是一场消耗战，持续的时间不会短。除了龙骑将以外，各国结盟的龙城很有默契地没有参与这场人类的战争之中。

现在，整个大陆都陷入了混乱之中，战争无论规模是大是小，遭殃的都是平民。在各国边境的一些城市内，随处可见流离失所的人。

人心惶惶，人们开始四处避难。谁也没有注意到位于北方那片大山中的琴城，正像一颗新星般冉冉升起。

"极北荒原还是这么冷。"

叶音竹呼出一口白雾，通过传送魔法阵，他们四人出现在了幽冥雪魄居住的冰窟之内了。

四人中，苏拉的实力最弱，至少叶音竹是这么认为的，所以在出发之前，他特意找了一件厚实的裘皮大衣送给苏拉。

"参见琴帝、紫帝两位大人。"

冥辉夫妻正好在冰窟之内，一感受到传送魔法阵的能量波动，他们就知道是谁来了，赶忙上前拜见。

叶音竹微微一笑，道："两位前辈不必客气。"

冥辉夫妻见过苏拉，只是没见过明，虽然明已经收敛了自己的气息，但冥辉夫妻都是九阶魔兽，对于气息极其敏感。他们发现明散发出来的气息明显不比紫的气息弱，于是冥辉试探着问道："琴帝大人，这位是？"

明憨厚地一笑，变成人形的他看上去和普通人没有太大的区别，他道："你们好，我叫明。"

说完，明脸上的眼睛慢慢变成了独目，一道闪电出现在冰窟之中，照得冰窟都亮了。

"山岭巨人！"

冥辉夫妻同时惊呼出声，下意识地退后两步，恭敬地道："参见明帝大人。"

他们怎么也没想到,叶音竹身边居然又多了一个神兽,而且从明身上散发的气息来看,明是成年的山岭巨人。这对他们来说实在太震撼了。

在魔兽眼中,神兽就是最高等级的存在,哪怕是九阶魔兽,看到十阶神兽也只有点头哈腰的份。

第一百六十七章
寻找龙狼

明笑着道:"你们是音竹的朋友,自然也是我的朋友,不用那么拘束。"

叶音竹和两个神兽同时出现在这里,令冥辉有些疑惑。他想不通有什么事情需要两个神兽亲自出马。

冥辉小心翼翼地问道:"琴帝大人,您这次来是为了什么事情?"

叶音竹道:"还记得上次我问你的事吗?你对我说,在镇守冰森的八方魔兽中,东北方的龙狼是一个完整的族群,凝聚力强,实力也不差。这次,我想找它们谈谈。"

原来是来找龙狼的,冥辉松了一口气,恭敬地道:"我们夫妻愿意成为琴帝大人的马前卒。"

叶音竹摇了摇头,道:"不劳烦两位前辈了,你们只要告诉我龙狼一族所在的具体位置就行了。现在两位前辈也是一方之主,有很多事要处理。更何况你们这冰森之中也有着自己的规矩,你们要是帮助我寻找龙狼,难免会被其他魔兽认为是相助外人,等我们走后恐怕会有麻烦,还是我们自己来处理吧。"

冥辉眼中流露出几分感激之色,叶音竹的话说到他的心坎里去了。确实,他们去了也没什么意义,到头来还给自己惹一身麻烦。

"既然如此,琴帝大人,您打算什么时候前往龙狼领地呢?"

叶音竹道:"现在就去,我还有许多事要处理。冥辉前辈,你们在冰森中没有遇到什么麻烦吧?"

冥辉点了点头,道:"没什么麻烦。我和冥月虽然不是上位魔兽,但在冰森之中,也不会有人轻易来招惹我们夫妻。"

叶音竹道:"那就好,还请冥辉前辈给我们画一个简单的地图,我们找起来也方便一些。"

"没问题。"

冥辉抬起手,手指上射出一道黑暗之力。他直接在冰墙上画了一幅简单的地图。

看完地图后,叶音竹一行人走出冰窟,只觉得寒风凛冽。此时已经是冬季,极北荒原的温度格外低,冰森内更是滴水成冰。他们呼出的每一口气都会立刻被冻结成一片细小的冰碴,然后掉落在地面上。

由于天气太冷,他们只能慢慢地前进。一行人中,只有明完全不怕冷,就连紫也催动了紫晶能量护住身体。

叶音竹帮苏拉拢了拢身上的裘皮大衣,关切地问道:"冷不冷?你要是坚持不住,可以在冥辉前辈的冰窟内等我们回来。"

苏拉摇了摇头,道:"我没那么脆弱。没问题的,走吧。"

虽然苏拉已经这么说了,但叶音竹还是握住了苏拉的手,将自己的竹宗斗气输入苏拉体内,给苏拉带去阵阵暖意。

冥辉一直将他们送到自己领地的边缘才停了下来,这一路有他护送,叶音竹四人并未遇到任何阻挠。冥辉的领地在正北方,与东北方的龙狼领地相邻,所以,他们出了冥辉夫妻的领地后,直接就来到了龙狼的领地。

"紫,你已经通知它了吗?"叶音竹向紫问道。

紫点了点头,道:"这里的鬼天气……音竹,这次你真的要带它一起回去？别忘了它的饭量有多大。"

叶音竹胸有成竹地道："放心吧，就算它的饭量再大，也用不着我们来解决。"

寒冷依旧，越向龙狼领地深处走去，寒风越刺骨。虽然冰森内有无数的冰柱做遮挡，但寒风还是如同利刃一般划过他们的皮肤，如果未满青级的战士或者魔法师来到这里，恐怕在遇到魔兽之前就会被冻死。

上次来到冰森的时候，正好是大陆的夏季，虽然那时他们也体会到了寒冷，但那时的寒冷和现在的寒冷比起来根本算不了什么。

冥辉告诉叶音竹，现在这种天气，别说是外来者，就算是冰森内的强大魔兽也很少外出活动。

毕竟这种天气出去活动对体力的消耗非常大，而冬季又最缺乏食物。一些弱小的魔兽会直接选择在洞窟内冬眠，直到第二年春季才会醒来。

"我们休息一会儿。"

前进一会儿之后，叶音竹感觉有些受不住了，毕竟他还要传送竹宗斗气给苏拉。苏拉任由叶音竹拉着，在叶音竹的竹宗斗气保护下，寒冷似乎对他没有什么影响。

听到叶音竹的话，紫点了点头，他朝左右看了看，找到一根直径超过五米的巨大冰柱，上前一步，一拳打在了冰柱之上。

随着一声轰然巨响，冰柱上多了一个缺口。看到缺口的大小，紫有些惊讶。他原本想要一拳轰出一个足够他们四人暂时休息的地方，可这一拳下去，冰柱上只出现了一个不到半米深的缺口。

"好硬的冰。"

紫再次举起拳头时，明的拳头已经先他一步落在冰柱上。

明向紫咧嘴一笑，道："当然硬了，这极北荒原的冰已经不知道存在多少年了，可不是外界的冰所能相比的。"

在紫、明两大神兽的轰击下，冰柱上终于有了一个可供四人休息的洞，紫让叶音竹和苏拉坐在里面，自己和明则坐在了洞口。

叶音竹从须弥神戒中取出一些食物分给紫和明，自己则拿了一些水果和苏拉吃了。外面的风力至少达到了七级，在这种环境下，他们也找不到其他食物。

简单地吃过东西后，叶音竹开始盘膝修炼，想尽快恢复之前消耗的能量。

当他盘膝坐好后，突然，精神力微微一动，似乎感觉到了什么，下意识地通过灵魂联系向紫发出一声询问。紫通过灵魂联系传回信息，也注意到了不远处的精神波动。

叶音竹笑了笑，向身边的苏拉道："看来，我们这次的目标已经出现了。苏拉，好久没有弹琴给你听了，想不想听听我的琴曲？"

苏拉轻轻地点了点头，眼中流露出一丝期待的光芒。

叶音竹手上紫色光芒一闪，海月清辉琴便出现在他的双膝之上，他思考了片刻，突然收回了海月清辉琴，将膝上的海月清辉琴换成了飞瀑连珠琴。

他的左手在琴弦上轻轻划过，带起一串嗡鸣声，右手轻弹，一缕低沉的琴音飘然而出。

琴音刚刚响起，苏拉就发现叶音竹变了，此时的叶音竹身上仿佛没有了一点温度，整个人都在琴音响起的刹那融入了周围的环境之中，仿佛他就是那一块冰，那一片雪，那肆虐的寒风。

琴音侵入了苏拉、紫和明的精神世界之中，他们突然感觉有些悲伤。

这是怎样的琴曲啊？

苏拉突然明白过来，叶音竹进步了，不仅他的魔法和斗气进步了，他营造意境的能力也在不断进步着。此时他的琴音还带着一丝淡淡的沧桑。这岂是没有经历的人所能弹奏出的乐曲？

叶音竹的动作很慢，此时他的精神世界已经达到了天人合一的境界，与周围的环境融为一体。

叶音竹左手按弦，右手弹奏，一个个按音传了出来，回旋往复，形成了一种特殊的悲伤。那悲伤化为一圈圈紫色光晕从冰柱之中飞了出去，射向冰森的深处。

这一刻，似乎连那凛冽的寒风也感受到了琴曲中的悲意，变得不再狂暴了。

轻吟声在这时响起，与那琴曲完美地融合在一起。

"风也潇潇，雪也潇潇，醉里聆听千簌飘摇；是梦境，非梦境，梦里梦外难消是情；拨弦，弄弦，一弦一柱思华年；难，难，古今堪称情不尽。"

苏拉渐渐痴了，他喃喃地念着那最后一句，眼中泪光闪烁，仿佛内心中所有的压抑和悲伤都在这一刻释放出来了，情不尽，情不尽。

此情可待成追忆，音竹啊音竹，为什么要让我哭泣？

一滴滴眼泪从他脸上滑落，变成冰珠，掉落在地，摔成了粉末。

紫和明依旧坐在那里，此时他们的身体都有些僵硬，虽然叶音竹的琴曲对他们所产生的感染力差了一些，但他们的心根本无法平静下来，仿佛内心梗着什么东西，必须要发泄出来才舒服。

紫下意识地仰天长啸一声，幼年时亲人被杀，自己被追杀，种种的阴郁气闷，似乎都在这啸声中得到了释放。一道道紫色光芒从他体内射出，让周围的冰柱和地面都变成了紫色的晶体。

另一声更为浑厚却低沉了很多的啸声伴随紫的长啸响起，它就像衬托红花的绿叶一般，与紫的啸声一起，直冲天际。刹那间，空中的风雪停了，似乎是畏惧这两声长啸。

苏拉感到很奇怪，他知道，以紫和明的实力，自己应该承受不了他们的长啸声，但是现在那长啸声伤不到他分毫。他突然意识到就是因为叶音竹在自己身边，这长啸声才影响不到自己，真正能影响到自己的是叶音竹的琴音，因为琴音进入了自己的心中。

远方，又是一声长啸响起，这一声长啸遥遥地与紫和明的啸声相和。或许是因为距离太远，这第三声长啸显然没有受到叶音竹的琴曲影响，啸声中没有一点悲伤，反而充斥着无与伦比的霸道之气。

这三声长啸似乎要将整个冰森掀翻了。那些极其坚硬的冰柱上居然出现了一道道细小的裂痕。

正在这时，一声似狼叫又似龙吟的长啸响起。虽然这第四声长啸比前面三声长啸弱了许多，但这声长啸中充满了悲愤的情绪，似乎有无数悲伤的事要倾吐出来。

此声长啸一出，同样的长啸声立刻传遍了冰森东北方，这些长啸声充满了凝聚力。

苏拉看到身边的叶音竹突然露出了一丝淡淡的微笑，突然明白了叶音竹弹奏琴曲的用意。叶音竹弹奏这首琴曲并不是要抒发自己内心的情感，而是要用这种特殊的方法将他们此行的目标直接引出来。

苏拉猜得没错，叶音竹的目的正是如此。他所弹奏的这首乐曲名为《琴殇》，《琴殇》是琴宗的九大名曲之一，原本的效果是使人悲伤，甚至会让人看到幻象。当弹奏者的实力比对手的实力强，且精神力在对手之上时，弹奏者可以令对手悲伤致死。

叶音竹先前的弹奏显然没有将这首琴曲中的悲伤之意完全释放出来，因为他不想对手还没来，琴曲就先影响到了苏拉、紫和明，而且他只是想用琴音将对手引出来。

叶音竹的双手轻抬，再优雅地落于那橘黄色的飞瀑连珠琴的琴弦之上，琴音稍歇，叶音竹脸上露出一丝淡淡的微笑。他站起身，走了出去，苏拉紧跟在他身后。

随着琴音的停止，紫和明也渐渐停止了长啸，远方那一声长啸以及那无数的啸声也渐渐消失了。

紫和明对视一眼,都不禁露出一丝骇然之色,要知道,他们的精神力极其强大,作为神兽,他们的精神之海比普通人类的精神之海至少大十倍。可就是这样,他们依旧被叶音竹的琴音影响了。

叶音竹的实力才达到紫级二阶,和他们的实力差距还很大。他们不敢想象,如果有一天,叶音竹达到了次神级,他的琴曲会有多大的威力。到了那时,恐怕他真的就天下无敌了。

叶音竹不知道紫和明在想什么,只是回头向两人歉然一笑,道:"对不起,为了引它们出来,影响到了你们。"

"音竹,下回能不能来一首欢快点的琴曲?刚才那首太悲伤了,甚至让我想起了我的妈妈。"

明愁眉苦脸地看着叶音竹,一点也没有神兽该有的样子。

叶音竹失笑道:"好,没问题,下次我保证弹一首欢快些的琴曲给你听。不过,明你还有别的家人吗?"

明茫然地摇了摇头,道:"我也不知道。从我懂事以来,身边就没有亲人了。我只是依稀记得小时候和家人生活在一起。我们山岭巨人因为自身的防御力超强,所以很难被人杀死。我真的希望我的家人还活着。只是,自然界不可能允许太多神兽存活在世界上。"

紫突然沉声道:"我们的目标来了。"

说完,紫就和明走出了冰窟。

此时,冰森中变得极为安静,就连风声都听不到了。

叶音竹认真地听着,忽然,他听到一阵沙沙声从四面八方传来,于是微笑着道:"看来,我们被包围了。"

"陌生人,这里不欢迎你们。"一道低沉的声音充满了敌意。

冰森之中渐渐走出来一大群魔兽,那些魔兽将叶音竹四人围了起来。

叶音竹定睛看去，发现走出来的魔兽看上去非常冷酷。它们的身高和普通角马差不多，体长在五米左右，长得像狼，但比狼大。它们的身上没有狼毛，反而长着一层暗蓝色的鳞片，和这茫茫雪域融为一体，很难被人发现。

它们的四肢强壮有力，样子看上去与龙爪无异。最为奇特的是，这些魔兽背上有三对看上去像翅膀，但又比翅膀小很多，原来是长着鳞片的龙翼。

现在，这些魔兽都睁着暗红色的眼睛，望着叶音竹四人，并且露出了尖锐的牙。

叶音竹可以肯定这些魔兽就是龙狼，而且这些龙狼身上的翼不可能帮助它们飞行。显然，它们并没有完全继承龙族的飞行能力。

虽然龙狼的尾巴上面没有鳞片，长着狼毛，但狼毛中间还有一根根暗蓝色的尖针，使得龙狼的尾巴看上去就像一根狼牙棒。四周的龙狼都竖起了尾巴，不断向叶音竹四人释放压力。

令叶音竹感到奇怪的是，这些龙狼应该已经感受到了明和紫的气息，但它们似乎一点也不害怕。难道，它们连神兽的威压也不怕吗？这一点顿时让叶音竹兴奋起来。

在群狼之中，一只体长超过八米的龙狼走了出来，它暗红色的眼睛有些发黄，显然年龄已经很大了，就连尾巴上的毛也和别的龙狼不一样，是白色的。

它的气势很强，背后的三对龙翼明显比其他龙狼的龙翼大许多。它每走一步，脚下就有一丝丝黑色的气流扩散开。

在众多龙狼的簇拥下，它来到了叶音竹四人面前。

老龙狼先将目光落在了紫和明的身上，然后才看向叶音竹和苏拉，显然，刚才那充满敌意的声音就是从它口中发出的。

"陌生人，这里不欢迎你们。这里是我们龙狼的领地。如果你们现在离开，我们可以当作什么都没有发生过。否则，你们就是龙狼的敌人，哪怕战到只剩一只龙狼，我们也不会退缩。"

很显然，这只老龙狼感觉到了紫和明身上强大的气息，不然也不会说要放叶音竹他们离去的话。其实，老龙狼也不希望和叶音竹他们为敌。作为拥有高等智慧的魔兽，这些龙狼都很聪明。

叶音竹微微一笑，道："前辈您好。我们来自人类世界，这次冒昧前来，是有些事情想和前辈商量一下。"

老龙狼眼中寒光一闪，全身的鳞片瞬间竖起，发出一声号叫。

"你们是来找我们龙狼的？"

所有龙狼都感受到了老龙狼的变化，顿时准备向前扑去。龙狼鳞片竖起时发出的声音令人心中寒意大增。

叶音竹赶忙道："前辈，请不要冲动，我们这次来并没有任何恶意。"

老龙狼看了看叶音竹身边的紫和明，强行稳了稳自己的情绪，冷冷地道："这么多年了，还没有人类来找过我们。你们是龙族的奸细。没有人能瞒过我们龙狼的鼻子。人类，你和你身边那个人身上分明都有龙族的气息。我们龙狼一族都已经逃到这苦寒之地来了，龙族还不肯放过我们吗？那好，就让我们拼个玉石俱焚，鱼死网破。"

话音一落，龙狼长啸一声，所有龙狼同时朝着叶音竹四人所在的位置冲了过来。只是一瞬间，龙狼的身体就变成了一道道暗蓝色的闪电，其速度之快完全不是兽人族的狼人所能比的。

虽然这些龙狼的身体很大，但不失灵活。它们的利爪、利齿之上充满了黑暗的气息，它们口中吐出一颗颗暗蓝色的光球，向叶音竹他们轰来。

叶音竹突然意识到自己错了，冥辉对自己说过，当初这些龙狼是被龙族赶到这极北苦寒之地的，自己怎么忘了？自己现在就是外籍银龙。这些龙狼的嗅觉确实灵敏，竟然能够发现自己和苏拉身上的银龙气息。

可惜，它们似乎不知道紫和明的真实身份，看来想要凭借紫和明威慑它们是做不到了，必须要动手了。打就打吧，先打败它们，再谈判也来得及。

魔兽施展魔法的方式跟魔法师施展魔法的方式不一样，魔兽很少像魔法师那样通过吟唱咒语施展魔法，它们一般都拥有几种专属的天赋魔法，施展时威力极大，眼前的龙狼就是如此，它们口中吐出的暗蓝色光球的威力就达到了蓝级。

那暗蓝色光球并不是普通的魔法球，其中包含着暗魔系和冰系两种属性。原本龙狼只是暗魔系魔兽，在这极北苦寒之地生活了多年之后，它们的身体产生了异变，从而多了一种属性。

瞬间发出上百颗暗蓝色光球几乎消耗了这些龙狼的全部魔法力。龙狼有很强的狼性，极为团结，面对远比自己强大的对手也不轻易退缩，此时，没有一只龙狼因为紫和明的威压而退后，它们冲了上来。

感受到那强烈的魔法波动，叶音竹也不禁一惊，心中暗想：幸亏这次将紫和明都带来了，否则这些龙狼还真不好对付。

龙狼毕竟是七阶魔兽，不仅数量多，而且十分团结，可不是九阶魔兽能轻易对付得了的。

明低吼一声，大手一挥，将叶音竹和苏拉挡在自己身后，那原本就高大的身体瞬间膨胀，顷刻间就变成了一个庞然大物。明向前一步，把紫也挡在了背后。

明的身体实在太大了，一下就挡住了所有的暗蓝色光球。暗蓝色光球破碎的瞬间产生的能量波动令人生畏。

但是，神兽就是神兽，山岭巨人的防御又岂是龙狼所能攻破的？就算是九阶魔兽全力发起攻击，对于明来说，那也只是搔痒而已。那充满腐蚀性的暗蓝色光球在明岩石一样的肌肤面前根本没有任何作用。明用力抖了一下，一层石粉就掉落下来，它只觉得有些冷，没有被暗蓝色光球伤到。

暗蓝色光球的魔法效果全部消失了。

龙狼们看到明突然变大，明显有些惊慌，但这并不足以令它们失去斗志，它们毫不犹豫地扑了上来。冲在最前面的几只雄壮的龙狼扬起利爪，攻向明。

明哼了一声，道："不自量力！"

明也没有做什么特殊动作，它现在身体如此庞大，也做不出什么特别灵活的动作。它迎着龙狼走了上去，当那些龙狼撞击在它的身上时，只发出了一声声悲鸣，然后就被弹了出去，跌落在地。

虽然龙狼的身体很强壮，但撞击在明的身上之后，龙狼还是感觉有些吃不消，那些冲得最快的龙狼直接就晕了过去。

明咧嘴一笑，道："你们差得太远了。"

紫自然不会让明一个人出力，伴随着一声低沉的咆哮，紫也现出了自己的本体。它知道，叶音竹需要这些龙狼，所以它没拿出自己的紫晶剑，只是和明一样，直接朝龙狼走了过去。

两大神兽都拥有无比强大的防御力，龙狼根本伤害不了它们。它们只是一步步向前走去，就有龙狼不断被击开。这就是绝对的力量，紫虽然还未进化成功，实力比明差一些，但它毕竟是四大神兽之首，就算现在它的身体强度无法和明的相比，也绝对不是龙狼所能撼动的。

"住手！"

一声气急败坏的暴喝从远处传来，龙狼停止了攻击，飞快地退到老龙狼的背后。虽然它们的战意没有减少，但眼神中还是出现了几分恐慌。

"你们究竟是什么人？"老龙狼看着紫和明那高大的身体，问道。

老龙狼的态度明显没有开始那么强硬了。它之前就感觉到了紫和明的强大，可是它没有在意。现在看到紫和明这么厉害，自己的族人根本无法伤害到它们，老龙狼心中有些急了。它实在想不出该怎么对付它们，而且看它们的样子，也不像来自龙族。

紫和明展现出来的实力明显超过了一般九阶魔兽的实力。明一开始就挡住了上百颗暗蓝色光球，老龙狼知道，就算是银龙王也不可能这么轻松地做到。

"我们并没有恶意，只是想和你们谈谈。"

叶音竹站在明的后面，此刻，他觉得有紫和明在真好，没有一只龙狼能够越过紫和明攻击他与苏拉。眼看老龙狼眼中流露出惊恐之色，叶音竹知道，时机到了。

正在这时，周围的龙狼数量突然多了起来，不用问，一定是老龙狼感受到了紫和明的强大，召集了全族，想要除掉叶音竹他们。

"老大，原来你在这儿，我来了。这些小东西要干什么？难道还想攻击我老大不成？"

叶音竹等人只听见一道狂野的声音传来，然后就看见一个高大的人从远处朝这边走来。那人的身高有三米多，和明变成人形时差不多，但那人的肩膀更加宽阔。那人的速度虽然不快，但步子迈得特别大，如果仔细看的话就会发现，那人每次落脚的地方都会出现一大片龟裂。

很快，那人就来到了龙狼包围圈的外围，龙狼显然也看到他了。几十只龙狼围了上去，扑向了他。

那人眼中充满了野性，他看着扑向自己的龙狼，不屑地哼了一声，之后就要动手。

"格拉西斯，手下留情，不可伤了它们。"叶音竹的声音远远地传了过去。

没错，来的人正是化为人形的战争巨兽格拉西斯。叶音竹刚来到冰森的时候，就让紫通过灵魂联系召唤了格拉西斯。

经历了那么多事，现在的叶音竹一点都不会莽撞了。这次他想要借助四大神兽的力量，得到这些龙狼。

第一百六十八章
四大神兽

格拉西斯听到叶音竹的话之后，顿时没了杀意。如果问格拉西斯在这个世界上最怕谁的话，他一定会说是叶音竹。

叶音竹当初凭借超神器枯木龙吟琴，吓倒了格拉西斯。格拉西斯认为叶音竹比紫更强，非常敬畏叶音竹。

瞬发七个禁咒，那是什么样的实力啊？

叶音竹当然不可能告诉格拉西斯当时的七个禁咒是吓唬他的。格拉西斯对于人类实力以及超神器的了解很少，所以，他一直都认为叶音竹是真正的强者，是媲美神的存在。

所以，一听到叶音竹的声音，他立马就收回了自己的手，只是抬起了右脚。

"轰！"

大地龟裂，这边的紫和明都不禁晃了晃身体，刹那间，无数冰雪飞溅而起，那些扑向格拉西斯的龙狼都被这巨大的冲击力震得飞了出去。

不光是攻击格拉西斯的那几十只龙狼被震飞了，就连后面的龙狼也被震飞了一片。格拉西斯恍若无人一般朝着叶音竹他们走了过来，它身上散发出的狂野之气,使得龙狼都有些惧怕。

老龙狼赶忙吩咐自己的族人让开一条通道,好让格拉西斯与叶音竹他们会合。

此时,老龙狼的心已经沉到了谷底,它终于明白,眼前这些人绝对不是它们所能对抗的。

"格拉西斯,你的战争践踏更厉害了。"

看着格拉西斯走到自己面前,叶音竹不禁露出一丝微笑。坦白说,当初格拉西斯杀死紫的时候,叶音竹恨不得将其碎尸万段。但后来紫重生,格拉西斯对紫进行了灵魂献祭,叶音竹就没有了这种想法,因为叶音竹知道格拉西斯是自己手中的最强武器。

虽然格拉西斯是神兽,但他明显没有紫聪明。通过几次与他的接触,叶音竹发现他很直率,和黄金比蒙狄斯很像。叶音竹很喜欢他这种性格。

"琴帝大人,还不是当初见识过您的强大之后,我也开始努力了吗?原本我以为这个世界上没有人能够与我抗衡,自从见到您和紫老大之后,我才知道什么叫人外有人,不努力一些,以后还怎么生存下去?您看,连这些小家伙都敢攻击我了。琴帝大人,您是不是要解决它们?交给我吧,给我十分钟,我保证把它们全部除掉。"

战争巨兽本身就是为战争而生,只不过因为格拉西斯吃得太多,不得已才留在冰圈之中,依靠海洋中无尽的生物来填饱自己的肚子。

作为冰圈的主人,格拉西斯一直觉得自己是冰森的老大,看到这些龙狼竟然敢包围叶音竹他们,他心中起了杀机。

格拉西斯的声音很大,他可不会克制自己,因此那边的老龙狼听得一清二楚。

老龙狼很清楚格拉西斯的实力,格拉西斯只用了一招战争践踏,就让那么多龙狼失去了战斗力,就连它都站立不稳,这是何等强大的实力?这样一个强者居然会对那个要和自己谈判的人类如此客气,还说那个人类才是最强大的,这些人到底是什么人啊?难道龙狼一族今天就要灭绝了吗?

这位龙狼一族的老族长实在有些欲哭无泪。

不过,也难怪老龙狼这样,恐怕任何一个族类在面对紫晶比蒙、战争巨兽和山岭巨人时都会有一样的感觉。就算是三大部落的兽人,也不敢同时对抗三大神兽。

每一个神兽都可以一敌万。叶音竹这次之所以把四大神兽都带来,为的就是给龙狼压力,毕竟龙狼是很高傲且团结的族类,没有绝对压倒性的优势,就算他们能击败龙狼,也很难令龙狼臣服。

"格拉西斯,你先站在一旁吧,以后有的是表现的机会。"叶音竹挥了挥手。

格拉西斯先是不甘地回头看了一眼那些龙狼,然后才恭敬地站到叶音竹身后,只这一眼,就使得龙狼下意识地后退了一步。

紫好笑地看着格拉西斯的样子,心道:"格拉西斯究竟是我的小弟还是音竹的小弟?不过,这也没什么区别。看来,自己还是要早些进入成年期,不然还真威慑不住格拉西斯这家伙。"

叶音竹缓步走出,微笑着向老龙狼道:"前辈,现在我们可以谈谈了吧?我再重申一次,这次我们来找你们,对你们真的没有丝毫恶意。"

老龙狼看着叶音竹,激动地道:"你这是谈判吗?你有足够的实力却不对我们发动攻击,应该是想要我们龙狼一族臣服于你吧?告诉你,这不可能。就算你将我们斩尽杀绝,也不可能让我们效忠于你。我们是狼,永不屈服的狼!"

叶音竹心中一惊,他没想到老龙狼居然如此敏感,不愧是高等智慧魔兽。

"前辈,请您别误会。我并不是来降伏你们龙狼一族的。如果真是那样,我可以直接打败你们,然后再强迫你们奉献出自己的灵魂之火。"

"那不可能，就算是死，你也别想得到我们的灵魂之火！"老龙狼愤然怒吼。

叶音竹皱着眉道："前辈，您现在这样的态度我们根本无法谈下去。您真的以为我无法得到你们的灵魂之火吗？不知道您还记不记得刚才的琴音？"

老龙狼心中一惊，它当然记得刚才的琴音，就在那一刻，几乎所有龙狼都想起了被赶到这苦寒之地的屈辱，不受控制地开始号叫。

叶音竹淡然一笑，道："我是一名精神系魔法师，准确地说，我是一名神音师。在我面前，你们就算想要自杀也很难，我有数十种方法强行得到你们的灵魂之火。"

叶音竹不是在吹牛，他的老师是谁？那可是暗魔系魔法师的老祖宗——菲尔杰克逊，菲尔杰克逊比任何精神系魔法师都要了解灵魂。它给叶音竹讲解了很多关于精神系魔法以及灵魂的奥妙。

老龙狼沉默了，它对之前的琴曲记忆深刻，再联想到格拉西斯对叶音竹的尊敬，它知道，眼前这个年轻的人并不是在开玩笑，他确实有令自己族人献出灵魂之火的能力。如果真是那样的话，就算龙狼一族再倔强，也不得不向他臣服。

"你既然不想降伏我们，那来这里做什么？难道就是为了要威慑我们吗？"

老龙狼的气息收敛了几分，身上释放出一丝特殊的气息，周围的龙狼缓缓地后退，有一部分龙狼将之前那些受伤的龙狼带到冰森深处去了。

叶音竹道："我们这次来，是希望能和龙狼一族合作。"

"合作？那不就是臣服的另一种说法吗？"

老龙狼不屑地哼了一声，心道：我可不是那么好骗的。只是你们实在太强，否则我早就咬断你们的喉咙了。

叶音竹道："不，这当然不一样。我们的合作是互惠互利的。想必您就是这里的龙狼之王吧。前辈，我只问您一句，难道您要让自己的族人永远生活在这苦寒之地吗？难道您忘记龙崎努斯大陆上的美好，忘记那温暖的阳光和美味的食物了吗？作为族长，作为龙狼的王，难道您就不想带领自己的族人走出这里，回到外面广阔的世界去吗？"

听了叶音竹的话，龙狼王目瞪口呆，不仅是它，周围的龙狼的目光也发生了一些变化。

叶音竹从它们暗红色的眼眸深处看到了希冀。他知道，自己的话已经说到了这些龙狼的心坎里。

"走出去又如何？在这里我们至少还是自由的，走出去只会是你的奴隶。"

龙狼王瞪着叶音竹，其实它也有些动心。龙狼一族因为龙族的压迫，已经在冰森之中生活了近千年的时间。谁愿意在这苦寒之地永远生活下去？这是不得已啊！

当初，为了不被龙族毁灭，龙狼一族上一位族长对天发誓，除非龙狼一族拥有与龙族对抗的实力，否则绝对不会走出冰森一步。

作为这一任的龙狼族长，它当然希望自己能够带领族人走出冰森，去到极北荒原以南的地方。那些地方代表着新的世界，有美味的食物、肥沃的土地和无尽的自由空间。可是，它又如何能相信面前这个突然出现的人类呢？

叶音竹此时反而不着急了，他笑着问道："我有说过要奴役你们吗？从头到尾我说的都是合作。我希望能和你们龙狼一族互相帮助。你们的敌人是龙族，这一点我很清楚。不错，我身上确实有龙族的气息，但是，这并不能证明我和龙族就是一伙的。我想您并不认识我身边的这几位伙伴。如果您认识他们的话，就一定不会认为我和龙族有瓜葛了。"

龙狼王心中一动，它缓缓地摇了摇头，道："我不认识这三位强者，但是我们龙狼一族尊敬他们所拥有的力量。"

魔兽的世界比人类的世界单纯许多，谁拥有强大的力量，谁就会得到魔兽的认可，这一点是永远不会改变的。紫、明和格拉西斯用他们强悍的实力得到了老龙狼的认可。老龙狼还不敢得罪如此强大的魔兽。

叶音竹淡然一笑道："那就让我给您介绍一下吧。在远古时期，或许龙狼一族还没有出现的时候，极北荒原就是兽人族的世界。那时候，极北荒原没有现在这么多部落，所有的兽人都由四大神兽统治。兽人族的敌人就是龙族，巨龙与比蒙巨兽更是死敌。这些都是从远古时期就结下的仇怨。四大神兽与神圣巨龙之间的仇怨是时间无法抹去的。我身边这位，就是四大神兽之首的紫晶比蒙，紫，也是我最好的伙伴。"

紫光一闪，紫已经恢复了人形，听到叶音竹对他的介绍，他不自觉地散发出了一些神兽气息。

"紫晶比蒙？"

就算龙狼王的心志再坚定，听到"紫晶比蒙"四个字之后还是忍不住惊呼出声。龙狼一族虽然对兽人的世界不熟悉，但还是听过四大神兽的传说的。紫晶比蒙可是兽人中的皇，是最强大的神兽。十阶神兽绝对不是其他魔兽所能媲美的，在十阶神兽面前，自己的族人根本没有一点机会。

联想到紫现出本体时的样子，龙狼王相信了叶音竹的话，除了紫晶比蒙，还有什么样的魔兽能拥有如此恐怖的气息？

"那、那这两位呢？"龙狼王有些恐慌地看向明和格拉西斯。

叶音竹淡然道："既然四大神兽中的紫晶比蒙都出现了，那么，其他三大神兽又怎么会继续沉寂？这两位分别是山岭巨人明和战争巨兽格拉西斯。对了，我想你应该知道冰森的中央冰圈之中有一个无比强大的神兽，也就是这冰森的最强者吧？那个神兽就是格拉西斯。"

龙狼王看着格拉西斯，喃喃地道："冰圈之王，竟然是恐怖的冰圈之王。"

此时，龙狼王心中已经没有了一点战意。冰圈之王可是冰森中的魔兽讨论得最多的话题。谁不知道冰圈之王的强大？不知道有多少九阶魔兽试图挑战冰圈之王的尊严，然而那些九阶魔兽的下场都很惨，没有一个从冰圈走出来的。

眼前这壮汉竟然就是冰圈之王。这个人类究竟是什么人？为什么三大神兽都守护着他？而且看三大神兽的样子，似乎以这个人类为主。这简直太不可思议了。龙狼王的目光下意识地落在了苏拉身上，喃喃地道："难道、难道他……"

叶音竹失笑道："别误会，他是我的朋友，可不是金甲禁虫。"

正在龙狼王略微放松了一些的时候，两道金光分别从叶音竹双臂处亮起，两条身长两米左右、肉乎乎的大虫子出现在叶音竹身前。

两条大虫子只有背部的纹路不一样。左边的闪背上有一道暗金色的纹路，右面的雷背上的纹路是银色的。

不用叶音竹解释，这位龙狼王也知道出现在自己面前的就是四大神兽排名最后的金甲禁虫，而且是两条金甲禁虫。

四大神兽同时出现在冰森之内，使得龙狼王的眼神变得极其复杂。在龙狼王看来，如果它将面前这个人类惹怒了，恐怕会惨遭灭族。

四大神兽的实力有多强？在远古时期，有人说过，四大神兽可以击退兽人族的大军。虽然这样说夸张了一些，但也八九不离十。就算冰森其他七个方向的魔兽联手，恐怕也无法打败四大神兽。

闪和雷很喜欢叶音竹，自从跟了叶音竹以后，它们从叶音竹身上得到的好处比紫得到的好处还要多，毕竟，它们一直都在叶音竹体内，相当于叶音竹身体的一部分，只要叶音竹有所提升，或者吸收了什么能量，它们两个都能第一时间享受到好处。

尤其是在叶音竹解开菲尔杰克逊的封印时，经过神源魔法袍过滤的无元素着实被这两个贪婪的小家伙吸了个饱。即便它们原本进化得很慢，现在也突破了九阶。只不过这两个小家伙实在太懒了，天天都在叶音竹体内吸收着他的能量，然后呼呼大睡。

以叶音竹的天赋和很多后天遇到的机缘，如果不是闪、雷吸收了他太多能量的话，或许他的实力早就超过紫级二阶了。叶音竹从来没有在意过被闪、雷吸收的那些能量。因为闪、雷的身世太可怜，所以叶音竹对它们有了更多呵护之情。

被放出来的闪、雷根本不怕寒冷，它们爬到叶音竹身边，在他身上摩挲着，小眼睛中满是依赖之色。

虽然金甲禁虫的防御力很差，但其一瞬间的攻击力在四大神兽中算是最强的。当它们达到十阶之后，就能瞬发三个元素弹。它们发出的元素弹没有任何属性，是纯粹的能量。而这元素弹拥有着无比强大的穿透力，可以无视任何有属性的拦截。也就是说，除非对手是吸收了无元素之后释放的魔法，否则，对手根本不可能躲过成年后的金甲禁虫发出的攻击。

尽管闪、雷还没达到十阶，但它们随时能够发出的元素弹还是令其他魔兽感到畏惧。紫和明看到进化后的闪、雷都下意识地躲开了一点。

叶音竹向龙狼王道："他们都是我的伙伴。您也看到他们的实力了。我想，有四大神兽相助，任何一座龙城想要攻击你们龙狼一族都要先问我同不同意。我拥有足够保护你们龙狼一族的力量。我甚至可以提供给你们一个领地，并且保护您和您的族人不受到龙族的攻击。"

龙狼王看着叶音竹，问道："那您要得到什么呢？"

在四大神兽的威压下，他不知不觉对叶音竹用了敬语。

叶音竹直言不讳地道："我有一支强大的军队，一共三百人。那些人需要魔兽伙伴与他们共同战斗。我敢说，他们每一个都是人类战士中的精锐，绝不会辱没了您的族人。"

龙狼王愣了一下,问道:"您是说,让我挑选出三百个族人成为您属下的魔兽伙伴吗?仅此而已?"

"仅此而已。"叶音竹正色道。

龙狼王心动了,要知道,魔兽成为人类的魔兽伙伴的契约也属于平等契约的一种,只要双方没有在契约中强调主从关系,魔兽和人类就是平等的,也就是说,它的族人并不会被奴役。

像龙狼这种智慧型魔兽,拥有一个人类伙伴会得到许多好处,人类会保护它们,而且人类的实力提升后也会对契约魔兽的实力有影响。一旦人类死亡,契约就会自动解除。魔兽甚至可以在付出一定代价的情况下强行解除契约,也就是说,这个契约的约束力并不强。

龙狼王有些怀疑,眼前这个人类拥有如此强大的实力,却只提出了一个对龙狼一族只有好处,没有什么坏处的条件,他究竟为什么这么做?

叶音竹似乎看出了龙狼王的疑虑,他微微一笑,道:"前辈,您不用考虑其他的东西。我这么做,只是希望您能感受到我们想与你们合作的诚意。在我的领地中,并不只有龙狼一个异族。

"我的合作伙伴有很多,譬如精灵族、矮人族、地精部落等等。大家都生活在同一个大家庭之中,彼此互相帮助,我就是要建立一片任何敌对势力都无法威胁到我们的乐土,欢迎你们龙狼一族加入其中。

"不如这样吧,我可以与您签订一个契约,以一年为限,如果一年之后,您觉得我的领地并不适合您和您的族人,你们随时可以迁回来,我甚至可以让格拉西斯帮你们重新占领冰森中的领地,您看如何?"

叶音竹的话已经说到了这个份上,龙狼王没有理由不答应,它郑重地点了点头,道:"就依您的话,请您立下契约吧。"对它来说,立下契约才是最保险的办法。为了族人,它不得不小心一些。

在四大神兽的见证之下,叶音竹和龙狼王签订了以一年为限的契约。感受着上天降下来的契约之力,龙狼王的心情才真正放松下来。它心中暗暗感叹,不知道自己这次的决定是否正确,不知道族人将会走向光明的大道还是毁灭的深渊。

龙狼王之所以决定相信叶音竹,更多的是因为叶音竹充分考虑到了龙狼一族的感受。

"琴帝大人,您的领地在什么地方?我们是不是现在就出发呢?"龙狼王向叶音竹问道。

在格拉西斯的强烈要求下,龙狼王也称叶音竹为琴帝。当然,格拉西斯给自己也弄了个冰帝的称号。

叶音竹道:"是的,现在就可以出发。前辈,不知现在冰森中有多少龙狼?"

龙狼王道:"经过这么多年的休养生息,现在我的族人一共有五百多,处于壮年的也有三百多,完全可以满足我们之间的约定。"

叶音竹满意地一笑,道:"那我们现在就走吧。我的领地就在靠近极北荒原的布伦纳山脉之中。等到了那里,我会专门划出一座山给你们做领地,并且给你们提供食物和必需品。不过,您要叮嘱您的族人,在加入琴城之后,不可以与其他族类发生冲突,大家都是合作伙伴。"

"这个自然,只要别人不攻击我们,我们是不会先攻击别人的。"

龙狼一族在冰森中并没有什么留恋的东西,只用了两个小时的时间,龙狼王就集合了自己的族人,包括它唯一的儿子,随着叶音竹、苏拉、紫和明,朝冥辉的领地而去。

走回琴城显然不是一个好选择,叶音竹选择了传送魔法阵,只是龙狼的体积实在太大,如果直接传送的话,他的领主府恐怕装不了。所以,在来到冥辉的冰窟后,叶音竹先把自己、紫、明和格拉西斯传送回了琴城,简单安排了一下后,找了个空旷地带刻画了传送魔法阵,才重新回到冰森之中,凭借生命储存宝石，传送了几次，才将龙狼全族带回琴城。

安雅将龙狼一族安排在距离矮人族不远的一座山上，这座山上有很多天然洞穴，最适合龙狼这样的族类居住。龙狼王在了解了琴城的情况后，对这里还比较满意。

自此，琴城又多了第五个异族。龙狼一族的到来也为未来叶音竹组建死神龙狼骑兵军团奠定了基础。

回到琴城后，叶音竹得到了一个好消息，有三个熟人来到了琴城之中，其中两人正是棋宗的常昊和画宗的马良。他们两人接到宗主的命令后就离开了米兰帝国，直接回了宗门，到了宗门才知道东龙八宗已经迁移到琴城，这才快速赶来。

另外一个人就是叶音竹强烈要求妮娜派来"监督"自己的紫罗兰家族年轻一代的第一人——金星龙骑将奥利维拉。

妮娜和秦殇已经离开了琴城，妮娜在离开前通过魔法给马尔蒂尼传了信，让奥利维拉去叶音竹身边。上次奥利维拉跟随叶音竹参加七国七龙排位战后，实力有了很大的进步，想到叶音竹的实力，以及妮娜和叶音竹的约定，马尔蒂尼认为将来叶音竹必定会在龙崎努斯大陆上崛起，让奥利维拉跟着叶音竹也有好处，于是便没有反对，让奥利维拉去了琴城。

"音竹，没想到我们还能在一起战斗。"奥利维拉看着叶音竹，感叹道。

不久前，奥利维拉亲眼看着叶音竹通过六道之决力挽狂澜。曾几何时，奥利维拉还是米兰魔武学院的学员们的偶像，现在，学员们的偶像早已换成了叶音竹。

最早的时候，奥利维拉一直在暗中和叶音竹做比较，希望自己能够超过这个神音系的天才。但现在看来，两人之间的差距越拉越大了。

奥利维拉还是很佩服叶音竹的。别的不说，单是七国七龙排位战中叶音竹的表现，奥利维拉就自愧不如。或许叶音竹的兵法知识不如奥利维拉，但叶音竹的个人魅力，却是奥利维拉远远无法相比的。

"奥利维拉大哥，你还好吗？"叶音竹笑着给了奥利维拉一个拥抱。

奥利维拉苦笑道："一点都不好。你挑战了我们紫罗兰家族的尊严。雷神之锤要塞的兽人估计是听说了我们输了六道之决的事情，现在像疯了一样朝我们的北方军团发动攻击。而且，根据我们得到的消息，战神要塞的兽人大军很快就会赶到前线了，前线吃紧。这次要不是二爷爷为了对付你，从国内带来了众多魔法师，恐怕我们现在就支撑不住了。"

叶音竹微笑着道："马尔蒂尼爷爷就算无法将这些兽人歼灭，守住国境还是不成问题的。毕竟，你们北方军团是米兰帝国实力最强、人数最多的军团，这次来到琴城的三十万大军，加上原本驻守在圣心城那边的三十万大军，一共六十万人，兽人想要攻破你们的防御可不容易。"

奥利维拉笑道："话虽然这样说，但现在我们的形势极不乐观。"

"哦？现在米兰帝国各方面的情况如何？奥利维拉大哥，你给我讲讲。"对于奥利维拉在兵法上的造诣，叶音竹还是非常佩服的。

奥利维拉从怀中掏出一张羊皮地图，走到叶音竹身边的桌子前。等奥利维拉将羊皮地图摊在桌面上，叶音竹才发现，这张地图是米兰帝国全境的地图，而且绘制得极为详细。

奥利维拉在地图上指了指，道："你看，这里是我们北方军团所在的位置，我画的这几个箭头，代表的是兽人大军正在快速集结。你说得不错，我们北方军团人才济济，战斗力也很强。但是，这次兽人的攻势实在太猛了，它们几乎是在不计后果地发动猛攻，就算无法攻破我们的防线，也可以将北方军团的六十万大军全部拖在边境上，使我们分不出一兵一卒去干别的事情。"

叶音竹点了点头，道："单是一个雷神之锤要塞的兽人还不足以威胁到你们，要是再加上战神要塞的兽人，你们恐怕就有些吃不消了，能够保持守势，不被对方攻破防线就已经非常不错了。北方防线绝对不能被攻破，北方军团的大后方就是普利亚平原,也是米兰帝国的粮仓。一旦兽人攻破防线进入米兰帝国内部,那么,米兰帝国的军队的粮草供应就会出问题,到时候整个米兰帝国就乱了。"

奥利维拉点了点头,道:"正是如此。所以,北方军团只能死守在北方。原本按照我们的战略部署,根本不应该出现这样的情况,因为我们的东西两侧有盟友。虽然兽人很强大,但是它们没有魔法师,在大规模战争中没什么优势,我们最多只需要三十万人就可以守住北方。可是佛罗王国背叛了米兰帝国,现在我们的东边很不安定,整个大陆的局势都发生了改变。我们要面对雷神之锤要塞和战神要塞的兽人,还有佛罗王国大军,简直是焦头烂额。"

第一百六十九章
送给死神三百的礼物

叶音竹道:"照现在这个情况来看,我们可以肯定,兽人族一定和蓝迪亚斯帝国达成了什么协议,否则大陆内乱,它们又怎么可能放弃进攻佛罗王国转而攻击米兰帝国呢?"

奥利维拉苦笑道:"蓝迪亚斯帝国隐藏得太深了,一直以来,他们都隐忍不发,现在一下子爆发,打了我们一个措手不及。也不能怪米兰帝国大意,毕竟米兰帝国这些年致力于发展经济,而且法蓝一直平衡着各国实力,谁能想到法蓝会突然宣布封闭呢?我想蓝迪亚斯帝国肯定早在多年前就知道法蓝会在什么时候封闭了。"

叶音竹道:"现在米兰帝国和蓝迪亚斯帝国战场上的形势如何?那边不是有西多夫元帅坐镇吗?"

奥利维拉叹息道:"巧妇难为无米之炊。我以前对你说过,我们米兰帝国的军团中,实力最强大的是长期与兽人族作战的北方军团,足有六十万大军。

"其次是南方军团,因为米兰帝国和蓝迪亚斯帝国之间夹了个法蓝,所以南方已经很多年没有发生过战争了,故此南方军团的战斗力和北方军团的战斗力不能比,数量也只有四十万人。

"幸好当初我爷爷和西多夫爷爷未雨绸缪,曾经让南北两大军团交换驻守,这才使得南方军团的实力保持在了一定的水平上,否则现在的形势会更糟糕。至于东西两军团,各自都只有二十万人。

"毕竟,东西两方都是盟国,并不需要重兵驻防。佛罗王国的背叛令我们的防御出现了巨大的漏洞。现在南方和东方的压力非常大,我们已经将驻守在阿斯科利王国边境的西方军团调派到了南方。同时从国内招募了四十万新兵派到西多夫元帅手下,这才暂时稳住了局势。"

叶音竹心中一惊,问道:"那现在南方有一百万大军了?蓝迪亚斯帝国呢?蓝迪亚斯帝国有多少军队?"

奥利维拉沉声道:"蓝迪亚斯帝国准备多年,这次大战,他们已经调遣了一百五十万大军陈兵边境,同时蓝迪亚斯帝国内部还在不断活动,我们不知道他们还打算派出多少兵力。

"蓝迪亚斯帝国地处南方,不需要防守兽人,而且他们的国力本就不比我们米兰帝国差多少,这次他们倾全国之力攻打米兰帝国,时间久了,我怕南方会被攻破。毕竟现在南方那一百万大军中,真正称得上强兵的也只有在北方驻守过的那部分人。

"而西方军团以及新征调的四十万新兵,战斗力根本无法和蓝迪亚斯帝国的大军相比。如果不是西多夫爷爷的指挥能力超强,我都不敢想象南方军团现在会是什么样子。"

叶音竹深吸了一口气,虽然他知道蓝迪亚斯帝国处心积虑地发动这次战争,之前必定做了很多准备,但没想到蓝迪亚斯帝国能做到这个地步。

"那其他国家呢?现在情况如何?"叶音竹问道。

奥利维拉道:"现在形势最好的是阿斯科利王国,阿斯科利王国西方是大海,北方是极北荒原的所罗门要塞,南方是我们的盟国巴勒莫王国,东方是我们米兰帝国，所以他们只需要挡住兽人的攻击就可以了。

"但阿斯科利王国本身并不强大，远不能和佛罗王国相比。因为所罗门要塞的兽人开始攻打阿斯科利王国了，所以阿斯科利王国只能抽调出二十万人支援我国。现在援军应该快到我们与蓝迪亚斯帝国的战场了。有了这二十万大军，我们的压力也会暂时得到缓解。

"巴勒莫王国的情况和阿斯科利王国的情况差不多，他们虽然和蓝迪亚斯帝国以及波利王国接壤，但真正与之交战的只有波利王国。如果巴勒莫王国能够击溃波利王国的话，对我们来说倒是好事。可惜，两国的国力差不多，就算巴勒莫王国占了一些优势，也只能暂时拖住波利王国的军队，没办法给我们带来太大的帮助。

"现在最令我们头疼的就是东方和东南方防线的战斗了。我国的东南方是波庞王国，波庞王国的国力仅次于米兰帝国和蓝迪亚斯帝国，他们这次调集了整整七十万大军，与蓝迪亚斯帝国组成联军攻打我们的东南方。这些压力都由西多夫爷爷那一百万大军加上阿斯科利王国的二十万援军来承受，也就是说，现在是一百二十万人对二百二十万人。"

叶音竹深吸一口气，感叹道："形势竟然已经紧张到了如此地步……佛罗王国那边呢？"

奥利维拉叹息一声，深深地看了叶音竹一眼，道："佛罗王国那边恐怕要靠你来帮忙了。我已经知道了妮娜公主答应你的六个条件。坦白说，这六个条件虽然比六座城市的代价要小了不少，但让上百万拥有你们东龙血脉的人来到琴城，在我看来，简直就是养虎为患。

"但是，妮娜公主已经答应了你们，那也没办法。东方的防线有可能崩溃得比南方的防线早。佛罗王国的五十万大军已经与我们的东方军团交手了。两军第一次交战，我们就损失了三万多人。尽管我们现在坚守不出，我们也已经完全处于下风。估计不出三个月，东方就会失守。

"现在全国都在募兵，但不知道来不来得及。在我看来，没有经过训练的新兵去战场上就是送死。音竹，作为兄弟，我请求你，救救米兰帝国吧。毕竟米兰帝国待你不薄。"

叶音竹叹息一声，道："我虽然知道米兰帝国的形势不乐观，但没想到居然危急到如此程度。战争才刚刚开始，米兰帝国就已经处于下风。现在任何一条线上的防守被攻破，对于米兰帝国来说都是沉重的打击。"

奥利维拉沉声道："我不得不承认，蓝迪亚斯帝国人确实老谋深算，谁能想到法蓝会突然封闭？这突如其来的变化对米兰帝国的打击实在太大了。不过，未来的一切还未可知。只要我们能挺过这个难关，最后鹿死谁手还说不定呢。"

叶音竹点了点头，道："虽然蓝迪亚斯帝国与波庞王国的联军声势浩大，但米兰帝国也有一百二十万大军横在那里，由于中间隔着法蓝，实际上，蓝迪亚斯帝国与米兰帝国接壤的地方并不多，蓝迪亚斯帝国想要将米兰帝国一百二十万大军吃掉并不是一件容易的事。

"如果我记得不错，米兰帝国的魔法师的数量是最多的，在他们的帮助下，米兰帝国想暂时拖住蓝迪亚斯帝国和波庞王国还是不成问题的。现在最关键的反而是佛罗王国这边，绝对不能让佛罗王国的人进入米兰帝国内部，否则内部一乱，米兰帝国就真的没有挽回的余地了。"

奥利维拉道："妮娜公主通过魔法传信到爷爷那里，让我转告你，她已经给你找好了十万人，请你尽快带领琴城强者赶赴东方。音竹，我想问你一个问题，请你务必要给我一个明确的答复，好吗？"

叶音竹看向奥利维拉，道："你问吧。"

奥利维拉深吸一口气，盯着叶音竹的眼睛，道："请你告诉我，你究竟是不是真心要帮助米兰帝国？"

叶音竹似乎早就猜到了奥利维拉会这样问，他并没有直接回答，而是将手落在了奥利维拉摊开的地图上,手指落下的位置正是琴城所在的布伦纳山脉。

"奥利维拉大哥,你看,琴城所在的布伦纳山脉对于米兰帝国来说,是一道天然屏障。正是因为有布伦纳山脉在,兽人才无法快速攻入米兰帝国。现在布伦纳山脉在我的管辖范围之内,只要我还活着,兽人就别想攻入布伦纳山脉,更别提通过布伦纳山脉攻进米兰帝国了。

"既然现在我是琴城的统治者,那么我自然要考虑琴城的安全问题。我反问你一个问题,你认为我们琴城,或者说东龙帝国,与大陆哪个国家的关系最密切,与哪个国家合作对琴城最有利呢?"

奥利维拉定定地看着叶音竹,他虽然已经明白了叶音竹的意思,但还是不敢有丝毫马虎,坚持问道:"请给我一个肯定的答复,好吗?"

叶音竹正色道:"有句古话叫'皮之不存,毛将焉附'。米兰帝国与琴城就是皮与毛的关系。通过六道之决,我们琴城与米兰帝国之间有了六年的和平时间。

"这六年对我们琴城来说无疑是极为重要的。如果米兰帝国亡国了,蓝迪亚斯帝国会放过我们琴城吗?不说别的,单单法蓝那个手令他们就不敢违背。

"现在,守护米兰帝国就相当于守护琴城。所以,奥利维拉大哥,请你放心,我以琴城领主的身份向你保证,在帮助米兰帝国对敌方面,我必定竭尽全力。等死神三百归来,我就会带领他们奔赴米兰帝国东方战场。我要让佛罗王国的人为在七国七龙排位战中所做的一切付出代价。"

奥利维拉的脸红了,这当然不是因为羞涩,而是因为激动。

"音竹,如果是这样的话,那么,我奥利维拉的这条命就交给你了。我们紫罗兰家族的根在米兰帝国,米兰帝国的繁荣兴盛就是我们紫罗兰家族的繁荣兴盛,相反,米兰帝国的败亡也必然是我们家族的败亡。为了米兰帝国,为了紫罗兰家族,我愿意贡献出自己的全部力量。"

叶音竹抬起手，用力地拍在奥利维拉的肩膀上，道："那好，就让我们在战场上再次合作。这一次，我一定要让佛罗王国人尝尝痛苦的滋味。"

奥利维拉比叶音竹清楚大陆上的局势，激动过后，他冷静下来，不禁问道："音竹，这次你准备派遣多少人前往东方战场？又准备如何与佛罗王国那五十万大军抗衡呢？这次佛罗王国也是倾巢而出，佛罗王国根本没有任何后顾之忧。"

叶音竹点了点头，道："正面对抗是不现实的，既然他们没有后顾之忧，那我们何不给他们制造一些麻烦呢？我就不相信佛罗王国会无视自己国内的变化，孤注一掷地帮蓝迪亚斯帝国攻打米兰帝国。"

当下，叶音竹低声对奥利维拉说了几句话，奥利维拉脸上先是流露出一丝惊愕之色，渐渐地，奥利维拉神色变得有些古怪，他想笑，又要强忍着不让自己笑出来。他的眼中满是惊骇之色，显然是叶音竹的话惊到了他。

"音竹，你这个主意确实不错，但这要求我们速度很快。这绝对不是我们的死神三百所能完成的任务。佛罗王国不是极北荒原，地方不大，我们不好躲藏。人类的智力虽然比兽人的智力高很多，但如果我们还用上次在极北荒原中的战术，恐怕……"

叶音竹微微一笑，道："奥利维拉大哥，你就放心吧。同样的战术怎么能用两次？虽然死神三百是我们这次行动的主力，但是他们绝对不是我们全部的力量。你等着看就知道了。这次我会让鸿雁留在琴城，你跟我一同前去，我有七成的把握拖住佛罗王国大军。"

叶音竹并没有详细说明之后的安排，在展开行动之前，保密是非常重要的。虽然他手上的战士不多，给人一种以卵击石的感觉，但是，有的时候人数多并不意味着胜利。

又交谈了一会儿，叶音竹才让奥利维拉去休息，自己也回到房间中，仔细思考接下来的行动。奥利维拉今天对战局的分析对他来说有着很大的帮助，只有了解战局,才能更好地控制局面以及确定琴城未来的动向。

现在整个琴城都忙碌了起来,其中最忙的无疑就是矮人族和地精部落的工匠,他们在夜以继日地制造着叶音竹需要的东西。

十天后,死神三百在叶鸿雁的带领下,风尘仆仆地赶到了琴城。再次见面,那恍如隔世的感觉令叶鸿雁这样的铮铮铁汉的双眼也湿润了。

叶音竹和奥利维拉亲自在琴城外将叶鸿雁他们接到了琴城之中。叶鸿雁他们已经换了崭新的装备。

妮娜并不吝啬,不仅给叶鸿雁他们配备了全新的铠甲和武器,还给每一名死神战士配备了一条埃里克敏龙。

三百条埃里克敏龙可是一笔不小的财富啊!

虽然死神三百花了十天才赶到这里,但叶音竹从他们身上看不到一丝疲倦。经历过数次大战之后,他们已经成了强大的战士。

除了七名魔法师以外,其他战士统一背着重剑,坐骑上还配备了长达六米的精钢龙枪。

现在的死神三百绝对不是米兰帝国任何一支龙骑兵部队所能相比的。

"哈哈,鸿雁,你终于来了。"奥利维拉大笑着迎上去,一把抱住了叶鸿雁。

虽然叶鸿雁表面看上去很冷漠,但他眼中的激动之色一点不比奥利维拉少。他的目光落在了叶音竹身上。

"我们来了。音竹,我们又要并肩作战了吗?"

他并没问叶音竹当初为什么不辞而别,他们之间有着绝对的信任。

叶音竹点了下头:"是的,我们又要并肩作战了。鸿雁,从现在开始,你们就都是东龙帝国的一员了。琴城不再是米兰帝国的附属,跟米兰帝国是合作关系。具体情况我想你也知道,我就不解释了。你们先休息一晚,明天清晨我们就出发，前往米兰帝国东方战场。还记得当初令我们的兄弟惨死的血色卫队吗？这一次，我们的目标就是血色卫队所在的国家——佛罗王国。"

听到"血色卫队"四个字，不仅是叶鸿雁，就连叶鸿雁身后的死神战士们都下意识地释放出了一股杀气，使得面对他们站着的奥利维拉都不禁打了个寒战。

死神战士们想到当时的情景，每一个人的眼睛都变红了。在场的死神战士们都清楚地记得，那些伙伴正是为了保护他们而牺牲的，那四十三名魔法师的死是他们心中永远的痛。

叶鸿雁攥紧双拳，红着眼睛，道："音竹，我们不需要休息，我们随时都可以出发。"

叶音竹摇了摇头，道："为了大局，我们每个人都必须保持最好的状态。这次我们要进行的是持久战，我希望我们都能活着回来。"

叶鸿雁冷静下来，看着叶音竹缓缓点了下头。

看到叶鸿雁眼底的伤痛，叶音竹突然发现，自己根本就说不出让叶鸿雁留在琴城帮忙训练骑兵的话，他心中暗叹一声，看来，只能拜托其他人训练骑兵了。

"好了，我的死神战士们，虽然我现在没办法给你们准备欢迎仪式，但是，在你们来到这里之前，我已经给你们准备好了一份礼物。请大家从埃里克敏龙身上下来，并脱下身上的铠甲，取下身上的武器。"

虽然死神战士们不知道叶音竹为什么让他们这么做，但他们还是立刻就做出了反应。

他们同时落在地面上，穿着铠甲的他们在落地时只发出了一声整齐的铿锵声。他们分别将重剑、龙枪解下来，挂在了身旁的埃里克敏龙背上，紧接着，他们快速而整齐地脱下了自己身上的铠甲。

叶音竹一挥手，立刻有上千名琴城战士走了过去，将埃里克敏龙以及死神战士的装备带走了。

此时，叶音竹身后的一行人，包括紫、安雅以及东龙八宗的几位宗主看到死神三百整齐划一的动作、冰冷的表情，都不禁暗暗点了点头。

兰清悄声问身旁的兰如雪："大姐，这些战士难道就一点都不留恋他们的装备吗？据我所知，战士对自己的武器装备以及坐骑都应该有很深的感情才对。"

兰如雪低声道："不，你说的是普通战士，眼前这些战士绝对不是普通战士。我不知道音竹是如何训练他们的，我只知道他们身上散发出来的杀气绝对不是一天两天能够培养出来的。

"准确地说，他们应该是死士才对。他们只相信自己的身体，任何武器和坐骑对于他们来说都没有区别，都只是杀敌的工具而已。这才是最强的勇士啊！

"虽然他们只有三百人，但在我看来，他们的战斗力快比得上一个军团了。难怪音竹把他们要了过来，现在看来果然是值得的。"

兰清笑了笑，道："大姐，你现在和姐夫一样，看你们家音竹哪里都好。"

兰如雪自豪地道："那是当然，音竹可是我的孙子，有这样一个出色的孙子，我还有什么不满意的呢？我相信音竹一定能让东龙帝国在龙崎努斯大陆上崛起。"

他们说话的时候，叶音竹已经转过身看向了一名身材高大，有着一头蓝灰色短发的老者。

叶音竹向老者笑着道："狼克前辈，您看我的这些兄弟们能否成为你族人的伙伴呢？他们没有辱没你的族人吧？"

这位老者正是带领族人跟随叶音竹回到琴城的龙狼王——狼克。

因为龙狼一族一直自认为是狼，所以，龙狼一族的名字都以狼为姓，作为一只九阶魔兽，狼克自然能够化身为人类。

自从叶鸿雁他们出现之后，狼克的目光就一直落在他们的身体。在迎接死神三百之前，叶音竹就已经告诉他这次前来的就是今后与龙狼一族成为伙伴的战士。

正如叶音竹所说的那样，狼克对眼前的死神三百极为满意。虽然他还不清楚死神三百真正的实力，但他们身上散发出来的杀气已经告诉了这只敏锐的老狼很多东西。

没有经过血与火的考验，哪会有这样强大的战士？只有和这样的战士合作，才能更好地在战场上奋勇杀敌，才能更快地提升自身实力。

狼克点了点头，道："但凭琴帝大人做主。"

叶音竹微微一笑，从狼克的眼神中他已经看出，狼克是真的臣服了。

狼克通过这些天对琴城的观察，看到了众多族类融合在一起所产生的繁荣景象。他看到强大的比蒙巨兽、神奇的德鲁伊、善良的精灵以及擅长铸造的矮人平静地生活在一起，他们每个人都是琴城的一分子。

感受到琴城内和谐的气氛，心存警惕的龙狼们渐渐放下心来。布伦纳山脉当然不能和广袤的普利亚平原相比，可是这里的生存环境比冰森不知道好了多少倍。

龙狼一族来到布伦纳山脉之后，过上了千年未曾享受过的生活，再不需要为食物担心了。

叶音竹微微一笑，道："既然如此，到了您的族人出场的时候了。请您让它们自己挑选未来的伙伴吧。"

狼克点了点头，仰天发出一声长啸。啸声划破天际，直入云中。顿时，三百声同样的长啸响起，紧接着，一道暗蓝色的洪流从侧面朝琴城前的这片空地而来。

紫走到叶音竹身边，两人相视一笑，他们知道，这一次前往冰圈并没有白费力气。

死神三百自然感觉得到这突如其来的暗蓝色洪流和他们有关,于是下意识地看了过去。那暗蓝色的洪流速度之快,肉眼几乎难以看清。死神三百盯着看了一会儿,才看清暗蓝色洪流究竟是什么。

那是拥有暗蓝色龙鳞的狼,它们个头很大,四肢粗壮有力,暗红色的眼眸中闪着嗜血的光芒。

它们立马引起了死神三百的注意。不知道为什么,每一名死神战士心中都出现了一种想法,那就是和眼前这些龙狼相比,那些埃里克敏龙又算得了什么?

三百零八只龙狼狂奔而来,当它们停在死神三百面前时,一个个口鼻处都喷着淡淡的白雾。它们冷冷地凝视着眼前的死神三百。

每一只龙狼背上都绑着一套纯黑的铠甲,还有马鞍。马鞍旁边挂着一根黑色长枪和一柄黑色重剑。

那些黑色长枪比死神三百之前拿的龙枪短,大约五米长。那些黑色重剑比普通的重剑窄一些,大约一米七长。这两件武器的材质和龙狼背上的铠甲一样,并且没有任何反射光。

"这就是我送给你们的礼物——龙狼,也是你们未来的伙伴。你们必须凭借自己的实力得到龙狼的认可。当你们穿上它们背上的铠甲,拿起我特意为你们准备的龙狼枪和剑时,你们将不再是死神三百,而是死神龙狼骑兵。"

说完这句话,叶音竹的目光从叶鸿雁脸上扫过,当他看到叶鸿雁眼中的兴奋时,他就放心了。他没有再多说什么,直接转身回琴城去了。

此次,佩贾也跟随死神三百来到了琴城,叶音竹没让他挑选龙狼,而是任命他为远程攻击军团的统帅。

其实,经过这些天,佩贾才知道自己当初上当了。可又有什么办法呢?波利王国是回不去了,他现在只能跟在叶音竹身边。更何况,他听说叶音竹凭借六道之决力挽狂澜之后，原本有些不甘的心也定了下来。

对死神三百来说，战斗是不可避免的，想要高傲的龙狼做自己的魔兽伙伴，首先就要征服龙狼的心，只有这样，龙狼才会心甘情愿地成为他们的魔兽伙伴。

这也是龙狼王向叶音竹提出的条件，叶音竹没有拒绝。如果死神三百不能征服这些龙狼的话，那么，叶音竹的努力也就白费了。

叶音竹相信，和自己共同战斗过，面对无数强敌从未退缩的死神三百不会失败。

叶音竹带领其他人回到领主府之中，奥利维拉跟在他身边，有些担忧地道："音竹，死神三百真的可以吗？那些龙狼可都是双属性魔兽，而且是高阶魔兽，而死神三百中大部分人的实力才达到绿级初阶。让他们与那些龙狼对抗，似乎……"

叶音竹微微一笑，道："相信我们的兄弟吧。经过七国七龙排位战，他们的实力应该早就超过了绿级初阶。何况，就算他们的实力真的是绿级初阶，经过无数生死历练之后，他们难道还无法征服刚刚走出冰森的龙狼吗？耐心等他们的好消息吧，他们不会失败的。"

等待是一件痛苦的事，奥利维拉明显没有叶音竹那么淡定，此时，领主府内只有叶音竹、奥利维拉、苏拉和紫四人，其他人都到琴城外看热闹去了。死神三百对龙狼，这样一场对决，最后的获胜者会是谁？琴城中各个族类的首领都对结果很感兴趣。

一个小时过去了，叶音竹已经静静地端坐在那里开始修炼起来。浪费时间是可耻的，他们即将奔赴战场，为了能在战场上生存下来，必须随时修炼以提升自己的实力，这个道理早已经深深地刻在了叶音竹心中。

紫和叶音竹一样，悠闲地坐在那里修炼。

苏拉则站在叶音竹身边，静静地看着叶音竹。虽然他没有修炼，但他那入神的样子和修炼也没什么区别了。

只有奥利维拉无法静下来,他在领主府内来回踱步,显得焦躁不安。一起并肩作战的兄弟正在面对比自己强大的对手,他又怎能不着急呢?

两个小时过去了,奥利维拉终于忍不住了,大步朝外面走去,无论如何,他都要去看看。

"等一下。"叶音竹突然睁开了双眼。

奥利维拉转身,无奈地道:"音竹,我要去看看,在这里等着简直就是折磨。"

叶音竹脸上露出一丝苦笑,他问道:"你知道为什么我不许你去看,自己也不去看吗?"

奥利维拉惊讶地道:"难道不是因为你对鸿雁他们有绝对的信心?"

叶音竹轻叹一声,道:"信心当然是有的,只是我怕我看到他们搏斗之后,自己会忍不住出手。如果是那样的话,就违背了我和龙狼王的约定。"

第一百七十章
死神龙狼骑兵

奥利维拉突然笑了，调侃道："原来你这修炼也只是装装样子，看来，你比我还担心。"

"真的需要担心吗？"一个冰冷的声音响起，伴随着沉稳有力的脚步声，一个高大的身影从外面走了进来。

走进来的人正是叶鸿雁，他身穿漆黑的铠甲，背后背着一把一米七的重剑，眼中的兴奋之色难以抑制。从他这身打扮就能看出来，他已经得到了属于自己的坐骑。

叶鸿雁双手抱拳，走到叶音竹面前单膝跪地，恭敬地道："回禀主帅，死神龙狼骑兵组建完毕。除七名魔法师外，其他人只受轻伤，任务完成。"

叶音竹赶忙站起身，将叶鸿雁扶了起来。他将一丝紫竹斗气通过自己的双手注入叶鸿雁体内，发现叶鸿雁身上至少有七处伤，虽然每一处伤都不致命，但也不能算轻伤，尤其是伤口上还有一些冰冻的痕迹。

叶鸿雁自然明白叶音竹在干什么，他难得露出一丝笑容，道："如果生死相搏的话，或许我们会与龙狼同归于尽。龙狼的暗魔系魔法的腐蚀性很强，不过，现在我们身上的腐蚀效果已经被自己的龙狼伙伴解除了。"

叶音竹皱眉问道："鸿雁，你的实力已经达到蓝级了吧？蓝级的你，难道还对付不了龙狼吗？怎么会受这么严重的伤？连你都这样，那我们的兄弟……"

叶鸿雁道："放心吧，兄弟们伤势最重的也就和我差不多。我的魔兽伙伴是龙狼王唯一的儿子，它比那些龙狼的实力强一些。"

叶鸿雁一边说着，一边不好意思地摸了摸自己的鼻子。

一旁的奥利维拉哈哈一笑，道："好啊，鸿雁，你连人家龙狼王子都拐带了。看来，这次龙狼一族真的要一直待在我们布伦纳山脉中了。"

叶鸿雁反唇相讥："这布伦纳山脉是我们的，好像和您这紫罗兰家族的公子没啥关系吧？我听说，你好像是被派来监督我们的。"

闻言，奥利维拉怒道："想打架吗？"

叶鸿雁向他挑了挑眉毛，故意道："是的，怎样？不服气啊！"

这两个人暗地里交手也不是一次两次了，原本叶鸿雁、奥利维拉、叶音竹三人谁也不服谁，自从叶音竹的实力达到紫级以后，两人就知道无法和叶音竹相比了，于是两人抛开叶音竹，开始不断较量。论战斗经验显然是叶鸿雁强一些，可论实力，还是奥利维拉强一点，因此，两人较量来，较量去，最后的结果竟然是平局。

奥利维拉瞪了他一眼，泄气道："算了，你受伤了，不和你一般见识，回头我再收拾你。"

叶音竹看着互不相让的两人，知道这两个家伙是惺惺相惜的，虽然经常斗嘴，但是他们是很好的兄弟。

"好了，鸿雁，你赶快去治疗吧，我早就让精灵族的魔法师们准备好了。"

叶鸿雁点了点头，转身向外走去，他走到门口的时候，突然停下脚步，转头看向叶音竹，道："音竹，谢谢你的礼物，兄弟们都很喜欢。"

奥利维拉没好气地道："智慧型魔兽加上矮人族铸造大师打造的武器、铠甲，谁会不喜欢？"

叶鸿雁向他咧嘴一笑，露出一口白牙，道："你就嫉妒吧，反正你不是死神龙狼骑兵的一员。"

"你……"奥利维拉气结，叶鸿雁却已经没了影子，看着他离去的方向，奥利维拉无奈地摇了摇头，最后笑了起来。

清晨，当第一缕阳光照到大地之时，琴城仿佛变得不一样了。

今天是叶音竹与妮娜约定出发的日子。经过十天的准备，矮人族终于完成了叶音竹需要的东西。

三百零八只龙狼，包括龙狼王子在内，每一只龙狼背上都端坐着一名战士，他们的身体，包括脸都完全被漆黑的铠甲覆盖住了，漆黑的铠甲、龙狼们偶尔发出的狼嚎声给他们增添了几分肃杀之气。

这支以龙狼为坐骑的死神龙狼骑兵终于组建完成了。他们的战斗力如何只有在战场上才能检验出来，此时此刻，他们就是琴城人的焦点。

叶鸿雁排在最前方，端坐在龙狼王子背上，腰板挺得笔直。他手握龙狼长枪，眼中闪烁着嗜血的光芒。

死神龙狼骑兵身上的装备是矮人族进入琴城之后铸造出来的。虽然这一整套黑色装备看上去没什么特殊之处，但其威力绝对不一般。单是矮人族的特殊工艺，就令这套装备显得如此与众不同，更别说这套装备中加入了金刚石、钢母以及多种稀有金属。

那看上去并不厚重的铠甲拥有普通铠甲三倍以上的防御力，重量却只有普通铠甲的三分之一，而且这套铠甲的关节处设计得非常人性化，死神龙狼骑兵动起来的时候没有感觉到丝毫不方便。

矮人族特意赶制的马鞍上还有专门与铠甲连接的环扣，这样一来，不论龙狼如何腾跃，都不会影响到背上的死神龙狼骑兵，使得人狼一体。铠甲内部还有三个魔法阵。那三个魔法阵是矮人族四大长老亲手雕刻上去的，效果分别是加速、防御和大力。

加速，可以将战士们的速度提高百分之三十。

防御，可以将铠甲的防御力增强百分之三十，还能无视黄级以下的魔法攻击，对黄级以上的魔法有部分防御能力。

大力，可以将战士们的力量增强百分之三十。

这三个魔法阵无形中使战士们的实战能力增强了百分之三十。现在，他们既不是轻骑兵，也不是重骑兵，因为他们同时拥有超越轻骑兵的速度和超越重骑兵的防御能力、攻击能力。准确地说，这支死神龙狼骑兵应该是魔骑兵。他们这一身装备消耗了琴城现有的大部分珍贵材料，就连那临时赶制出来的马鞍内部都雕刻着一个加速的魔法阵，令龙狼的速度再次提升。现在他们就是一支钢铁雄师。

在了解他们的装备后，紫说除非由他带领，否则就算是比蒙巨兽军团也未必能够将他们彻底击溃。

死神龙狼骑兵是前锋，由叶鸿雁率领。

在死神龙狼骑兵之后，就是比蒙巨兽。比蒙巨兽的数量比死神龙狼骑兵的数量少，但比蒙巨兽实力强大，数量少也没关系。比蒙巨兽的统帅有三个人，站在最中央的，正是兽人族四大神兽之首的紫晶比蒙——紫，站在紫两侧的分别是化为人形的山岭巨人明和战争巨兽格拉西斯。

叶音竹端坐在黄金比蒙狄斯的肩膀上，和他一样坐在比蒙巨兽们肩膀上的，还有东龙八宗中棋宗、画宗和书宗派出的一百名魔法师，三十名地精，十二名精灵女祭司。那些魔法师中自然包括了常昊和马良。

比蒙巨兽左侧站着二百名化成人形的利爪德鲁伊和三百名化成人形的猛禽德鲁伊，这些德鲁伊看上去并不起眼，不仔细看的话，人们恐怕会认为他们是普通百姓。

他们没有穿戴任何装备，看着就像手无缚鸡之力的弱者，只有接触过他们的人才知道，这些德鲁伊拥有足以护卫精灵族的强大实力，是一支魔武混合队伍。

比蒙巨兽右侧站着五百名树妖德鲁伊，它们的样子最为奇特，上半身为人形，下半身有四条腿，长得跟传说中的半人马差不多。

这三支德鲁伊队伍分别由其族长率领。这次，叶音竹一行人可谓是做足了准备。

比蒙巨兽后方是负责殿后的五百人。他们没有坐骑，只穿着简单的轻铠，而且轻铠的样式并不统一，看上去就像临时组建的一样。

可谁都知道，如果论作战能力，这五百人的战斗力绝对不会比其他四支队伍的战斗力弱，因为梅宗宗主梅如剑、兰宗宗主兰清这两名紫级强者都在这五百人中，而且那些穿着轻铠的战士的实力都达到了黄级五阶，也就是彩虹等级中的青级。

这样一支五百人的队伍，就算是米兰帝国也很难组建出来，更何况他们还拥有着特殊的东龙武技。

当然，这还不是全部，叶音竹还组织了一支足以令其他国家羡慕的空军。一千只角鹰德鲁伊高高地飞在半空之中，因为哈根达斯并没有参与这次的军事行动，所以带领这些角鹰德鲁伊的是骑在水龙背上的奥利维拉。

那一千只攻击力强且飞行速度比巨龙还快的角鹰德鲁伊背上各自端坐着一名精灵弓箭手。这是叶音竹和安雅商量过后才决定的。

角鹰德鲁伊的战斗力相对来说弱了一些，为了增强角鹰德鲁伊的作战能力，更好地打击对手，每一只角鹰德鲁伊都配备了一名精灵弓箭手。

精灵和德鲁伊本就关系亲密，因此精灵不会被角鹰德鲁伊排斥。这支角鹰德鲁伊队伍将成为叶音竹所掌握的神秘力量。

为了这次行动，琴城出动了大部分精锐，光是实力达到紫级的强者就有十一个，分别是叶音竹、紫、明、格拉西斯、三个黄金比蒙、两只冰极魔猿、梅宗和兰宗的宗主。

奥利维拉知道有这么多紫级强者加入之后，也不禁暗暗吃惊，恐怕整个佛罗王国都找不出这么多紫级强者，更何况，这些紫级强者中还包括了两个十阶神兽。

算上角鹰德鲁伊，此次琴城差不多派出了四千人，这些人都是精锐。看到这些准备出战的强者，奥利维拉相信叶音竹一定能够拖住佛罗王国大军。

叶音竹举起手中的凤凰翎，遥指东方，喊道："大家要记住今天，今天是我们第一次为了琴城出征。我们的敌人就是佛罗王国。佛罗王国背叛了我们的盟友米兰帝国，现在又与蓝迪亚斯帝国一起攻打米兰帝国。正所谓唇亡齿寒，为了让我们的盟友挺过这次难关，也为了保卫我们自己的家园，我们必须拖住佛罗王国大军的步伐，出发！"

叶音竹的话打动了这些战士的心。三百只龙狼仰天长啸，这支混编部队踏上了他们的征途。

这时，没有人能预料到琴城加入混战之后的情形，也没有人知道后世的人会将这支混编部队视为传奇。

大军浩浩荡荡地出发了。这次出征的都是各族精锐，除了利爪德鲁伊的行军速度慢一些以外，其他各族的行军速度都可以用"风驰电掣"来形容。尤其是空中的角鹰德鲁伊和地上的龙狼，如果不是有意控制速度，它们早就将其他族类甩开了。

比蒙巨兽前进的步伐很平稳，因为比蒙巨兽的肩膀上还有魔法师，当然，还有身材矮小的地精。

这些地精不会被计算到战斗序列中，地精本身的战斗力也不强，叶音竹对他们另有安排。叶音竹在须弥神戒里装了三十个地精撕裂者，之后，这些地精撕裂者都要由地精来操控。

红光一闪，一个小脑袋从叶音竹的衣服内钻了出来，那个小脑袋转来转去，到处看，显得有些兴奋。

"琴帝大人，好壮观的场面啊！"

叶音竹微微一笑，道："红灵，在琴城待着是不是感觉有些闷？"

从叶音竹身上钻出来的正是赤精红灵。叶音竹这次带红灵出来，不仅是需要它的拟形飞行能力，还有别的用处。

红灵呵呵一笑，道："怎么会呢？我很满意在琴城的生活。在琴城中大家都把我当朋友，尤其是矮人族和地精部落，他们对我很好，我再也不需要担惊受怕。这些都是琴帝大人您给的。红灵已经将琴城当成了自己的家。"

叶音竹笑着道："那我就放心了。"

苏拉坐在狄斯另一边肩膀上，看着叶音竹和红灵交谈，有些愣神。苏拉感觉叶音竹真的变了，他在叶音竹身上看到了一种上位者特有的威严。

叶音竹举起手中的凤凰翎，在空中画出一个特殊的符号，顿时，一阵狂风刮起，骑在水龙背上的奥利维拉令水龙降低飞行高度，或许是因为巨龙和比蒙巨兽天生互相排斥，奥利维拉的坐骑不敢降得太低，只是飞行在狄斯头顶上方。

"音竹，什么事？"奥利维拉问道。

叶音竹道："奥利维拉大哥，麻烦你通过魔法传信联系一下米兰帝国的军团。主要是两件事，一件事就是告诉东方军团，我们七天之内就能赶到前线，请他们务必坚持住。

"另一件事就是请你问一下现在北方军团的战斗情况，马尔蒂尼元帅和兽人两大部落之间的战斗应该已经全面展开了。"

奥利维拉答应一声，驾驭着自己的水龙重新飞入高空。

叶音竹之所以让妮娜将奥利维拉送到琴城，除了觉得奥利维拉的实力不错以外，还因为奥利维拉来了之后，他们与米兰帝国联系的时候会更方便。毕竟，妮娜是不可能将米兰帝国的魔法传信的密码告诉叶音竹的。

"琴帝大人。"

一个有些可怜兮兮的声音突然响起，叶音竹低头向下方看去，惊讶地发现，这个可怜的声音竟然是从一个三米高的光头男子口中发出的。

"格拉西斯，你怎么了？"叶音竹看着战争巨兽，不禁有些好笑。

格拉西斯揉了揉自己的肚子，委屈地道："琴帝大人，能不能先给我点吃的？我饿得快走不动路了。跟您回来以后，我就没有吃饱过。"

叶音竹看着这家伙，一阵无语，心道：人家紫和明的本体也不小，可没见像你一样贪吃。吃饱？让你吃饱了，琴城各族就不用吃饭了。

要知道，格拉西斯的饭量无比恐怖，一天就可以吃掉五千人的食物。而且，格拉西斯完全不怕被撑到，他可以一次性吃掉相当于自己饭量十倍的食物，然后储存在体内。

格拉西斯在冰圈中就是这么干的，吃几天东西，然后睡上十天半个月。到了琴城之后，叶音竹怎么可能让格拉西斯这么吃？

"格拉西斯，你再忍耐一段时间，到了前线之后，我自然会让你吃饱。我这次带出来的粮食还不够你吃一顿，给了你，其他人怎么办？"

格拉西斯也知道自己的饭量大，再次看了叶音竹几眼，悄悄地道："其实，琴帝大人，那些绿头发的家伙看上去挺好吃的，我喜欢它们身上那股树叶的香味。"

叶音竹听了他的话，感觉既吃惊又生气。他竟然要吃树妖德鲁伊。

叶音竹也知道，格拉西斯一个人就可以干掉这些树妖德鲁伊。格拉西斯显然是饿得有些饥不择食了。

叶音竹脸色一沉，严肃地道："格拉西斯，你给我记住了，现在在你身边的是我们的盟友，是我们的伙伴，我不会允许你动盟友的脑筋。以你体内的能量储备，再坚持七天绝无问题。我向你保证，到了前线之后，一定让你吃个够。"

格拉西斯看着叶音竹的双眼，无奈地道："好吧，我忍了。谁叫咱肚子大，真是痛苦啊！"

苏拉扑哧一笑，道："音竹，这可就是你的不对了。你让他帮你去打仗，却不让他吃饱，这不好吧？要是其他国家能拥有像他这样的神兽，恐怕就是砸锅卖铁也会满足他的胃口。"

叶音竹苦笑道："我有什么办法？格拉西斯身为战争巨兽，饭量就和战斗力一样恐怖。我们琴城小家小户的，可养不起他。"

苏拉道："那你为什么还带他来？总不能老这样饿着他吧？"

叶音竹嘿嘿一笑，道："我把他从冰圈里带回来可没说要管他吃饱，这次带他出来，自然会有人给他提供食物。"

苏拉眼睛一亮，已然明白了叶音竹的意思。

"音竹，你现在真是变得太……"

叶音竹淡然一笑，道："太卑鄙了，是不是？这都是被逼的。现在我越来越理解那句话，有的时候，人真的是身不由己。坦白说，我从没想过要成为一方领主，更没有想过要做东龙帝国的摄政王。

"和这些比起来，我更愿意到大陆各地游历一番，增长见闻，然后不断修炼琴艺。当然，如果你能陪在我身边就更好了。现在我还能那样做吗？不能。我身上背负了太多东西。这次与佛罗王国大战之后，我还有更重要的事情要做。"

看着叶音竹那么无奈，苏拉心中微痛，他不止一次想要告诉叶音竹自己的真实身份，却总是说不出口。

身不由己，真是身不由己啊！

很快，奥利维拉就将米兰帝国那边的消息传给了叶音竹，这次传回来的消息很全面。

米兰帝国与蓝迪亚斯帝国交战的南方战场那边，由于敌我双方兵力相差悬殊，西多夫收缩了战线，放弃了米兰帝国边境的部分领地，凭借着七个相隔不远的边境重镇，构筑了一道防线，算是暂时抵挡住了蓝迪亚斯帝国与波庞王国的联军的攻击。

而巴勒莫王国与波利王国的战争也已经进入了胶着状态，短时间内绝对不会结束战斗。

交战的两国要是国力差不多的话，一般来说，战斗会进行比较长的时间，最后双方开始拉锯战，今后就要拼财力和人力了。北方军团也没有传来坏消息，叶音竹感觉略微放松了一些。

就算这次兽人两大部落联合起来，攻击北方军团，甚至出动了比蒙军团，在没有魔法师的前提下，兽人想要打败由马尔蒂尼率领的北方军团还是不现实的。

当然，叶音竹不知道，其实蓝迪亚斯帝国只是想让兽人拖住北方军团，不让北方军团有增援南方战场的机会。

奥利维拉的判断是非常正确的，现在情况最危急的确实是米兰帝国的东方战场。

没怎么打过仗的东方军团在佛罗王国大军的攻击下节节败退。如今，佛罗王国大军已经攻入了米兰帝国境内。东方军团的人模仿西多夫，以几座相邻城市为支点，勉强构筑一道防线，才抵挡住了佛罗王国大军，但没人知道他们能坚持多长时间。

根据东方军团传来的情报，佛罗王国的血色卫队也正在赶赴前线。

叶音竹看了看天色，道："看来我们必须加速行军了。如果我们到达前线的时候，东方军团已经被佛罗王国大军击溃，我们就没有去的必要了。大家吃点东西补充一下体力，接下来我们要加快速度了。"

蓝迪亚斯帝国。

男子端坐在王座上，脸上带着淡淡的微笑。

男子身材高大，肩膀宽阔，一头蓝色长发披散在肩膀上。他穿着黄袍，未带冠冕，额头上绑着一条发带。虽然他的实际年龄已经超过了六十岁，但他看上去完全不老。

如果叶音竹在这里，一定会发现这个男子和黑凤凰的容貌有不少相似之处。这个男子就是蓝迪亚斯帝国的王，是与西尔维奥并称为龙崎努斯两大帝王的马西莫·莫拉蒂。

自从建立蓝迪亚斯帝国以后，莫拉蒂家族人才辈出，每一代帝王都是优秀的统治者，还是不可多得的强者。莫拉蒂家族流淌着黑凤凰的血脉，拥有黑凤凰赐予的强大力量。

马西莫·莫拉蒂才是策划此次混战的人。继位三十多年，马西莫等的就是眼前这个机会，此时此刻，他的军队已经将米兰帝国的军队完全压制住了，一切都在按照计划进行。

马西莫的左手轻轻地晃动着水晶杯，杯中散发出诱人的葡萄香气。这是马西莫的一个习惯，每当心情大好的时候，他都会喝一杯红酒。

蓝迪亚斯帝国的官员此刻的心情也很好，米兰帝国大军节节败退，蓝迪亚斯帝国的版图扩大了百分之二。

虽然这点面积对蓝迪亚斯帝国来说不算什么，但这无疑是一个好的开始。马西莫轻轻抿了一口杯子中的红酒，笑道："来，让我们的军务大臣告诉大家目前的战况。"

蓝迪亚斯帝国的军务大臣克雷斯波从众臣中走了出来。作为马西莫手下主战派的领军人物，看到目前大陆的形势，克雷斯波感觉十分兴奋。

"赞美法蓝。在大帝的英明统治之下，目前我军形势一片大好。"克雷斯波大声说道，眼中闪过一丝杀意。

克雷斯波也是优秀的将领，多年以来，他一直被米兰帝国的两大元帅压制，世人只知道西多夫和马尔蒂尼，没有人注意过他，此次蓝迪亚斯帝国终于对米兰帝国出了兵，克雷斯波被提升做了军务大臣，正是志得意满的时候，但他依旧对过去念念不忘，十分想要灭掉米兰帝国，将米兰帝国的两大元帅踩在自己的脚下。

"根据各方回报的消息，目前我方盟友已经成功牵制住了米兰帝国的北方军团和阿斯科利王国的主力军，令他们无法支援米兰帝国的东方战场和南方战场。我国与波庞王国的联军人数比米兰帝国的南方军团人数多，已经完全压制住了米兰帝国的南方军团，使得他们被迫防守。和米兰帝国的南方军团的孱弱之兵相比，我国与波庞王国的联军都是精锐，明显占了优势。

"米兰帝国南方军团中有不少新兵，战斗力很弱。虽然西多夫构筑了一道相对坚实的防线，但我相信，只要我军不断攻击，也能够在数月之内令其彻底崩溃。当然，这是目前最保守的估计。"

克雷斯波兴奋地道："佛罗王国那边的战局是最有优势的。东方军团不过二十万人，而且都是久未上过战场的菜鸟，而佛罗王国大军是由当初与战神部落作战的战士组成的。此时，佛罗王国大军已经进入米兰帝国境内，虽然东方军团还在勉强防御，但根据佛罗王国传来的消息，不出一个月，佛罗王国大军必然会将其彻底击溃，一旦佛罗王国大军成功挺进米兰帝国内部，届时，我国与波庞王国的联军必然可以在短时间内令米兰帝国的战线彻底崩溃。"

马西莫嘴角出现一丝淡淡的笑容，他道："希望佛罗王国人不要让我等太久。"

虽然蓝迪亚斯帝国一方也有不少反对战争的大臣，但目前形势一片大好，谁也不愿意去触马西莫的霉头。

"陛下，新的粮草已经准备完毕，其中包括从阿卡迪亚王国借的三千车粮食。"财政大臣托尔多适时奉上一个好消息。

果然,马西莫的声音中带了一丝难以抑制的兴奋:"好,托尔多,你做得很好。我知道,你一直担心这次大战对我国的消耗过大,你不要忘记,米兰帝国素来被称为'天府之国',只要我们攻入米兰帝国,还用担心补给问题吗?以战养战才是我真正的目的。克雷斯波。"

"臣在。"克雷斯波躬身应道。

马西莫沉声道:"传我命令,命克鲁兹元帅率领大军向米兰帝国的南方军团发起猛攻,务必让南方军团没有任何支援米兰帝国东方战场的机会。再发消息给兽人那边,让它们攻击得更猛烈一些,告诉它们,如果有北方军团的人支援了东方战场,那么我们对兽人承诺的东西就将减少。对了,托尔多,支援兽人三大部落的粮食怎么样了?"

第一百七十一章
琴城，战争的未知数

托尔多道："陛下请放心，我一直在关注这件事，目前已经从波庞王国调了一些粮食运往佛罗王国，那些粮食到达佛罗王国后，会立刻与佛罗王国准备好的物资一起送到战神要塞去。这些粮食足够兽人族三大部落的军队度过这个冬天了。"

马西莫点了点头，道："这件事非常重要，通知佛罗王国人，一定要护送好粮食。就算米兰帝国不知道这批粮食的运送路线，我们也还是要小心，不能得意忘形。"

托尔多道："陛下英明。"

正在这时，帝国外务大臣斯坦科维奇躬身道："陛下，老臣有一言，不知当不当讲？"

这位帝国外务大臣今年已经七十三岁，马西莫当初之所以能够坐上皇位，就是因为得到了这位外务大臣的支持。

从蓝迪亚斯帝国的政治体系来说，斯坦科维奇有着举足轻重的地位，马西莫一向很尊敬斯坦科维奇。

"斯坦科维奇，你还在担心吗？"马西莫眉头微皱，问道。

斯坦科维奇缓缓点了点头，道："陛下，虽然目前我们形势一片大好，但老臣希望陛下能够看得更远。千百年以来，法蓝一直是龙崎努斯大陆的中心，没有任何一个国家的力量能够和法蓝抗衡。

"这次法蓝会封闭十年，就算我们在十年之内灭了米兰帝国，甚至统一了各国，等到法蓝解封，我们该如何向法蓝解释？明知陛下不悦，老臣也必须要说，如果我们费尽心力统一了各国，结果却被法蓝责难，届时，不仅我们之前所做的一切会付诸东流，恐怕……"

听了斯坦科维奇的话，马西莫并没有生气，只是淡然一笑，道："我了解你的顾虑。不错，法蓝不愿意看到龙崎努斯大陆被一个国家统一，可是，还是有人愿意看到这样的情况出现的。

"如果没有把握，你认为我会拿帝国的未来冒险吗？我继承皇位这么多年，一直励精图治，等的就是今天。做大事不可能不承担风险，我能做的就是帮蓝迪亚斯帝国把风险降到最低。"

斯坦科维奇轻叹一声，道："既然陛下这么说，那臣能做的就只有全力支持了。我想，在场诸位也都期待着蓝迪亚斯帝国登上龙崎努斯大陆巅峰的那一刻。"

米兰帝国，东风城。

这座中型城市是交通枢纽，距离米兰帝国东方战场三百六十公里，是前往东方战场的必经之地。

叶音竹带着奥利维拉和苏拉站在东风城西城门外五公里处的森林内，静静地看着这座城市。几天前妮娜通过魔法传信告诉他们，叶音竹要的后勤部队就在此地。

奥利维拉刚刚向城内发了信号。

叶音竹之所以没有将混编军队带到东风城外，而是和苏拉、奥利维拉来此，是因为他不想让米兰帝国知道自己手上掌握了多少力量。

琴城的混编军队中族类众多，每一个族类都是叶音竹的秘密武器，即便此时琴城和米兰帝国是盟友，叶音竹也不希望被米兰帝国摸清自己的底细。

更何况，在来到这里之前，苏拉就提醒过叶音竹，米兰帝国派来的人之中可能有佛罗王国的奸细，一旦被奸细得知琴城混编军团的动向，后果不堪设想。

或许是因为东方战场的战事紧迫，东风城的城门紧闭，城墙之上有巡逻队来回巡逻，气氛极为紧张。

叶音竹静静地注视着前方，此时的他看上去又有了些变化。这些天，他整个人的气质都变了，达到紫微琴心之后出现的杀气淡化了几分。

变化最大的是他的眼睛，他自己都不明白为什么他的眼睛在这段时间内又变得清澈了，如果是不认识他的人，此时见到他，一定会认为他是一个平凡的年轻人。

"来了。"奥利维拉低声道。

果然，东风城的西城门打开了，一道快如闪电的身影朝叶音竹他们这边冲了过来。这个人刚出城门，城门便立刻关闭，感受到城内守军的恐惧，叶音竹不禁眉头微皱。

东风城是南方军团的辖区，从这一幕叶音竹就能看出南方军团的战斗力不怎么样。一支没有斗志的军队，还能指望他们做什么呢？

那道身影很快就来到了叶音竹他们面前。来人正是曾经给叶音竹带来不少困扰，险些令叶音竹输了六道之决的金色。

"您好，尊敬的领主大人。"金色面带微笑，向叶音竹微微行礼。

叶音竹赶忙还礼，金色的实力在马尔蒂尼之上，虽然他自认是妮娜的仆人，但叶音竹丝毫不敢小看他。

"金色前辈，您好。您应该知道我们来此的目的吧？"

金色领首道:"领主大人请放心,公主殿下已经吩咐好了。那十万人我已经给您准备好了,不知您何时出发?我会尽量配合您。

"不过,有一点我要提醒您一下,因为时间太短,东方军团又被敌军大举进攻,所以这支后勤部队中的人并非出自军队,而是从预备役以及平民中挑选出来的,质量难免有些参差不齐,而且,我无法保证他们赶路的速度,希望不会拖累领主大人。"

叶音竹并没有不满,他早已经了解了东方军团的情况,知道金色能给他抽调出这样一支后勤部队已经很不容易了,哪怕这只是一支杂牌部队。

叶音竹淡然一笑,道:"没关系,前辈,只要您带来的这些人能走路,能运送物品就足够了。现在这支部队在东风城中吗?"

金色眼中闪过一丝淡淡的忧虑,他道:"是的,后勤部队就在这里,第一批补给物资我也给领主大人准备好了。不过,现在东方战场的形势越来越差,佛罗王国大军的右前锋距离这里已经不到一百公里,随时都有可能攻到这里来。

"驻守在东风城的正规军不超过一万人。领主大人,不知您的军队在什么地方,能否先帮东风城解决这燃眉之急?之后我再带领后勤部队和您一同出发。"

叶音竹摇了摇头,道:"不,金色前辈,您应该明白兵贵神速的道理,现在我军绝对不能在这里耽误时间。我想,妮娜奶奶应该已经和您说过了,这支后勤部队的指挥权要交给我,是不是?"

金色听叶音竹没有救援东风城的意思,神色中不禁多了几分不快,但他还是肯定地点了点头,道:"是的,公主殿下吩咐过,这支后勤部队,包括我在内,将完全听从您的命令。"

叶音竹领首道:"既然如此,我给您三个命令:第一,请您时刻保持物资的充足,我将随时抽调;第二,当我将一些物资带到东风城时,请您第一时间将其送到琴城去。完成这前两个命令需要多少人手，由您来决定。我可以提醒您一下，不久之后，这支后勤部队带回琴城的物资绝对不会少。"

金色显然是聪明人，他立刻就明白了叶音竹的意思，脸色一变，道："领主大人，现在都到了什么时候了，您竟然还想着为琴城牟利。请您不要忘记，现在琴城与米兰帝国是相互合作的关系。难道当初您要这一支后勤部队，就是为了让他们帮您运送物资到琴城吗？"

叶音竹毫不避讳地道："不错，正是如此。金色前辈，现在我不能多说，我只能告诉您，我所做的一切对米兰帝国都是有利的。您要做的，就是执行我的命令。"

金色显得有些犹豫，片刻之后，他还是点了点头，咬牙道："是，领主大人。希望您所做的一切能够对得起您自己的良心。"

叶音竹像没听到金色的话一般，淡然道："第三，请您指挥后勤部队，全力辅助东风城的守军，绝对不能让佛罗王国大军攻破东风城。"

金色冷笑一声，道："难道领主大人认为这支后勤部队能挡住佛罗王国大军吗？"

叶音竹并不想让金色误会自己，但现在这个时候，他确实无法向金色解释什么，只好轻叹一声，道："金色前辈，请您按照我的话去做。我现在解释不了什么，不如用事实说话，我会让您看到我们去佛罗王国究竟要做什么。"

金色看了叶音竹一眼，对于眼前这个年轻人，他还是非常佩服的。叶音竹年纪轻轻就能凭借六道之决强行令大陆第一强国妥协，这不仅是实力的体现，同时也是勇气、智慧、坚定的信念的体现。

金色终究还是妥协了，他不明白自己究竟是在服从妮娜的命令，还是对叶音竹有信心。

"好吧，领主大人，希望您不要让公主殿下失望。"

听到金色的话，叶音竹也没有多说什么，现在对他和米兰帝国来说，时间极为紧迫。

"金色前辈，请你立刻命人运送足够四千人吃二十天的粮食，再给我准备十万支箭。"

箭是给精灵族那些弓箭手用的，这次行动持续的时间长，精灵族自制的箭明显不够。他们能使用普通的箭，至于精灵族自制的箭，要留到最关键的时候才用。

金色向叶音竹点了点头，既然已经决定了，他就不会再犹豫，立刻回东风城内调度物资去了。

叶音竹也没有闲着，他找到一块平整的地面，利用自己的紫竹斗气在地面上刻画魔法阵。

从现在开始，这里将成为他们行动的大后方，对叶音竹来说，这个地方就是一个非常重要的中转站。

叶音竹之所以没将中转站直接设置在东风城内，而是设置在城外，是为了避免麻烦，毕竟他可能会抢来很多物资，谁能保证米兰帝国的军队不会见财起意呢？

很快，凭借着强大的实力，叶音竹轻而易举地刻画完了这个魔法阵。

魔法阵悄无声息地没入地面。除了叶音竹和银龙王霍华德，谁也别想从这里感受到魔法阵的气息。

两个小时后，东风城外的森林重新变得安静下来，除了一些魔兽留下的痕迹以外，再没有任何强大的气息波动。

金色看着手下那些精神萎靡的预备役士兵，神色显得有些复杂。

"四千人，他只有四千人。这一次，他能够再次创造奇迹吗？公主殿下，您真的将米兰帝国的未来压在这个年轻人的身上了吗？"

叶音竹不知道金色在想些什么，与金色见面之后，他从金色这里得到了东方战场的第一手信息。

此时,叶音竹和奥利维拉坐在水龙背上,飞在空中,只见下方的琴城混编军团中少了三百名猛禽德鲁伊的身影。

"音竹,根据金色的消息,佛罗王国的右前锋部队大约有两万人,其中大部分是轻骑兵,是精锐。以我们的综合实力来看,应该可以干掉他们,我们要不要……"

叶音竹摇了摇头,道:"不!我们不能动佛罗王国的右前锋部队。"

奥利维拉疑惑地问道:"为什么?难道你这次出来不是为了寻找机会将佛罗王国的军队逐一击破吗?这两万人显然是块肥肉,虽然我们比他们人少,但光是我们的比蒙军团就足以令他们胆寒了。"

叶音竹道:"你说得不错,就算他们是佛罗王国的精锐,我也有把握解决他们。但是,奥利维拉大哥你想过没有,我们解决他们之后会有什么后果?我们不可能全歼这支右前锋部队,可能会有人逃出去。

"然而我们一旦主动出击,就会立刻暴露自己的实力和方位,同时,会将佛罗王国大军的主力吸引到这边来。那两万佛罗王国的右前锋军想要冲入东风城并不是一件容易的事,虽然后勤部队的十万人的战斗力不强,但数量上有优势,再加上东风城内还有一万名守军,暂时固守绝对没问题。

"一旦我们将佛罗王国大军的主力吸引过来,东风城所要面对的敌人可就不仅仅是两万人了。我们最大的优势是机动性,要是我们被东风城拴死在这里,那么,我们的计划就彻底作废了。"

奥利维拉想了想,道:"你说的有道理,那我们现在该怎么做呢?"

叶音竹道:"我们刚才得到了二十天的食物,须弥神戒的空间终究是有限的,我还需要留下一部分空间作物品转移用。我们这次出来并不是为了和佛罗王国大军硬碰硬,而是要像一柄尖刀般插入佛罗王国内部,从内部给佛罗王国制造些麻烦。

"奥利维拉大哥,你不是教过我围魏救赵之策?我们虽然不是围住佛罗王国,但也跟那差不多,我有把握让佛罗王国从米兰帝国撤军,转而进行自救。"

奥利维拉眼睛一亮,道:"你是想打游击战?我明白了。"

奥利维拉是聪明人,立刻就想到了叶音竹真正要做的事。在他看来,叶音竹这次虽然只带来了几千人,但这几千人比佛罗王国的几万人强得多,而且机动性极强。可想而知,这样一支军队进入佛罗王国之后会做出什么事来。

"那这么说,你派出猛禽德鲁伊出去就是为了打探消息?"

叶音竹道:"是的,我们要是想在不惊动佛罗王国大军的情况下,潜入佛罗王国内部,就必须掌握佛罗王国大军所在的位置。虽然猛禽德鲁伊的战斗力不是特别出色,但他们是最好的探子。我们现在要做的,除了按照金色前辈指示的地点继续前进,就是等待自己人带来消息。"

说到这里,两人对视一眼,都笑了起来。

两天后,当所有猛禽德鲁伊都回到叶音竹身边时,奥利维拉手中的地图上多了许多标记。

猛禽德鲁伊带回来的消息极为详细。恩里整理了一下那些消息,几乎将佛罗王国所有以千人为单位的部队的位置都报告给了叶音竹。

此时,叶音竹他们已经越过了佛罗王国右前锋军,距离米兰帝国与佛罗王国的边境线大概只有四十公里,随时都可以进入佛罗王国境内。

佛罗王国大军正在拉开弧形的战线,企图全面侵入米兰帝国境内。东方军团处于守势,他们没什么斗志,似乎只是在等待败亡的那一刻。

看到猛禽德鲁伊带回来的最后一个消息,叶音竹微微一笑,道:"苏拉,你叫格拉西斯过来一下。"

苏拉答应一声,不一会儿就将休息中的战争巨兽格拉西斯叫了过来。一向强悍的战争巨兽格拉西斯此时显得有些无精打采,甚至连光头都没以前那么亮。

格拉西斯走到叶音竹身前，一屁股坐了下来，毫不掩饰自己的不满，哼了一声，也不说话。

叶音竹笑着问道："怎么？你有意见？"

格拉西斯没好气地道："不敢，我能有什么意见？连灵魂之火都献祭了，我提意见有用吗？坦白说，要不是献祭了灵魂之火，我早就回冰圈去了。"

叶音竹哈哈一笑，道："我能理解你的不满。格拉西斯，我不希望你只是因为灵魂之火才和我们在一起的，我希望你是真心想和我们在一起。这些天一直没让你吃上什么东西是我不对，我向你道歉。"

格拉西斯的脸色略微好看了一些，他嘟哝道："琴帝大人，您让我做什么都好说，但您连饭都不让我吃饱，还能指望我做什么？离开冰圈之后，我消耗了三分之二的能量。我已经有很多年没消耗过这么多能量了。您看，我的肚子都瘪了。没有足够的食物补充能量，我怎么受得了啊？"

叶音竹看着比自己高出一大截的格拉西斯，道："好了，你也别委屈了。我向你保证，从现在开始，我每天都会让你吃饱，甚至让你吃撑，这样你就不会有意见了吧？"

一听到叶音竹这么说，格拉西斯的眼睛都亮了，先前那颓废的样子也立刻消失了。

"真的吗？琴帝大人，只要您能让我吃饱，其他事都好说。我也知道我这样不好，可是这是我们战争巨兽生下来就有的毛病。我和明那家伙不一样，明体内含有大量的岩石，很多时候，明只要从石头中摄取能量和特殊物质就能填饱肚子，我却不一样，我必须要吃掉大量食物才行。我肚子里储存的食物最多还能维持三四天，您不找我，我也要找您呢。您要是再不给我东西吃，我恐怕就会忍不住对身边的人下手了。我还是很喜欢熊掌的味道的。"

叶音竹瞪了格拉西斯一眼，道："忘了我对你说过什么吗？好了，你也别和我发牢骚了，等天黑之后，你就跟我出去一趟，我带你去吃饭，保证让你吃饱，想不吃都不行。"

格拉西斯摸了摸瘪下去的肚子，大为兴奋，道："还等晚上干什么？琴帝大人，我们现在就去吧。"

叶音竹摇了摇头，道："不，必须等到晚上才行。"

夜幕悄然降临，叶音竹将琴城混编军团交给奥利维拉和叶鸿雁暂时指挥，又跟他们密议了一会儿，才悄悄地带着战争巨兽格拉西斯、山岭巨人明以及紫离开，朝另一个方向而去。

化成人形的三大神兽的速度极快，虽然他们不会飞行，但是他们光靠腾跃就可以使自己的速度快得如同闪电一般。

比起他们，叶音竹就要轻松多了。红灵变成了他的双翼，他只需要输一点斗气给红灵，就可以一直飞行。

借着夜色，一行人渐渐远去。

三大神兽中跑得最快的是格拉西斯。格拉西斯并没有撒谎，这些天没吃饱饭，他确实没什么体力，但一想到有吃的，他跑起来就格外卖力，最后竟然跑到了紫和明前面。

一会儿的工夫，他们就跑了几十公里，格拉西斯抬头问空中的叶音竹："琴帝大人，您不是说要带我去吃饭吗？怎么还没看到吃的东西？"

叶音竹立马示意格拉西斯噤声。

"嘘，小声点，马上就到你吃饭的地方了。"

远远地，他们看到了一个灯火通明的地方，那地方的灯火竟然绵延了数十里。

虽然离那边还有一段距离，但人喊马嘶之声还是传了过来。只见那边袅袅炊烟，那些人似乎正在生火做饭。

叶音竹示意三大神兽停下来，自己也落到了地面上。

"应该就是这里了，好大的阵仗。"叶音竹一边说，一边在心中赞叹猛禽德鲁伊的消息之准确，他们带回来的情报没有一点差错。

战争巨兽格拉西斯有些好奇地问道："琴帝大人，这是什么地方？"

叶音竹低声道："我们已经进入了佛罗王国境内，你们看，这些大营驻扎在两个两百米高的山包之间，山包上的瞭望塔足以让他们侦察到从任何一个方向来的敌人，就算不加上后勤部队的人，这里的守军也超过了五万人。能让佛罗王国人如此重视，你们认为这是什么地方？"

格拉西斯摇了摇头，道："我才不管是什么地方，琴帝大人，我只知道我现在已经饿得前胸贴后背了。你不会是让我去吃人吧？"

叶音竹道："当然不是。"

紫赶忙问道："刚才你说后勤部队，难道这里是佛罗王国的补给站？"

叶音竹点了点头，道："没错，这里就是佛罗王国五十万大军的粮仓。你们看，这里的防御工事绝对不是一天两天能够完成的，如果我猜得不错，这里应该是佛罗王国进攻米兰帝国的军队的一个补给站，就像我们在东风城的补给站一样，只不过这里不是城市，只是一个营寨。这倒不是因为佛罗王国不能在城市建立补给站，而是因为他们看不起米兰帝国的东方军团，认为东方军团根本支撑不了多长时间，所以才将补给站直接建立在了两国边界处，这样能够更快地进行补给。五十万大军的补给，格拉西斯，你说这样一个粮仓里的粮食是否够你大吃一顿的呢？"

"够了，够了。"格拉西斯兴奋地大喊一声，双眼开始放光，口水都要流出来了。他抬脚就要冲出去。

"你干什么？"叶音竹一把拉住格拉西斯。

格拉西斯愣了一下，道："琴帝大人，您不是说让我到他们的粮仓大吃一顿吗？那我们还等什么，直接冲进去就是了。"

叶音竹微笑着摇头，道："你不是说你没什么体力了吗？既然如此，我又怎么能让你浪费体力？你稍微等一下，我马上就让你吃到食物，还不会让你有消耗。"

格拉西斯惊讶地道："还有这种好事？"

叶音竹张开右手，露出那颗粉红色的生命储存宝石。

"来，你们都进来吧。我现在就带你们去。"

紫点了点头，一转眼，三大神兽化为三道光芒，融入宝石之中。

现在夜幕之中只剩下叶音竹，他先抬头看了一眼天色，然后露出一丝冷笑。他的双臂同时亮了起来，在紫竹斗气的压制下，双臂上的光芒没有扩散。

下一刻，叶音竹就消失了，他原本站的地方只留下了一个根本不会引人注意的黑色洞穴。从这一刻开始，琴城对佛罗王国的军事行动才真正展开。

正如叶音竹判断的那样，这个营寨就是佛罗王国大军的补给站。

要问蓝迪亚斯帝国拉拢的国家中，谁最希望米兰帝国灭国，答案一定是佛罗王国。在大陆各国中，与米兰帝国接壤最多的就是佛罗王国，佛罗王国人很清楚，既然他们已经背叛了米兰帝国，就一定要帮蓝迪亚斯帝国取得这场战争的胜利，不然米兰帝国一定不会放过他们。

因此，佛罗王国这次征调了国内的五十万精锐，可谓是倾巢而出，向米兰帝国发起了迅猛的攻击。

除了答应蓝迪亚斯帝国给兽人族供应物资以外，佛罗王国还专门成立了一个后勤部队，由二十万预备役战士组成。他们从佛罗王国各地运来粮草，囤积在此处，给前线的五十万大军不间断的支持。

运送五十万人需要的物资是件很复杂的事情，而佛罗王国为了确保胜利，早在战争开始前，就已经建好了这座补给站，将后方的各种物资源源不断地送到这里，再从这里送到前线。

此时，除了正在向前线运送物资的十万名后勤士兵，剩余的十万名后勤士兵都在这里。

在任何一场战争中，补给都是最重要的，佛罗王国大军的统帅显然非常明白这一点，所以，这个营寨是仿照要塞的样子建造的，旁边的两个二百米高的山包就是他们的天然屏障，营寨前方和后方有用石块和栅栏混合建造的寨墙，还有五万正规军驻守在这里。别说东方军团不容易攻到这里，就算东方军团真的来了，也不可能在短时间内突破这里的防御，击溃这里的守军。

在佛罗王国的统帅看来，这里的防御简直就像铁桶一般严密。

正是因为后方稳定，补给无忧，佛罗王国大军的统帅才能毫无顾虑地向米兰帝国发起全面进攻。

（本册完）
《琴帝 典藏版》第9册即将上市！敬请期待！

本书由唐家三少委托中南天使（湖南）文化传媒有限公司正式授权湖南少年儿童出版社，在中国大陆地区独家出版中文简体版本。未经书面同意，本书的任何部分不得以图表、电子、影印、缩拍、录音和其他任何手段进行复制和转载，违者必究。